妳以為妳是誰？

Who Do You Think You Are?

艾莉絲・孟若
Alice Munro

廖綉玉——譯

目次

王室般毆打

王室般毆打。芙蘿承諾過：妳會遭到王室般毆打。

芙蘿捲舌說著「王室」這個詞，語調帶點花俏。比起安分守己，玫瑰更需要的是想像及追求荒謬。她未把這番威脅放在心上，反而思索著：毆打要怎麼像王室一般？她想像一條林蔭大道、一群身分顯赫的觀眾、幾匹白馬、幾名黑奴，當中一些人跪著，血流如注引人目光，場面既殘忍又壯觀。現實生活中，他們並不認識任何達官貴人，芙蘿只是想為這種事增添一些必要且遺憾的高傲氣息，玫瑰父女倆很快就登不上檯面。

玫瑰父親是王室般毆打的國王，芙蘿動手都只是小意思；當玫瑰心不在焉，芙蘿便迅速來個一陣拍打或賞她耳光。她會對玫瑰說，別擋路，少管閒事，別擺出那種表情。

他們住在安大略省漢拉第的店舖後面，家中四名成員分別是玫瑰、玫瑰的父親、芙蘿、玫瑰同父異母的弟弟布萊恩。這間店舖其實原本是住宅，玫瑰的父母結婚時買下這棟房子，在此做起家具製作及修補的生意，她母親也會修補家具。玫瑰理應遺傳雙親的巧手，很快理解各種材料，精準判斷最適當的修補方式，未想她竟一竅不通，笨手笨腳，東西壞掉時，她會迫不及待地打掃乾淨，隨後扔掉。

玫瑰的母親已不在人世。過世的那天下午，她對玫瑰的父親說：「我有種難以言喻的感覺，胸口像個只剩蛋殼的水煮蛋。」入夜之前，她就死了，肺裡有個血塊。玫瑰當時只是襁褓中的嬰兒，當然完全不記得這些事；她從芙蘿口中聽到這個故事，而芙蘿必定是從玫瑰的父親口中聽來的。不久後，芙蘿就出現了，接手照顧尚在襁褓的玫瑰，嫁給玫瑰的父親，把客廳改為雜貨店。玫瑰只知道開著雜貨店的家，只知道芙蘿是媽媽；她回顧雙親在此共度的十六個月，認為那段歲月井然有序，更加溫和恭敬，還能偶爾享受一下富裕的感覺。她手邊的線索只有母親生前買的幾只蛋杯，上頭有著彷彿用紅色墨水精心繪製的藤蔓和小鳥圖案，而這些圖案已漸漸磨損。母親沒留下任何書本、衣服或照片，她父親一定都丟了，否則就是芙蘿處理掉了。而對於玫瑰的母親，芙蘿唯一知道的故事則和她的死亡有關，只是她莫名地不願提起。芙蘿喜歡死亡的細節，例如垂死之人說的話、他們抱怨或試圖離開床上的樣子、或是咒罵嘻笑的模樣（有些人會這麼做）。然而，當芙蘿提到玫瑰的母親曾說胸口像有個水煮蛋，她總讓這個比喻聽起來有些愚蠢，彷彿玫瑰的母親真心認為，人會直接吞下整顆蛋。

玫瑰的父親在店鋪後方有間小屋，那是他維修家具的地方。他用藤條編製椅座和椅背、修補條編製品、填補家具裂縫、接回椅腳、桌腳，技術精湛且收費低廉。他最自豪的事就是以優秀的工藝，以及一般、甚至可說是荒謬的收費讓人啞口無言。經濟大蕭條時期，人們或許付不起更高的價格，但戰爭期間與戰後的繁榮歲月，他始終維持這套作法，直到與世長辭。他從未跟芙蘿討論收費或欠債的事。他過世後，她還得去打開上鎖的小屋，從看了令人心驚、充當文件夾的巨大掛鉤上取下各種零碎紙張以及撕開的信封。她發現大多不是什麼帳目或收據，而是天氣紀錄、少許的園藝資料、心有所感而記下的事。

六月二十五日吃了新鮮馬鈴薯。記下一筆。

陰暗的一天、一八八〇年代、沒有超自然的事。森林火災造成灰雲。

一九三八年八月十六日，傍晚下起大雷雨，閃電擊中特伯里鎮長老會教堂。上帝的旨意？

熱水燙草莓可去除酸味。

一切都生氣蓬勃。斯賓諾莎。

芙蘿以為「斯賓諾莎」是他打算栽種的新蔬菜，就像花椰菜或茄子，他經常嘗試種植新蔬菜。她將這張小紙片拿給玫瑰看，問她知不知道「斯賓諾莎」是什麼？玫瑰確實知道，或者說有個概念——這時她已是十幾歲的少女——但她回答說不知道。這個年紀的玫瑰受不了進一步了解父親或芙蘿；她懷著尷尬恐懼的心情對一切發現視若無睹。

小屋裡有個爐子和許多粗糙的架子，架上擺滿一罐罐的亮光漆、蟲膠、松節油以及一瓶瓶浸溼的刷子，還有幾罐黑色黏稠的止咳藥水。這個男人在戰爭中吸入毒氣（玫瑰剛出生時，這場戰爭稱為「最後戰役」，而不是「第一次世界大戰」），此後他經常咳嗽，為何他還要整天聞油漆、松節油等有害氣體？當時，人們不像現在一樣經常提起這些問題。天氣暖和時，幾個鄰居老人坐在芙蘿雜貨店外的長凳上閒聊、打盹，其中一些人也老是咳嗽。事實上，所謂的「鑄造廠病」正不著痕跡地讓他們慢慢邁向死亡，而人們替這種疾病命名時並未顯特別不滿。他們在鎮上的鑄造廠工作了一輩子，如今面容憔悴發黃的這些人靜靜坐著，或是咳嗽或是輕笑，對路過的女人或騎單車的少女漫無目的地想入非非。

小屋不只傳來咳嗽聲，還有持續的低語，可能是責罵或鼓勵，那音量通常剛好讓人無法聽清楚內容。當玫瑰的父親處理棘手工作，就會放慢低喃的速度；當他正著手較不費力的工作、用砂紙磨光，或上漆，就會以略顯雀躍的速度自言自語。不時有幾句會傳到屋外，這些不知所云的話便清晰可聞。而當他意識到說話聲傳了出去，就會趕緊咳個幾聲掩飾，吞個口水，不尋常地沉默一會兒。

「通心粉、義式辣香腸、波提且利、豆子……」

這是什麼意思呢？玫瑰以前常常重複對自己說著這句話，卻永遠無法問出口。說這些話的與以父親身分對她說話的，似乎是不同人，雖然他們占據同一個身體。一旦意識到這裡有個不該出現的人，那種感受勢必極為痛苦不堪；這是不可饒恕的。儘管如此，她依然在小屋附近閒晃偷聽。

有一次，她聽到他提到高聳入雲的高塔。

「高聳入雲的高塔、華麗非凡的宮殿。」

那句話就像一隻手輕拍玫瑰的胸口，不是為了傷害她，而是要嚇她，讓她大吃一驚。她必須快跑，她必須立刻離開。她知道聽到這些就夠了，而且萬一他逮到她，那該怎麼辦？下場會很悽慘。

這就跟廁所裡的噪音有些類似。芙蘿很節儉，她在屋內設了一間廁所，但只有廚房一角容得下。廁所的門有點卡，牆壁也只是隔間板。結果廚房裡舉凡工作、聊天、用餐的人都聽得見廁所裡撕衛生紙或挪動臀部的聲響。他們熟悉彼此私密的聲音，不只是如廁解放的聲響，還有私下的嘆息、咆哮、懇求以及表達方式。他們都是過分拘謹的人，所以大家一副都沒聽見或沒注意聽的樣子，也從未提起。在廁所裡發出聲音的人與走出廁所的人彷彿毫無關聯。

他們住在鎮上的貧困地區。一條河流將小鎮分為漢拉第和西漢拉第，玫瑰一家人住在西漢拉第。漢拉第的居民上至醫師、牙醫、律師，下至鑄造廠工人、工廠工人、運貨馬車車夫；西漢拉第的居民上至工廠工人和鑄造廠工人，下至目光短淺的眾多家庭，包括業餘的私酒販子和妓女，以及落魄的竊賊。玫瑰覺得她家橫跨河流兩岸，不屬於任何地方，但事實並非如此。雜貨店與玫瑰一家人都在西漢拉第，就在大街尾端。雜貨店對面是打鐵舖，約莫是戰爭開打之際，便用木板擋了起來；對面還有曾是另一間店鋪的房子，前窗的「瑟拉達茶」招牌從未取下，雖然裡面再也不賣茶葉，但留下來的招牌成為光榮又有趣的裝飾。人行道不寬，路面太多裂縫又太斜，不適合溜直排輪；不過玫瑰渴望溜冰，時常幻想自己穿著格紋裙飛速溜過，輕快又時髦。西漢拉第有盞路燈，上有一朵錫製的花，其他設施則付之闕如；道路骯髒，處處泥濘，前院堆著垃圾，房子外觀怪異。房屋奇形怪狀是因為住戶想避免房子完全淪為廢墟，而有些房子則從來無人試著挽救，它們灰暗腐朽、搖搖欲墜，成為灌木叢坑、青蛙池塘、香蒲、蕁麻構成的一道風景。然而，多數房子的修補材料都是防水瀝青紙、幾片新的木瓦、錫板、鍛造的煙囪，甚至是硬紙板。當然，這些都是戰前的事了，那段貧困歲月後來成為傳說，玫瑰記得的事多半微不足道，例如巨大的蟻垤和木頭階梯，以及照耀世界那朦朧、耐人尋味、難以預料的光芒。

芙蘿和玫瑰之間的和平起初維持很長一段時間。玫瑰的個性養成如同多刺的鳳梨，而她倔強的自尊和多疑逐漸悄然重疊，形成的性格甚至連她自己也感到震驚。玫瑰入學之前、布萊恩仍在嬰兒車的時候，她和芙蘿母子一起待在店裡：芙蘿坐在櫃檯後方的高腳凳上，布萊恩在窗畔酣睡，玫瑰則跪或趴在嘎吱作響的寬敞地板上，拿著蠟筆在牛皮紙上塗鴉，這些牛皮紙都太破爛或形狀太不規則，無法用於包裝。

店裡顧客大多是街坊鄰居，一些鄉下人從鎮上回家的途中也會來看看，還有一些漢拉第的居民會過橋來光顧。有些人總是在大街各店舖之間進進出出，猶如不斷展示自己是他們的責任，而受到歡迎是他們的權利，例如貝琪．泰德。

貝琪走上芙蘿的櫃檯邊，在原本就開著的果醬脆餅錫罐旁挪出空位。

「這些餅乾好吃嗎？」她對芙蘿說，接著不知廉恥地拿起一片吃了起來，「芙蘿，妳何時要僱我們工作啊？」

「妳可以去肉舖，幫妳哥哥啊。」芙蘿故作天真。

「羅伯塔？」貝琪以做作的鄙夷語氣說，「妳覺得我會為他工作？」她經營肉舖的哥哥名喚羅伯特，但因為他性情溫和又容易緊張，所以大家通常叫他羅伯塔[1]。貝琪忍不住笑了出來，她的笑聲宏亮嘈雜，宛如逼近的火車頭。

貝琪是侏儒，不但頭很大，嗓門也很大，走路像吉祥物一樣大搖大擺，毫無姿色。她戴

1 Roberta，通常為女性的名字，這裡故意將 Robert 這個男性的名字稱呼為女性的，以嘲笑他的個性。

著紅色天鵝絨的蘇格蘭圓扁帽，歪扭的脖子讓她不得不偏著頭，總是抬頭斜眼視物。她腳上穿著擦得光亮的高跟鞋，貨真價實的淑女鞋。玫瑰會緊盯著貝琪的鞋，因為除了這雙鞋，舉凡貝琪的笑聲、脖子、其餘的一切都讓她害怕。她從芙蘿口中得知，貝琪幼年得了小兒麻痺症，這就是她脖子歪扭、也不再長高的原因。很難相信貝琪打從一出生並不是現在的模樣，而且曾經是正常的。芙蘿說，貝琪沒有瘋，她的腦子跟大家一樣正常，而她也很清楚，自己犯任何錯都不會受到懲罰。

「妳知道我以前住在這裡吧？」貝琪注意到玫瑰在場並說道，「喂！妳叫什麼來著！芙蘿，我以前不也住在這裡嗎？」

「是的話，那也是我搬來之前的事。」芙蘿一副一無所知的樣子。

「那是這附近愈來愈糟之前的事，原諒我這麼直接。我爸爸在這裡蓋了房子、蓋了屠宰場，我們還有半畝的果園。」

「是嗎？」芙蘿用討好的嗓音說道，語調裡充滿虛偽的親切，甚至是謙遜。「那你們為什麼要搬走？」

「我說過了，這附近愈來愈糟。」貝琪接著說道。如果她覺得餅乾好吃，她就會把整片餅乾塞進嘴裡，雙頰鼓得像隻青蛙。只是她沒繼續說下去。

總之，芙蘿很清楚事情的來龍去脈，而又有誰不知道呢？所有人都知道那棟紅磚屋，陽臺被拆了，至於那座果園，剩下的不過是滿滿的普通廢棄物——汽車座椅、洗衣機、彈簧床以及垃圾。儘管在這棟房子裡發生過不好的事，但因為周圍這許許多多的殘骸和混亂狀態，也使得它看起來沒有不祥的感覺。

根據芙蘿所說，貝琪的老父親和羅伯特是截然不同的肉販，他是脾氣暴躁的英國人。他從不開金口，不過貝琪老是喋喋不休。此外，他還是個鐵公雞、家裡的暴君。貝琪患上小兒麻痺症後，她父親就不准她回學校讀書，人們鮮少看見她出現在屋外，也從未見到她出現在庭院以外的地方。他不希望人們對此幸災樂禍，這是貝琪出庭時的說法。當時她的母親已不在人世，姊姊也都結婚了。家裡只剩貝琪和羅伯特。人們會在路上攔住羅伯特問：「羅伯特，你妹妹還好嗎？身體好些了嗎？」

「有。」

「她會做家事嗎？煮晚餐給你吃？」

「會。」

「羅伯特，你爸爸對她好嗎？」

據說，這個父親會毆打他們，以前還會打全部的孩子，也會打老婆。如今，由於貝琪畸形，他更是出手凶狠，以致有些人認為，是他一手造成貝琪的畸形（他們對小兒麻痺症並不了解）。這些傳聞持續流傳，甚至加油添醋。貝琪的父親將她藏起來應該是因為她懷孕了，而肚裡孩子的父親應該就是她親生父親。之後，有人說孩子一出生就被處理掉了。

「什麼？」

「被處理掉了。」芙蘿說。「從前人們常說，要買羊排就去泰德的店，那裡賣的羊肉細緻鮮嫩！不過那說法大概也都是假的。」她懊悔地說著。

玫瑰原本在看破舊雨棚於風中顫抖著，這下子卻被芙蘿那懊悔又謹慎的語氣給拉了回來。芙蘿說故事時——這當然不是她知道的唯一一個故事，甚至也不是最駭人聽聞的一個——總是偏著頭，表情柔和且若有所思，吊人胃口又帶有警示意味。

「我甚至不該把這件事告訴妳。」

後來還發生更多事。

一無是處的三個年輕人在馬車出租行附近閒晃，他們聚在一起，或者鎮上更有權勢以及名望的人要他們集結。為了端正社會風氣，他們準備抽馬鞭教訓老泰德；他們把臉龐塗黑，各自取得馬鞭以及壯膽用的一夸脫威士忌。這三人分別是賽馬手兼酒鬼傑利．史密斯、棒球選手兼大力士鮑伯．天普、運貨馬車夫圓帽．奈特頓。圓帽這綽號來自他戴的圓禮帽，這雖是出於虛榮心，但也笑果十足。事實上，圓帽目前仍是運貨馬車夫，即便沒了帽子，綽號還是在。你經常可在公開場合看見他——幾乎跟貝琪一樣頻繁——因為他得運送一袋袋的煤，臉龐和手臂也早就因此沾得烏黑。而這難免令人想窺探他的故事，然而也不盡然如此。

現實世界的今昔截然不同於芙蘿口中駭人聽聞的陰暗過往，至少玫瑰這麼認為；如今的人迴異於過去，例如貝琪是鎮上怪人與眾人的寵兒，對人無害卻不懷好意，人們無法聯想到她曾是那個肉販的俘虜、身障的女兒、窗邊的一抹白：緘默無聲、遭到毆打、被迫懷孕；就像那棟房子一樣，只給人一般的聯想。

等到深夜，所有人都就寢後，準備動手的這三個年輕人才出現在泰德家外頭。他們帶了一把槍，但在院子裡就開槍將子彈用盡。他們大喊肉販的名字並用力捶門，最後破門而入。泰德推斷他們想搶錢，所以把幾張鈔票放在手帕裡，吩咐貝琪下樓拿給他們，或許他以為，他們見到歪脖子的侏儒小女孩會感動或心生恐懼，但他們並未因此滿意。三人上樓將穿著睡袍的肉販拖下床、拉到屋外，逼他站在雪地上，後來法庭紀錄的資料指出，當時氣溫是攝氏零下四度。他們打算舉行模擬審判，但不清楚該如何進行，索性開始打他，一直打到他倒地。他們朝他大喊「鮮肉喔！」接著繼續揍他，直到睡袍和躺著的那片雪地都染紅了。他的兒子羅伯特在法庭上供稱，他並未目睹那場鬥毆，貝琪卻說羅伯特起初看了，但後來逃走，躲了起來。她則目睹了整個過程。她看到那些男人最後離開，看著她父親一路流著血、遲緩地穿過雪地，步上陽臺的臺階。她沒出去幫他，直到他抵達門口，都沒為他開門。為什麼？她當庭被問到這個問題，她說因為自己只穿睡袍，所以沒出去，又因為不希望寒氣侵入屋內，所以沒開門。

接著，老泰德似乎恢復了力氣。他吩咐羅伯特為馬套上馬具，叫貝琪燒熱水讓他清洗。他穿好衣服，帶走全部的錢，沒向孩子解釋就上了輕便雪橇，駛向貝爾格雷夫，然後將拴住的馬留在冰天雪地裡，搭清晨的火車前往多倫多。他在火車上行徑怪異，不斷呻吟咒罵，彷彿喝醉般。一天後，他發著高燒、神智不清地在多倫多的街上被載到醫院去，後來在那裡過世。他身上的錢都還在，院方開立的死因是肺炎。

但芙蘿說，當局聽到風聲，法院開庭審理這個案子。犯案的三個男子全被判處長期刑。她說這根本一場鬧劇。一年內他們全獲釋，全赦免徒刑，還有工作等著他們。為什麼？這是因為太多位高權重的人牽涉其中，而且貝琪和羅伯特似乎也沒興趣看見正義伸張。父親的遺產讓他們變得富有，他們在漢拉第買了房子，羅伯特接下肉舖。而經歷長期幽禁隔絕的貝琪，就此展開四處交際和炫耀的生涯。

就說到這裡吧。芙蘿就此打住，一副對這個故事相當厭煩的樣子。這個故事對任何人都沒有好處。

「妳自己去想像。」芙蘿說。

當時的芙蘿一定才三十出頭，還是個年輕的女人，卻穿得像五、六十歲，或七十歲的老婦：寬領寬袖的無腰身印花居家洋裝。還有同樣是印花的圍裙，不過當她從廚房走進店裡時會順勢脫掉。當時窮困但並非一貧如洗的婦女經常做此打扮；這也是她充滿輕蔑的刻意選擇。芙蘿鄙視寬鬆長褲，鄙視追求流行的人們所穿的服裝，鄙視口紅以及燙髮。她留著剪得整齊的黑髮，髮長僅能勾在耳後。她身材高䠷，但骨架纖細，手腕細瘦，肩膀窄小，頭不大，臉色蒼白，長著雀斑，表情靈動，像猴子一樣頑皮。如果她認為值得，手頭也有錢，或許一頭黑髮、臉色蒼白、弱不禁風的她也能變成後天養成的美女；玫瑰後來才明白這件事。但前提是芙蘿必須是個性截然不同的人，並學著忍住不對自己和別人面露嫌惡。

玫瑰對芙蘿的最初記憶是極度的柔軟和堅硬：柔軟的秀髮、柔軟蒼白的細長臉蛋、耳邊以及嘴唇上方肉眼幾乎看不見的細軟毛髮；突出的膝蓋、堅硬的大腿、平坦的胸脯。

當芙蘿唱著：

喔，菸草周圍的蜜蜂嗡嗡叫，

還有汽水噴泉……

玫瑰想著芙蘿嫁給父親以前的舊日生活，當時她是聯合火車站咖啡館的女侍，會跟姊妹淘瑪維絲和艾琳去湖心島遊玩，在黑暗的街上被男人跟蹤，也知道公共電話和電梯該怎麼用。玫瑰從芙蘿的聲音中聽出魯莽危險的城市生活，還有她一邊嚼著口香糖一邊說出的尖銳答案。

當她唱著：

她慢慢地、慢慢地起身，
慢慢地接近他。
她只說了一句，確實說了這一句：
小伙子，我以為你快死了！

玫瑰想著芙蘿更早之前可能過的生活，豐富且傳奇，由民謠〈芭芭拉．艾倫〉與貝琪．泰德的父親以及各種憤慨、憂傷交織而成。

王室般毆打。那是如何開始的？

應該是春日的某個星期六，嫩葉尚未抽出新芽，然大門已敞開迎接陽光。烏鴉、流水潺潺的溝渠、充滿希望的天氣。每逢週六，芙蘿通常留玫瑰顧店，從玫瑰九歲起，十歲、十一歲，到如今十二歲，已行之有年。芙蘿會趁這天過橋到漢拉第（人們稱為「到上城」）購物、探訪友人、聽他們說說話，其中包括律師戴維斯的太太、英國聖公會教區牧師的太太、獸醫麥凱的太太。芙蘿回家後會模仿她們輕浮的語調。她們聽起來如怪物一般，愚蠢、浮誇、自大。

芙蘿採買完畢後，會去皇后旅館的咖啡店吃一客聖代冰淇淋。什麼口味的呢？她回家後，玫瑰和布萊恩總想知道答案，如果只是鳳梨或牛奶糖口味，他們會大失所望，若是「鐵皮屋頂」[2]或「黑白雙拼」[3]口味，他們會樂不可支。享用過聖代後，她會抽根菸草；她隨身帶一些捲好的菸草，這樣就不必當眾捲菸。她會抽菸，但若是別人抽，她會說那是炫耀。這是她在多倫多工作的那段日子留下來的習慣，她知道這是自找麻煩。有一次在皇后旅館裡，一名天主教神父直接走向她，她還來不及拿出火柴，他就掏出打火機為她點菸，她向他道謝，卻未與他攀談，以免他想說服她改變信仰。

另一次回家途中，她看見通往小鎮的橋上有個身穿藍夾克的男孩站在盡頭處，他似乎正盯著水面瞧，約莫十八、九歲，不是她認識的人。她立刻看出他骨瘦如柴，一副虛弱的樣子，而且心事重重。他想跳河嗎？就在她走到他身旁時，他轉過身，敞開夾克與褲子，裸露身體。芙蘿那天冷得緊緊抓住大衣領口，他一定凍僵了。

芙蘿說第一眼看見他手裡的東西時，她只想著：他拿著一根波隆那香腸在這裡做什麼？

2 經典聖代口味，通常是香草冰淇淋上頭灑上花生以及巧克力醬。

3 香草冰淇淋和巧克力冰淇淋的組合。

她大可這麼說，那也的確是事實，不是玩笑話。芙蘿向來鄙視下流話。她可是會出去對著坐在店門前的老人大吼：

「如果你們想待在這裡，最好把嘴巴放乾淨點！」

那麼就是週六了。出於某個原因，這天芙蘿沒去上城，決定留在家刷洗廚房地板，或許這讓她心情惡劣，或許她反正就是心情不好，可能是因為別人沒付帳或春天惹人心煩。她和玫瑰開始起爭執，永無止境般的爭執，就像一再回到其他夢境的夢，它越過山丘、穿過大門，令人惱火的朦朧、稠密、熟悉、難以捉摸。她們用手推車將所有椅子移出廚房，準備刷洗地板，還得把店裡額外的一些日常用品搬走，包括數瓶罐裝食物、錫罐裝的楓糖漿、罐裝煤油、幾瓶醋。她們將這些物品拿到外頭的柴棚裡。這時布萊恩約莫五、六歲，他也幫忙拖錫罐。

芙蘿說：「對，」她沒來由地喋喋不休了起來，「沒錯，還有妳教布萊恩的髒話。」

「什麼髒話？」

「他還不懂事。」

從廚房到柴棚要往下走一個臺階，臺階鋪著破舊磨損的地毯，玫瑰甚至記不得看過上頭的圖案。拖著錫罐的布萊恩鬆手。

玫瑰輕聲說：「兩個溫哥華……」

芙蘿回到廚房，布萊恩的目光從芙蘿移向玫瑰。玫瑰稍微提高音量，用抑揚頓挫的鼓舞嗓音再度說：「兩個溫哥華……」

「被鼻涕油煎！」布萊恩接起話，他再也無法克制。

「兩個醃漬的蠢蛋……」

「……被綁成結！」

這就是了。髒話。

兩個溫哥華被鼻涕油煎！
兩個醃漬的蠢蛋被綁成結！

玫瑰知道這個髒話好幾年了，她剛上學就學會了。她一回家便問芙蘿：溫哥華是什麼？

「那是一座城市，離這裡很遠。」

「除了是城市，還有別的意思嗎？」

芙蘿問這句話是什麼意思？玫瑰說，溫哥華怎麼會被油煎呢？值此逼近危險時刻、她必須合盤托出整段髒話的歡樂時刻：

「兩個溫哥華被鼻涕油煎！兩個醃漬的蠢蛋被綁成結！」

可想而知，芙蘿禁不住氣得大吼：「妳等著挨揍！再說一次，妳就會被痛扁一頓！」

玫瑰克制不住自己。她輕聲地哼著，並試著大聲說出其中天真的字眼，輕聲哼著粗俗的字眼。「鼻涕」和「蠢蛋」這個兩字當然讓她開心，但她快樂的原因不僅止於此，還有醃漬、打結、難以想像的溫哥華。她在腦中幻想溫哥華就像鍋裡抽搐的章魚。理智陷入一團混亂、瘋癲的火花以及劈啪聲響。

最近她又再度想起這段話，也教布萊恩念，看看是否對他造成相同的影響，結果當然是如此。

芙蘿說：「噢，我聽到了！我聽到了！我警告你們！」

所以她出聲警告了，布萊恩聽了進去，當下跑出柴棚，去做他自己想做的事。他是男孩，能自由決定要不要幫忙、要不要參與，對家庭紛爭置身事外。反正除了用來對付彼此之外，她們並不需要他，根本沒注意到他離開了。她們持續爭吵，無法克制，無法不招惹對方。她們看似休兵，其實只是蓄勢待發。

芙蘿拿出水桶、刷子、抹布、膝蓋靠墊，那是一塊骯髒的紅色橡膠墊。她開始刷洗地板，廚房裡僅剩餐桌能坐，玫瑰坐在上頭，雙腳晃啊晃的。她能感覺到冰冷的油布，這是因為她穿著短褲，那是去年夏天的褪色緊身短褲，從夏日衣物袋挖出來的，放了一個冬季而有些霉味。

芙蘿在下方匍匐著，一邊刷地，一邊擦地。她的長腿白皙結實，布滿藍色靜脈，看似有人用不掉色的彩色鉛筆在她腿上繪出河流。刷子在油氈上使勁刷著、抹布窸窣作響，傳達出一股異常的力量、一種充滿暴力的厭惡感。

她們有必要對彼此說些什麼嗎？這其實不重要。芙蘿提起玫瑰自作聰明的行為、粗魯無禮、馬虎草率、目中無人，還說她喜歡給人添麻煩，不知感激。她又提到布萊恩的天真以及玫瑰的墮落。芙蘿說：喔，妳該不會以為自己是大人物吧？一會兒又說：妳以為妳是誰？玫瑰以充滿惡意的理性及溫和態度頂嘴並反駁，表現出極其不在乎的冷漠。芙蘿失去平常的蔑視和自持，變得異常誇張，說她犧牲了自己的人生都是為了玫瑰。當年她看著玫瑰的父親拖著一個小女嬰，心想這個男人往後該怎麼辦？她這才嫁給他，如今她在這裡，跪著刷地。

此時鈴聲響起，宣告顧客上門。由於兩人起了口角，所以玫瑰無法進店裡招呼顧客。芙蘿倏地起身，匆匆脫掉圍裙，不住呻吟了一聲——但不是為了要玫瑰有什麼反應，這道呻吟裡所隱含的憤怒，可不許玫瑰擅自一起分擔——芙蘿走進店裡招待客人，玫瑰聽到她以平常的語氣說：

「差不多該有人上門了！當然！」

接著，她又回到廚房，繫上圍裙，準備繼續開戰。

「妳從不替別人著想，只想到自己！妳從不想一想我為妳做了什麼。」

「我從沒要求妳做任何事，我真希望妳沒做那些事，我會過得更好。」

玫瑰笑著對芙蘿直接說出這番話，此時芙蘿還沒跪到地上，她看見玫瑰臉上的笑，於是抓了掛在桶子邊的抹布猛地扔向玫瑰。芙蘿或許打算砸到玫瑰臉上，卻掉在她腿上，玫瑰抬起腳接住抹布，懶洋洋地將抹布甩到腳踝上。

「很好，妳慘了，很好。」

玫瑰看著她走向柴棚的門，聽見她沉重的腳步聲穿過柴棚，停在門口。紗門尚未裝上，一塊磚頭撐住敞開的防風外門。芙蘿高聲喊著玫瑰的父親，以傳喚、警告的語氣叫他，彷彿不順從她，他就準備面對壞消息，他會知道這是怎麼一回事。

廚房地板有五、六種不同圖案的油氈，芙蘿不花一毛錢拿到油氈碎布，加以巧妙修剪拼湊，並在邊緣鑲上錫條與大頭釘。玫瑰一邊坐在桌上等待，一邊看著地板，望著長方形、三角形、她努力想記起名稱的其他形狀，這些圖形的編排賞心悅目。她聽見芙蘿踩著泥濘地板上嘎吱作響的木板，穿過柴棚回來。芙蘿也在徘徊等待，她和玫瑰再也撐不下去了。

玫瑰聽見父親走進廚房，她僵住身子，一陣戰慄直衝腿上，感覺貼著油布的雙腳不住發顫。她父親原本埋首於有趣且平靜的工作，腦中盤旋著一些想法，卻橫遭打斷，被迫抽離，他非得說些話不可。「嗯，怎麼回事？」他終於開口。

眼下芙蘿轉換了語氣：富有感情、飽含痛苦、滿懷歉意，猶如當下便可憑空捏造而出的語調。她說很抱歉打斷他工作，要不是玫瑰逼得她心煩意亂，她絕不會打擾他。她怎麼逼得妳心煩意亂？頂嘴、無禮放肆、說話惡毒。如果芙蘿對自己的母親說出玫瑰那些頂撞的話，她知道她的父親一定會痛扁她，直到倒地不起。

玫瑰試著插嘴，想說這不是真的。

什麼不是真的？

只見她父親舉起一隻手，並未看著玫瑰，只說了聲：「安靜。」

玫瑰說這不是真的，指的是她並非挑起紛爭的人，她只是回嘴而已，都是芙蘿主動招惹她。她認為，眼前的芙蘿正在捏造最惡劣的謊言，扭曲一切事實只是為了自己。玫瑰知道，無論芙蘿或她說什麼或做什麼其實根本不重要，只是她眼下完全管不到這件事。重要的是掙扎，不能停止掙扎，永不可能，這會兒，也出於幾分非不得已。

雖然有墊子，但芙蘿的膝蓋仍然髒兮兮的。抹布仍掛在玫瑰的腳上。

玫瑰的父親擦著手，專心聽芙蘿說話；他從容不迫，慢慢了解情況。或許他很快就覺得疲憊，幾近拋下這必須扮演的角色。他未看向玫瑰，但不論她發出任何聲音或動靜，他都舉起一隻手制止她。

「嗯，我們不必讓大家看熱鬧，這點可以確定。」芙蘿說著，便鎖上雜貨店大門，再把寫著「馬上回來」的告示牌放進櫥窗。告示牌還是玫瑰做給芙蘿的，上頭以黑紅兩色蠟筆為文字，畫上大量花俏的弧線與陰影。芙蘿回廚房時，關上通往店鋪的門，接著又關上通往樓梯的門，再關上通往柴棚的門。

她的鞋子在溼答答的乾淨地板上留下鞋印。

這會兒她說：「噢，我不知道，」她的聲音不復剛才的趾高氣昂，「我不知道該拿她怎麼辦。」（順著玫瑰的目光）她低頭看見自己髒兮兮的膝蓋，於是徒手使勁搓揉著，把周圍弄得髒兮兮的。

接著，她直起身子說：「她羞辱我。」這就是解釋。她一副稱心如意般地重複道：「她羞辱我，不尊重我。」

「我沒有！」

「妳閉嘴！」她父親說道。

「如果我沒叫妳爸爸過來，妳還是會坐在那裡咧著嘴笑！除了這樣，還有別的辦法管得了妳嗎？」

玫瑰察覺她父親對芙蘿的話有些反感、尷尬且厭煩。芙蘿以為可以指望以這種方式達到目的，她錯了，也應當知道自己錯了。玫瑰了解這件事，他也知道她明白，但這無濟於事。他開始暖身，看了她一眼，起初那個眼神冰冷、滿是指責，傳達了他的看法以及她絕望的處境。接著，他的眼神變得澄澈，逐漸湧上別的情緒，就像葉子清掉後上湧的泉水，那眼神充滿仇恨和喜悅，玫瑰看見了，也看懂了。那只是怒氣的一種表達嗎？她應該將他的眼神解讀成充滿憤怒嗎？不，仇恨才是正確的形容，喜悅亦然。他的表情放鬆下來，有了變化，漸漸變得年輕。這次他舉手要芙蘿安靜。

「好了。」他說，這意味著夠了，太多了。這個部分結束了，事情可以繼續進行。他解下皮帶。

總之，芙蘿住嘴了。她和玫瑰面對了同樣的難題：她們知道某件事必然發生，卻難以置信它真的發生，而此時已無可挽回。

「噢，我不知道，別對她下手太重。」她緊張地來回走動，一副想打開某條逃生路線似的，「噢，你不必用那條皮帶打她吧？你非得用那條皮帶嗎？」

他沒回答，不疾不徐地解下皮帶，然後握在恰當的位置。喂。他走向玫瑰，將她推下餐桌，他的表情就跟聲音一樣，截然不同於他向來的個性。他像是演技拙劣的演員，將角色詮釋得荒誕可笑，彷彿非得品味這件事的可恥以及令人厭惡之處，並堅持下去。這並非說他裝腔作勢，也不是說他在演戲且非有意為之。他的確在演戲，也的確是認真的，玫瑰心知肚明，她了解他的一切。

她從此對謀殺案和殺人犯感到好奇。最終，殺人犯將謀殺案貫徹到底，一部分是為了效果，而他也非得如此才能向某個觀眾證明，他上的這一課只能體會，無法言傳嗎？這一課的教訓就是這種事情確實有可能發生，世上沒有不可能發生的事，而一旦最可怕、最荒腔走板的行為有了正當理由，也就有了得以依附的情感。

她再次試著緊盯廚房地板，那賞心悅目又極為巧妙的幾何圖形，而不是看著他或他的皮帶。油氈、印著磨坊、小溪、秋葉的日曆、任勞任怨的老舊罐子以及平底鍋，這種事怎能在這些日常用品的見證下發生？

伸出妳的手！

那些日常用品幫不了她，沒有一樣能拯救她。它們一下子變得沉悶無能，甚至不友善：罐子可能流露惡意，下方油氈的圖案可能對你露出不懷好意的笑容。背叛是日常的另一面。

第一下或第二下的疼痛爆開時，玫瑰退縮了一下，她不想承受。她在廚房裡東逃西竄，她想衝向門口，父親卻擋住她。她看起來膽小軟弱，承受不住這一切。她奔跑、尖叫、求饒。父親追著她，抓到機會就打，打到皮帶斷了，索性丟掉皮帶，徒手揍她。他猛地賞她一記耳光，又是另一記耳光，不停地來回打得她的腦袋嗡嗡作響。他揍向她的臉，將她推到牆上，再一次揍她的臉。他抓著她不住搖晃，拉著她撞向牆壁、踹她的腳。她語無倫次，發狂尖叫：原諒我！噢，求求你，原諒我！

芙蘿也尖叫了起來：住手，住手！

還沒結束。他把玫瑰推到地上，又或許是玫瑰自己摔到地上。他再度踢她的腳，她放棄求饒，一個勁地放聲大叫，芙蘿禁不住哭喊著，噢，萬一別人聽到她的聲音怎麼辦？這是玫瑰願意拚死一搏卻屈辱戰敗的一記聲音，看來她必然和她父親一樣，以同樣粗俗誇張的方式在這場戲裡扮演自己的角色。她放縱自己扮演父親的受害者，激起或希望激起他最後一絲滿是嫌惡的輕蔑。

由此看來，他們願意賦予這場戲必要的一切，而且不遺餘力。卻也不盡然如此，他從未真正傷害她，雖然她當然不時祈禱他會這麼做。他徒手打她，踢她的力道也有所節制。

眼前的他就此罷手，氣喘吁吁地。他准許芙蘿介入，並抓起玫瑰起身，將她推向芙蘿，發出嫌惡的一聲。芙蘿接住玫瑰，打開樓梯門，用力推她上樓。

「回妳樓上的房間！快！」

玫瑰上了樓梯，腳步踉蹌，任自己跌跌撞撞、被樓梯絆倒。她並未砰的一聲摔上房門，因為他很可能因此又追了上來，再說了，她很虛弱。她躺在床上，從煙囪孔可以聽見芙蘿哭喪著告誡玫瑰的父親，他則惱火地說，若她不希望玫瑰受罰，就該悶不吭聲，不該建議教訓她。芙蘿則回說，她從未說要這樣毆打玫瑰。

他們來回爭論這件事，芙蘿原本恐懼的聲音逐漸放大，並重新找回自信。藉由這場演出及爭論，他們慢慢找回自己。不久，就只剩芙蘿在說話，他不再開口。為了聽他們說話，玫瑰得按捺住擾人的啜泣聲；等她對偷聽失去興趣，想好好哭一場，卻發現自己醞釀不出流淚的情緒。她冷靜了下來，發覺怒氣徹底消失了，在此心境下，已發生的事與可能發生的事顯得美好單純。幸好選擇是如此的清楚明瞭，心頭浮現的念頭斬釘截鐵，也幾乎不預設條件。她頓時覺得自己有權使用「絕不」一詞：她絕不再與他們說話，而除了憎惡的眼神，也絕不再正眼看他們，絕不原諒他們。她會懲罰他們、毀掉他們。堅定的決心和肉體的疼痛裹住她，她飄浮在奇妙的舒適裡，渾然忘我，將責任拋在腦後。

假如她在這一刻死去呢？假如她自殺呢？假如她逃家呢？任何一個選項都適合，只是選擇的問題，只是想出辦法的問題。她飄浮在帶著優越感的純粹狀態，彷若有人好心對她下了麻藥。

你被下藥麻醉時，有那麼一刻，你感到極度安全、篤定、遙不可及；接著突如其來地，就在下一刻你知道整個防護罩徹底碎裂，但它仍假裝一副牢牢密合的樣子。而現在就是那一刻——事實上，也就是玫瑰聽見芙蘿踏上樓梯的那一刻——對玫瑰來說，那一刻涵蓋了她當下的平靜與自由，以及她確知事情將從此每況愈下。

芙蘿未敲門就走進玫瑰的房間，但躊躇了一下，這表示她或許想到應該先敲門。她帶來一罐冷霜，而玫瑰盡可能把握占上風的時間，臉朝下趴在床上，不願打招呼或有所回應。

芙蘿不自在地說：「噢，拜託，妳的傷勢沒那麼嚴重吧？抹些冷霜會舒服一點。」

她在虛張聲勢。她根本不確定玫瑰的傷勢。她打開冷霜的蓋子，玫瑰聞得出來。親密溫馨如嬰兒般的香味、極其羞辱人的味道，她絕不讓那冷霜靠近，但為了避開芙蘿手上挖好的一大塊冷霜，她得有所行動。她與芙蘿扭打、奮力抵抗、尊嚴盡失，讓芙蘿見識到她並無大礙。

「好，妳贏了，冷霜留在這裡，妳想擦再擦。」

稍後還會出現一個托盤，芙蘿會默默放下，然後離開。托盤上擺著一大杯巧克力牛奶，那是用店裡的維特牌糖漿調製而成，杯底還有幾道厚厚的糖漿痕跡；搭配精緻又開胃的三明治、色澤嫣紅的頂級罐裝鮭魚佐大量美乃滋、袋裝糕點裡的幾個奶油塔、薄荷餡巧克力餅乾；淨是玫瑰最喜歡的食物。起初她扭頭不肯看，但與這些食物獨處簡直是莫大的誘惑，它們勾人食欲、讓人苦惱，而鮭魚的香味和品嚐香脆巧克力的渴望打消了自殺或逃家的念頭。她伸出一根手指，只摸索著其中一個三明治的邊緣（吐司邊切掉了！）抹去溢出的部分嚐嚐味道，然後決定吃掉一個，這是為了有力氣抗拒剩下的三明治，而且吃掉一個不會被發現。不過她很快就不由自主淪陷，杯盤朝天。她喝光巧克力牛奶，吃掉奶油塔和餅乾，還用手指挖出杯底的麥芽糖漿，儘管她會羞愧地抽泣不已。可惜為時已晚。

芙蘿只要上樓收托盤，可能會說：「我瞧妳還有食欲嘛！」或「妳喜歡巧克力牛奶？糖漿夠嗎？」端賴她有多內疚。無論如何，玫瑰失去所有優勢，明白生活重新開始了，明早或甚至是今晚全家人將再度同桌用餐，一起聽著廣播新聞，儘管有可能會尷尬又不切實際。他們會感到困窘，但想想他們的所作所為，他們其實不如你想的不安。他們會有一種異樣的疲憊感、一種逐漸病癒的慵懶、近乎心滿意足。

某次這類家庭鬧劇上演後的當晚，他們全待在廚房。當時一定是夏季，或至少是溫暖的天氣，因為玫瑰的父親提起坐在店門前長椅上的老人。

「你們知道現在他們在聊什麼嗎？」他朝著雜貨店的方向點頭，示意他指的是那些人，儘管那些老人都不在那裡，他們天一黑就回家了。

「那群老笨蛋。他們聊什麼？」芙蘿問道。

他們夫妻倆和藹可親的態度不盡然虛偽，但沒有外人的時候，這種親切就顯得有些超乎尋常。

玫瑰的父親說，那些老人認為西邊天空那顆看起來像星星的東西，也就是日落後出現的第一顆星星，傍晚的星星，其實是盤旋在休倫湖另一頭、美國密西根州貝城的飛船，也不知道他們是從哪裡聽來的。他們說那是美國的發明，是為了送上宇宙和星星互別苗頭。這群老人對此意見一致，這個想法很對他們的胃口。他們認為，那是由一萬顆電燈泡所照亮的，玫瑰的父親毫不留情地反駁他們，指出他們看到的是金星，早在電燈泡發明前許久就已存在於天際。他們從未聽過金星。

「一群笨蛋。」芙蘿說。然而玫瑰知道，也知道父親心裡清楚，芙蘿也從未聽過金星。為了分散他們對此事的注意力，甚至是為此賠罪，芙蘿放下茶杯，伸展四肢，頭往後靠在座椅上，雙腳跨在另一張椅子上（同時設法將洋裝矜持地塞在腿間），像木板一般僵直躺著，布萊恩不由得興奮大喊：「表演！表演！」

她筋骨柔軟，又身強體壯。每每慶祝或遇上緊急時刻，她總會惡作劇一下。她不靠手臂的力量，只透過有力的雙腿和雙腳，便能夠翻轉身體。此際，他們一片靜默，接著高聲歡呼了起來，儘管早就看過了。

就在芙蘿翻轉身體時，玫瑰在腦中想像那艘飛船的模樣：細長的透明泡泡，散發鑽石光芒，飄浮在神奇的美國天空。

她父親為芙蘿鼓掌，說道：「金星！一萬顆電燈泡！」

廚房裡瀰漫著自在、輕鬆的氣氛，甚至是一股幸福洋溢的暖流。

多年後的某個星期日早晨，玫瑰打開收音機。此時她獨自住在多倫多。

好了，先生。

我們那個時代，這裡截然不同，真的。

當時到處是馬匹。馬匹和馬車。星期六晚上，馬車在大街上來回奔馳。

播音員，或說採訪者，以鼓勵的柔和嗓音說：「就像戰車競賽。」

我沒聽過這種比賽。

「當然沒有了，先生。我指的是古羅馬的戰車競賽，那可比你的時代還更早。」

一定比我的時代早，我都一百零二歲嘍。

「真是高壽啊，先生。」

可不是嘛。

玫瑰任收音機開著，走向公寓的廚房為自己煮咖啡。依她看來，這勢必是表演出來的訪談、某部戲的一幕，她想弄清楚是哪一齣戲。那老人的聲音自負又咄咄逼人，而採訪者的聲音在訓練有素的溫文自在之下，顯得絕望又驚慌。你當然會想看他舉著麥克風訪問魯莽自負又沒牙的百歲人瑞，不住納悶自己怎麼會在這裡做這件事，而老人的下一句又是什麼？

「那一定很危險。」

什麼很危險？

「馬車奔馳。」

的確，很危險。以前常看到脫韁的馬，還發生過許多意外。馬匹拖著人沿著石子路前進，他們的臉都刮花了。萬一他們死了，也不必放在心上，呵呵。

有些馬腳步抬得高高的，有些得在尾巴下方塗上芥末，有些馬不想白白跨出步伐，馬就是這樣。有些馬願意好好工作拉車，直到倒地斷氣，有些馬就連從一桶豬油裡拔出你的小雞雞這種簡單的事都不願意，呵呵。

這一定是真正的訪問，否則他們不會有這段對話，也不會冒險說這種話。老人說這種話不打緊，這是地方特色，而「一百歲」讓任何事都變得無害又逗趣。

那時老是發生意外，工廠和鑄造廠都是，沒有預防措施。

「我想，當時沒這麼多罷工事件吧？你們沒這麼多工會吧？」

現在的人要放輕鬆點。那時我們好好工作，也很高興有工作。好好工作，很高興有工作。

「你們沒有電視。」

沒有電視，沒有收音機，沒有電影。

「你們自己找樂子。」

沒錯。

「你的許多經驗是這個世代的年輕人不曾有過的。」

經驗。

「你想得起其中任何一次經驗嗎？」

有一年冬天，我吃過一次土撥鼠肉，你們不會喜歡這種事吧，呵。

採訪者似乎因為讚賞而停頓片刻，接著說前面那段採訪是訪談安大略省漢拉第的魏福雷德．奈特頓，這是去年春天他一百零二歲生日當天、過世前兩週錄製的。奈特頓先生是過往歲月的活見證，他是在瓦瓦納許郡的老人院受訪。

圓帽．奈特頓。

百歲的馬車夫。他在生日當天拍照留影，護士對他照顧有加，年輕女記者很可能還親吻他。他成為鎂光燈的焦點，錄音機收錄了他的聲音。他是最老的住客、最老的馬車夫、過往歲月的活見證。

玫瑰從廚房窗戶向外眺望寒冷的湖泊，渴望對人訴說，而芙蘿最愛聽人說話。玫瑰想起她講「妳自己去想像！」的模樣，那代表她最壞的猜測完美地得到證實。只是目前芙蘿正住在圓帽．奈特頓過世的那間老人院，而玫瑰完全聯繫不上她。那場訪談錄影時，芙蘿甚至就在那裡，儘管她有可能沒聽到，也從不知道有這場訪談。幾年前，玫瑰將她送進老人院後，她就不再說話，任自己抽離現實，大多數時間就坐在床角，一臉狡詐不善，不回應任何人，僅偶爾張嘴咬護士來表達她內心的感受。

特權

玫瑰知道許多人希望出身貧困，卻無法如願以償，所以她像個女王般對他們耀武揚威，述說自己童年往事中的各種醜態及骯髒事蹟，包括學校男廁與女廁、如廁的老伯恩斯先生、男廁門口的短腿．麥吉爾和芙蘭妮．麥吉爾。她並非刻意重複提起廁所的場景，也有些驚訝它總是不經意的出現。她知道那些黑暗或油漆過的小茅廁不時上演著鬧劇——以鄉下人的幽默而言，向來如此——但她反而認為，那些淨是出奇令人羞恥及憤慨的場景。

女廁和男廁各有遮蔽的入口，省下了裝門的必要。而可以用來偷窺的木板間隙與樹的節孔，反正雪會還是會從那裡吹進來。馬桶座和地板上積著雪。多數人似乎謝絕對準茅坑。雪融化後結成一層薄冰，薄冰下方的雪堆裡總見糞便，有量多的，也有量少的，如同保存在玻璃下方，有些顏色鮮亮如芥末，有些暗沉如木炭，還有介於兩色間的各種顏色。玫瑰一見到這副景象，胃總不自覺一陣翻攪，絕望攫住她的心。她停在廁所門口，無法逼自己進去，決定等到回家再上廁所。學校離雜貨店不遠，她有兩、三次從學校跑回家的路上忍不住尿溼了，芙蘿覺得實在很噁心。

「尿出來，尿出來。」她高聲唱和，不住嘲笑玫瑰，「她走路回家，尿出來！」

芙蘿總是樂在其中，因為她愛看別人面對現實，大自然自有其主張。她會把洗衣袋裡發現的東西公諸於眾，她就是這種女人。玫瑰羞得無地自容，但沒說出真正的問題。為什麼不說？或許她怕芙蘿會帶著水桶和鏟子出現在學校，並打掃起廁所，同時痛罵所有人。

玫瑰認為，學校的秩序不容改變，那些規矩極度野蠻、截然不同於芙蘿所能理解的。如今，玫瑰視「公平」和「乾淨」為生命早期歲月的天真想法，她生平首度有了一籮筐永不能說出口的事情。

她永遠不能說出伯恩斯先生的事。就在玫瑰入學後不久，還不知道將看到什麼——或確切地說，有什麼可以看的——便和幾個女生沿著學校籬笆奔跑，穿過紅色酸模[1]與金邊菊，蹲伏在伯恩斯先生背對校園的廁所後方。有人越過籬笆，抽掉底部木板，所以你能一眼望盡廁所裡。老伯恩斯先生半盲，挺個大肚腩，渾身髒兮兮卻精力充沛。他自言自語，或哼著歌，邊揮舞手杖擊打長長的野草，走到後院廁所。經過片刻的緊繃和靜默後，廁所裡又傳來他的聲音。

遠山青青，

城牆之外，
親愛的上帝被釘在十字架，
為救我們而亡。

伯恩斯先生的歌聲非但不虔誠，反而顯得咄咄逼人，一副一直以來，甚至此時此刻，他都想找個人吵架。在這裡，宗教多半源於爭鬥，居民不是天主教徒就是基本教義派的基督教徒，為了榮譽而騷擾彼此。許多基督教徒或其家人從前屬英國國教派或長老教派，只是他們太窮了，不敢在那些教會拋頭露臉，因此轉而加入「救世軍」或「五旬節派教會」。其他人在還沒得到救贖前，算是徹底的異教徒。有些人平時是異教徒，卻在爭鬥時變成基督教徒。芙蘿說，英國國教徒和長老教派教徒根本勢利鬼，其他人則是五旬節派教徒，而天主教徒總能容忍所有表裡不一或墮落放蕩的事，只要他們能從你手中拿到錢並捐給教宗。為此，玫瑰完全不必去任何教會。

全部的小女孩蹲著偷看，透過洞口往內凝視伯恩斯先生下垂的私處。多年來，玫瑰一直

1 植物名，也稱紅脈羊蹄，可以食用。

以為看見了睪丸，但仔細回想，她認為那只是屁股，猶如乳牛的乳房，外表看起來多刺，就像芙蘿拿去燙熟前的牛舌。玫瑰不吃牛舌，她告訴布萊恩那是牛舌後，他也拒吃，芙蘿因此勃然大怒，揚言他們只能吃便宜的水煮波隆那香腸。

年紀稍長的女孩沒蹲下來看，而是站在一旁，其中幾個還發出嘔吐的聲音。幾個小女孩跳起來加入她們，想仿效她們，只是玫瑰依舊蹲著，一面深感詫異一面不住沉思。她本想繼續看下去，未想伯恩斯先生已動身走出廁所，一邊扣上鈕釦，一邊唱歌。這群女孩沿著籬笆躡手躡腳前進，朝他大喊。

「伯恩斯先生！早安，伯恩斯先生！蛋蛋燒焦先生[2]！」

他邊走邊朝籬笆大吼，拿著手杖不停揮舞，簡直當她們是小雞。

而「短腿．麥吉爾要幹芙蘭妮．麥吉爾！」的消息傳遍時，整個學校不分年齡、無論男女，大家都聚在男廁入口往內看。當然，只除了下課時間為了鎖門、留在學校的導師除外，她跟玫瑰一樣總忍到回家才上廁所，冒著意外尿褲子的風險、忍受憋尿的痛苦。

哥哥和妹妹。

一場關係的表演。

那就是芙蘿的說法：表演。她提起從前山上農場的鄉下老家，人們瘋瘋癲癲，吃水煮乾草的事遠近皆知，還會和近親一起「表演」。玫瑰還不了解那些話的意思時，她想像著舊穀倉有座搖搖晃晃的臨時舞臺，一家人登臺表演愚蠢的歌曲和朗誦。芙蘿嫌惡地說：「好個表演！」她噴出一口煙，指的不是任何一幕，而是今昔與未來世上任何一處和表演相關的一切。人們的消遣娛樂就和惺惺作態一樣，不斷讓她瞠目結舌。

芙蘭妮和短腿亂倫是誰的主意？大概是一些大男孩對短腿使出激將法，或者他誇下海口，而他們質疑他。有件事可以確定：這不可能是芙蘭妮的點子。她必定是被逮住或困住，其實也不能說是逮住，因為她不會逃走，也不大相信自己跑得了。但她顯得不情不願，他們得用拖的才能將她拖走，再隨意將她推到地上。她知道接下來會發生什麼事嗎？至少她曉得別人為她安排的事從來不值得高興。

芙蘭妮還是嬰兒時，醉鬼父親將她抓去撞牆，這是芙蘿的說法。另一個故事版本則是喝醉的芙蘭妮跌出雪橇，被馬匹踢中。總之，她受到撞擊，臉部受創嚴重，鼻梁撞歪，每一次呼吸總會發出長長的悽慘鼻息。她的牙齒嚴重外凸，因此她無法合上嘴巴，也無法控制一直流出大量口水。她膚色白皙，骨瘦如柴，驚惶不安，拖著腳走路，像個老太太。她一直留在二、三年級，略懂讀寫，但鮮少有人要求她。她可能不像人們所想的那麼笨，只是因為不斷

2 伯恩斯先生的英文原文為Burns（有「燒焦」之意）。

遭到侵犯而猶如驚弓之鳥、不知所措。但儘管如此，芙蘭妮仍懷有希望：如果有人沒立刻攻擊或侮辱她，她就會跟在那個人後頭，奉上短短的蠟筆以及從課桌椅上拔下的口香糖塊。每次你和她對上目光，就得堅定回避她，沉下臉警告她。

走開，芙蘭妮。走開，否則我揍妳。我會揍妳，我真的會。

別人利用她的身體，此刻短腿也拿她洩欲，這種事將持續下去。她會懷孕、被帶走，回到學校，又懷孕、被帶走，回到學校，再度懷孕，又被帶走。有人說應該讓她結紮，要獅子會付這筆錢，有人說應該把她關起來，就在眾說紛紜之際，她忽然死於肺炎，問題解決了。日後，玫瑰在書裡或電影看見聖潔的無知妓女一角時，總會想起芙蘭妮，男性作家和導演似乎鍾愛這類人物，但她注意到他們淨化了她們的形象。玫瑰認為他們根本騙人，他們遺漏了呼吸聲、口水、牙齒；完全不願提及催情的強烈厭惡感，一心急著以撫慰人心的空虛概念和一視同仁的欣然態度獎勵自己。

芙蘭妮迎接短腿的態度終究不算是聖潔。她放聲大叫，呼吸問題讓叫聲聽起來宛如漣漪，還卡著痰。她不停踢著一隻腿，那隻腳的鞋子不是掉了，就是她一開始根本沒穿鞋。整隻腿很是白皙，光著腳，腳趾沾了泥，看起來太過正常、太有活力、自尊心太高，不可能屬於芙蘭妮。玫瑰只看得見這些，她太矮小，還被推到人群後方。大男生圍在他們身邊，大聲鼓譟加油，大女孩在後面流連，咯咯直笑。玫瑰覺得有趣，卻未感驚慌。施加於芙蘭妮的行為沒有太大意義，與可能發生在別人身上的事毫無關聯，那只不過是進一步的虐待。

往後的歲月裡，玫瑰把這些事告訴別人時，他們的反應卻是出乎意料的大。她得發誓這些是真實故事，她並沒有誇大其辭。這些是真人真事，卻造成令人措手不及的影響。她的求學生涯看起來很糟，她一定過得很慘，而事情並非如此。她一直有所學習：每年會發生兩到三次的嚴重械鬥，學校幾乎被破壞殆盡，她就此學會應付這種事。她向來傾向保持中立，但那是大錯特錯，可能導致對立的雙方都討厭你。正確作法是與住在附近的同學結為盟友，放學走路回家也不致太危險。她始終不確定要怎麼打架，也沒有這方面的天分，真的想不通有何這麼做的必要。後方狠狠砸來的雪球、石頭、木瓦總讓她嚇一大跳，她知道自己永遠不可能站在勢頭上，永遠不可能處於極度安全的位置——如果學校的世界裡有「安全的位置」這種事。但除了無法上廁所以外，她過得並不悲慘。無論是懷著懦弱謹慎的態度，或帶著震驚與不祥的預感，學會生存以及過得悲慘是兩回事，前者太有趣了。

她學會抵擋芙蘭妮，學會絕不靠近學校的地下室（那裡的窗戶全破了，一片漆黑，還會滴水，像個洞穴），學會避開樓梯下方的暗處以及柴堆之間的空間，學會千萬別引起大男孩的注意力，她覺得他們像野狗一樣敏捷、強壯、善變，打架時分外鼓譟。

一開始，玫瑰的確犯了個錯，往後再也沒重蹈覆轍。某次她走下逃生梯，有個姓莫瑞的大男孩將她絆倒，然後抓住她，扯下她雨衣的一整截袖子，而她錯在對芙蘿據實以告，而非撒謊。芙蘿去學校大鬧一場（她說，她打算這麼做），聽目擊者發誓說玫瑰的雨衣是被釘子鉤破的。老師則是一臉陰沉，不肯表示意見，甚至暗示芙蘿的來訪並不受歡迎。西漢拉第的大人不會來學校，這裡的媽媽吵架時盲目偏袒自家人，她們會探到門外大吼，有些媽媽甚至會衝出去扯人頭髮、舉著卵石揮舞。她們會在背後辱罵老師，送孩子上學時，吩咐他們別接受她的批評；但她們不曾做出芙蘿那般舉動，絕不會踏進學校，也從未如此強烈抱怨到這般程度。她們堅信的，正和芙蘿相信的相反（玫瑰第一次覺得，她不懂芙蘿，而且有所誤解），芙蘿認為做錯事情的人應該承認或被舉發，也覺得正義會得到伸張，而不是只是在衣帽間裡暗地裡扯破、撕壞莫瑞的外套作為報復。

芙蘿說，老師不了解她的來意。

但老師了解，而且清楚得很。下課休息時間，她鎖上門，任外頭鬧得天翻地覆，從未試著叫大男孩從地下室上來，或離開逃生梯回到教室。她使喚他們砍柴供爐火使用，並將飲用水的桶子裝滿，其他時間他們便可自由行動；他們不介意砍柴或裝水的差事，雖然老愛用冰水潑人，還差點用斧頭砍人。他們待在學校只是因為無處可去，他們都到了可以工作的年紀了，卻無事可做；大女孩至少找得到女傭的工作，所以不會留在學校，除非打算參加升學考試就讀中學，或許有朝一日在商店或銀行任職，有些人的確如此。像西漢拉第這類地方的女孩，比男孩更有可能晉升。

老師讓不屬於升學班的大女孩忙著差遣年紀較小的孩子。她們寵他們，賞他們巴掌，糾正拼字的錯誤，將鉛筆盒裡的有趣玩意兒、新蠟筆、花生糖爆米花[3]附贈的玩具飾品占為己有。不管是衣帽間發生的事、午餐盒遭搶、外套被割破、脫人褲子等，老師一概認為不關她的事。

她毫無熱情，缺乏想像力及同情心，住在漢拉第的她，每天步行過橋到學校，家裡有個生病的丈夫。她中年時回歸教職，或許這是她唯一找得到的工作，她必須堅持下去，所以撐了下來。她不曾在窗戶上裝飾剪紙或在作業簿上貼金色星星，也從來不用彩色粉筆在黑板上畫圖；她沒有金色星星，學校也沒有彩色粉筆。她對於任何課程或任何學生從未表現出愛。如果她有任何願望，一定是希望某天接到通知，說她可以回家，永遠不必再見到他們，永遠不必再打開拼字課本。

然而，她確實教了一些有用的課程。她一定教導了準備參加升學考試的學生，因為其中一些人通過考試；她必然試著教每個學生讀寫以及簡單的算數。樓梯扶手遭破壞，桌子被人從地板拔起，爐子冒煙，管子被人用電線綁在一起，圖書館裡沒有書或地圖，粉筆永遠不

3 原文是 Cracker Jack，為一零食品牌，爆米花裹上焦糖及花生的經典零食，於一八九三年問世，並自一九一二年起，每盒皆附贈小玩具。許多美國人看棒球時會吃這種零食。

夠，甚至教學用尺也髒兮兮的，一端還裂了開來。打鬥、性交、偷竊行為這等大事持續發生。無論如何，現實和課表盡皆如實呈現：面對各種混亂、不安以及無能為力，教室仍維持某種日常的例行運作；提供教育，而有些人學會拼字。

老師會吸鼻菸，她是玫瑰唯一見過吸鼻菸的人。她會在手背上撒些鼻菸，抬手靠近臉，優雅吸食。她的頭往後仰，露出喉嚨，霎時間顯得傲慢又挑釁。除此之外，她一點也不古怪，身材豐滿，臉色蒼白，一身寒酸。

芙蘿說鼻菸可能讓她的腦袋不清楚了，就像嗜毒的癮君子，不過，香菸只會讓神經疲乏。

至少學校裡有件事是迷人、可愛的：小鳥畫。玫瑰不知道老師是否爬上高處，並將那些畫釘在黑板上方，放得高就不易慘遭荼毒；她也不知道這些畫是否是老師最初和最後滿懷希望的作品，也不清楚是否可追溯到學校更早、更安逸的時期。校園裡不見任何裝飾用的圖畫，它們來自何方？又為何來到這裡？

那些畫裡有紅頭啄木鳥、黃鸝、冠藍鴉、加拿大雁，色彩明亮且經久不褪，背景是純淨白雪、花朵綻放的樹枝、讓人陶醉的夏日天空。若放在其他地方的普通教室裡，這些畫看起來就不會如此出色；然而在這裡，顯得明亮生動，和周遭的一切格格不入，以致畫的內容似乎不是描繪鳥本身，也不是天空、白雪，而是另一個世界，那裡有著勇敢的天真、豐富的知識、特權階級才有的無憂無慮。沒人偷午餐盒，沒人割破外套，沒人脫別人褲子再用棒子戳得人發疼，沒有性交，沒有芙蘭妮。

升學班有三個大女孩，分別是多娜、蔻拉、柏妮絲。升學班只有她們三人，沒有其他學生了。她們是三個女王，但如果更仔細觀察，其實是一個女王和兩個公主，這是玫瑰對她們的看法。她們手挽著手或攬著彼此的腰際走在校園裡，蔻拉在中間，她個子最高，多娜與柏妮絲偎著她、跟著她。

玫瑰喜歡蔻拉。

蔻拉和外祖父母同住，她的外婆過橋到漢拉第替人打掃燙衣，外公則是「倒蜜人」，那意味著他四處為人清理廁所，那就是他的工作。

芙蘿存夠錢蓋好真正的衛浴間之前，她在柴棚的角落安置了化肥廁所，這個安排比戶外廁所好，尤其是冬季。只是，蔻拉的外公不贊同這個作法，他告訴芙蘿：「許多人在屋裡安置化肥廁所，也都後悔了。」

他把「化」肥念成「法」肥。

蔻拉是私生女。她的母親在其他地方工作或結婚了。也許是女傭，總有辦法寄些淘汰的舊衣回來。蔻拉有很多衣服，她上學穿及臀、下襬有褶飾的淡黃褐色緞子上衣、單肩垂著一朵天鵝絨玫瑰的皇家藍天鵝絨上衣、飾滿流蘇的暗紅色縐綢上衣。這些衣服對他來說太成熟（不過玫瑰認為不會），卻未顯寬大。蔻拉高䠷結實，女人味十足，有時她將頭髮盤在頭上，任其垂落在一隻眼睛前面。她、多娜、柏妮絲時常梳理著大人的髮型，塗上濃豔的口紅，臉頰擦上一層厚粉。蔻拉五官深邃，額頭油亮，深褐色的眼簾懶洋洋的，流露著老成慵懶的自滿，不久之後，就會變得刻苦又穩重。但此刻她光彩照人，跟著侍從走在校園裡（擁有白皙鵝蛋臉以及金色鬈髮的多娜，其實才稱得上漂亮），彼此勾著手，不時嚴肅交談。蔻拉沒浪費一絲注意力在學校的男孩身上，她們三人都沒有。她們耐心等待和真正的男友交往，或許已經有了對象。有些男孩在地下室門口朝她們大叫，那是因為渴望才存心侮辱，蔻拉會轉身朝他們大吼：

「老得無法躺搖籃，嫩得無法滾床單！」

玫瑰不懂這句話的意思，但她十足崇拜蔻拉一轉身，那冷嘲熱諷卻又慵懶淡定的嗓音、發亮的眼神。玫瑰獨處時，會演出整個場景：男孩大吼，她扮成蔻拉，學蔻拉轉身，以同樣挑釁的鄙視語氣對付想像中欺負自己的人。

老得無法躺搖籃，嫩得無法滾床單！

玫瑰在雜貨店後方的院子走來走去，想像膚色緞子上衣的及臀處有褶飾，頭髮盤起，髮絲垂落，嘴唇塗上一抹紅。她想快點長大，變得跟蔻拉一模一樣；她等不及長大，現在就想變成蔻拉。

蔻拉穿高跟鞋上學，她的腳步並不輕快。當她穿著鮮豔洋裝在教室裡走動，你能感覺教室顫動，聽見窗戶嘎嘎作響。你也聞得到她的氣味：她的爽身粉、化妝品、溫暖的深色肌膚以及頭髮。

天氣剛轉暖的頭一天，她們三人坐在逃生梯的頂部擦指甲油。指甲油散發香蕉油的氣味，帶點奇怪的化學刺鼻味。玫瑰原本打算照平常的習慣，走上逃生梯再進學校，好避開校門口每天上演的恐嚇劇碼，但當她一看見那三個女生，立刻轉過身，不敢奢望她們會讓路。

不過蔻拉朝下大喊。

「妳想上來可以上來。上來啊！」

她在戲弄玫瑰，鼓勵她的樣子彷彿對待一隻小狗。

「妳想不想擦指甲油？」

「那樣大家都會想擦啦。」說這話的，是那個叫柏妮絲的，原來她是指甲油的主人。

「我們不幫她們擦，只幫她擦。妳叫什麼名字？玫瑰？我們只幫玫瑰擦。上來啊，親愛的。」蔻拉接著說道。

她叫玫瑰伸出一隻手。玫瑰驚惶地看著自己滿是斑點的髒手，那冰冷、顫抖又令人作嘔的小手。如果玫瑰看見蔻拉猛地放下那隻手，她也不會驚訝。

「張開手指。對，放鬆。瞧，妳的手在發抖！我不會咬妳，對吧？像個乖女孩一樣別動，妳不希望我把所有的手指都畫歪吧？」

她將刷子浸入罐中，指甲油是深紅色，宛如覆盆子。玫瑰喜愛那氣味，蔻拉的手指厚實、粉嫩、穩定、溫暖。

「那樣不是很美嗎？妳的指甲看起來不是很美嗎？」

她用就當時來說有些難度而如今卻已為人遺忘的風格擦指甲油：月牙和白色指甲尖處留白。

「這是玫瑰色，很配妳的名字。『玫瑰』是美麗的名字，我喜歡。我喜歡玫瑰勝於蔻拉，我討厭『蔻拉』這個名字。天氣這麼溫暖，妳的手指好冰；跟我的手指比起來，妳的好冰，對吧？」

她在調情，滿足自我，就像這個年紀的女孩會做的事。她們試著對周遭的一切施展魅力，不論是貓狗或自己在鏡中的倒影。此刻玫瑰太激動了，無暇盡情享受。她感到虛弱、目眩神迷，這種熱切的關愛令她驚慌失措。

從那天起，玫瑰開始著了迷，她花時間學蔻拉走路、打扮，重複她聽蔻拉說過的每句話。她想變成蔻拉。對玫瑰而言，蔻拉的舉手投足淨是迷人魅力，像是她將鉛筆插進豐厚粗糙的頭髮裡，有時在學校抱怨，那厭煩的態度盡顯女皇般不耐，以及舔舔手指再小心翼翼地撫平眉毛。玫瑰也舔舔手指，撫平眉毛，希望自己的眉毛濃黑，而非稀稀疏疏，幾近看不到。

模仿還不夠，玫瑰變本加厲。她想像自己病了，蔻拉莫名地被喚來照顧她。夜裡兩人依偎、輕撫、輕搖入睡。玫瑰編織危險和拯救的情節、意外與感激的故事：有時她救了蔻拉，有時蔻拉救了她，接下來是熱情、放縱、表白。

玫瑰是美麗的名字，
上來吧，親愛的。

愛的開端、滋長、流洩。不太確定需要什麼才能專注於肉體的愛，那必然最初就已存在，就像桶子裡凝固的蜂蜜，等待融化並流動。少了某種尖銳、失去某種急迫性。只是選擇的愛人性別碰巧不同罷了，除此之外，並無二致；從那時起，玫瑰已臣服：高潮、難忘的傻念頭、如洪水般突如期來的遐想。

路旁的紫丁香、蘋果樹、山楂樹開花時，她們玩起大女孩安排的葬禮遊戲。應該扮演死者的女孩（因為只有女生會玩這個遊戲）伸展身子，躺在逃生梯頂部，其餘女孩緩緩魚貫向前，哼著某首聖歌，拋下懷抱著的鮮花，彎身假裝啜泣（有些人真的哭出來），然後看死者最後一眼。整個遊戲就是這樣。每個人理應都有機會扮成死者，但情況並非如此。大女孩讓每個人都當過一次死者後，就不願在小女孩的葬禮上扮演配角。留下來繼續玩的人很快就意識到，遊戲已然失去重要意義及其迷人魅力，她們一一離去，只留下固執的烏合之眾玩到遊戲結束。玫瑰便是留下來的其中一人，她期待蔻拉會出現在逃生梯，參加送葬隊伍，蔻拉卻是全然無視。

扮演死者的人可以選送葬的聖歌，蔻拉選了〈天堂該是多麼美麗〉。平躺的她身上堆滿鮮花，大多是丁香。她穿著玫瑰紅的縐綢洋裝，戴著珠子項鍊，別著胸針，胸針的綠色亮片拼出她的名字。她的臉上擦了厚厚的粉底，嘴角細毛上的粉底顫動，睫毛亦微微顫抖，她一臉專注，眉頭緊蹙，嚴肅地扮演死者。玫瑰哀傷歌唱，放下丁香，她靠蔻拉夠近，可進行一些祈禱，卻想不出任何儀式。眼下她只能累積細節，留待日後尋味，像是蔻拉的髮色：耳際後的髮尾閃著光澤，比起髮根，髮尾是較淡的焦糖色，更顯溫暖。她的手臂光溜溜的，膚色黝黑，伸直平放，那是屬於女人的粗壯手臂，流蘇任意覆蓋其上。她原本聞起來的味道如何？她眉頭深鎖意味著什麼？有所不滿或自得意滿？日後玫瑰獨處時，苦思著這一幕幕，她試著回想、理解並永遠銘記在心。只是，那又如何？每當玫瑰想起蔻拉，便感覺到她灼熱的黑點，中心融化了，帶著巧克力燃燒的氣息和味道，而自己永遠搆不著。

當愛走到這一步，如此無力絕望、瘋狂的濃烈，還能怎麼辦？必須來一記猛烈重擊。

而不久，玫瑰便鑄下大錯：她從芙蘿的店裡偷了糖果給蔻拉，當時就知道這個行為愚蠢、不當、幼稚。其中的錯誤不只在偷竊這件事上，還包括這行為的無知，以及難度。芙蘿將糖果放在櫃檯後方斜架上、開著口的盒子裡，孩子拿不到卻看得到的地方。玫瑰得留心時機，而後爬上凳子，將抓得到的糖果一逕地塞進袋子——水果軟糖、雷根糖、什錦甘草糖、「楓芽牌」巧克力、雞骨糖[4]。玫瑰一口也沒吃，她得將袋子帶到學校；她也的確這麼做，她將袋子藏在裙下，頂端塞進內褲的鬆緊帶褲頭，手臂緊貼著腰部固定。芙蘿說：「有什麼事嗎，妳肚子痛？」但幸好她太忙了，無暇細究。

玫瑰將袋子藏在學校課桌裡，並等待機會，可惜機會未如預期出現。

即使是她花錢，正正當當買到這些糖果，整件事仍是個錯誤。這件事在最一開始或許沒什麼問題，但現在不是了。此時此刻，她極需感激及讚賞，卻還不到能夠坦然接受一切的狀態。光是想像蔻拉碰巧踏著狂妄的沉重步伐、捲起一陣令人臉紅心跳的香氣經過她的課桌，玫瑰的心便不住地怦怦直跳，嘴裡滿溢著渴求和絕望的古怪銅味。玫瑰的感受無法透過任何

4　雞骨糖（chicken bones）：加拿大廣受歡迎的聖誕糖果，外層為粉紅色的肉桂口味，內餡則為巧克力。

方式表達，也不可能盡如人意。她很清楚，自己的行為像小丑一樣可笑又不幸。

她無法主動送出糖果，也永遠沒有恰當時機，因此幾天後，她決定將糖果放在蔻拉的課桌裡。就連這麼做也很困難。下午四點後，她得假裝忘了拿東西而跑回學校；她知道再晚一點，就得獨自跑出學校，並經過地下室門口的那些大男孩。

老師在教室裡，正戴上帽子。每天從學校走過橋回家的這一段路，她會戴上綠色舊帽，上頭還插著幾根羽毛。而蔻拉的朋友多娜正在擦黑板，玫瑰試著將那包糖果塞進蔻拉的課桌，未想某個東西掉了出來。老師一副滿不在乎的樣子，多娜倏地轉身朝她大吼：「嘿，妳在蔻拉的桌子那裡做什麼？」

玫瑰將那包糖果丟在椅子上，隨即衝了出去。

她完全沒料想到蔻拉會來芙蘿的店裡，並交出那包糖果。而蔻拉真的來了。她無意為玫瑰帶來麻煩，她只是自得其樂，沉浸在自己備受重視和尊重的感覺中，並享受和成年人對話的愉悅。

「我不知道為何她要送給我。」蔻拉說道，要不就是芙蘿說蔻拉是這麼說的。這次芙蘿模仿得不像；玫瑰覺得那聽起來根本不像蔻拉的聲音，芙蘿模仿的蔻拉，聽起來惺惺作態，像在發牢騷。

「我想，最好過來告訴妳一聲！」

總之，那些糖果不能吃了，全擠成一團融化了，芙蘿不得不丟了。

芙蘿說，她當下目瞪口呆，不是因為玫瑰偷東西。她當然不讚許偷竊，但她似乎也了解在這種情況下，偷竊只是次要惡行，沒那麼要緊。

「妳拿那包糖果做什麼？送給她？為何送給她？妳愛上她了還是怎樣？」

她想羞辱玫瑰，同時也是開玩笑。玫瑰否認，因為「愛」讓她聯想到電影結局、親吻以及結婚。此刻她只感覺到震驚和赤裸，雖然她並不知曉，但她的感受已逐漸枯萎，邊緣捲曲了起來，芙蘿便是那令她乾涸的一擊。

「妳就是愛上她。妳讓我想吐。」

芙蘿口中說的，並不是後來人們所談論的同性戀。如果她知道或想到那種事，她會覺得那似乎比一般的感情出軌還像笑話，甚至更加離奇、費解。她厭惡的是「愛」，「愛」是束縛、自卑、自欺，那讓她驚嚇。她看見「愛」的危險，真的；她看出其中的破綻：輕率的盼望、甘願、需求。

「她有什麼好的？」芙蘿隨即自問自答：「一無是處。她一點也不好看，我看出一些徵兆了，她很快就會變成肥胖怪物，也會長出鬍子，其實早就長了一撇。她打哪裡來的那些衣服？我猜她還以為自己穿起來很搭。」

玫瑰沒回應，芙蘿進一步說，蔻拉沒有爸爸，妳或許會好奇她媽媽是做什麼的？還有她外公是誰？倒蜜人！

多年來，芙蘿不時重提蔻拉的話題。

蔻拉上中學後，芙蘿一見她走過雜貨店門口，就會說：「妳的偶像來了！」

玫瑰則佯裝想不起來。

芙蘿則繼續說下去：「妳認識她！還想送糖果給她！為了她偷糖果！我那時可不是還笑了。」

玫瑰假裝不認識蔻拉並不全然是謊言，她記得那些事，但忘了那些感受。如今，蔻拉已是一臉陰沉的黝黑大女孩，彎腰駝背，拿著中學課本。那些課本對她根本一無是處，她中學成績不及格。她穿著普通的襯衫以及海軍藍裙子，那確實讓她顯得臃腫，或許少了優雅洋裝，她的個人魅力也消失了。她遠走他鄉，找了戰爭相關的工作，進入空軍服務，放假時在家鄉露臉，卻見她一味地將自己塞進醜陋的制服。她最後嫁給飛行員。

這番失落和轉變並未讓玫瑰煩惱，根據她至今所領悟的道理，生命完全是一連串出人意料的發展。當芙蘿繼續回憶，讓蔻拉聽起來愈來愈糟——膚色黝黑、毛髮濃密、目中無人、肥胖臃腫——玫瑰一心只想著芙蘿真是落伍。許久以後，玫瑰徒然明白芙蘿其實想警告她，並改變她。

學校隨著戰爭而有所改變。衰落、失去所有邪惡活力、無法無天的精神以及格調。粗暴好鬥的男孩從軍去了。西漢拉第也變了，人們搬離，好從事戰爭相關工作，甚至留下來的人也在工作，薪水比他們夢想中的還優渥。除了最固執的人以外，多數人都過起體面的日子。屋頂鋪上木瓦，而不只是修補，房子刷上油漆或鋪上人造磚塊。家中添購了冰箱並四處炫耀。當玫瑰想起戰時和戰前的西漢拉第，這兩段歲月迴然不同，彷彿打上截然不同的燈光，或是以底片拍攝，再以不同方式沖洗，因此其中一個時期的照片看起來輪廓分明、得體、井然有序又日常，另一個則陰暗、粗糙、雜亂又令人不安。

學校整修過了：窗戶換新，課桌以螺絲拴緊，暗紅色油漆遮住髒話，男廁及女廁拆除後，茅坑也填平了，政府與學校董事會決定在清除乾淨的地下室設置沖水馬桶。

所有人都朝著那個方向發展。伯恩斯先生夏天過世，買下他房子的人在屋內設置衛浴設備，還搭起高高的細鐵絲網柵欄，這麼一來，學校的人再也無法摘丁香花。芙蘿也在此時裝設附沖水馬桶的室內浴室，她說，不妨來蓋間浴室吧，這可是戰時的繁榮。

蔻拉的外公不得不退休，此後再也沒有倒蜜人。

半個葡萄柚

玫瑰參加升學考試，跨過橋，進入中學就讀。

教室牆上有四面乾淨大窗，以及嶄新的日光燈。這堂是健康輔導課、一項新計畫。男女混班上課直至聖誕節，屆時他們將分班繼續家政課程。健康輔導課的老師年輕樂觀，穿著時髦紅色套裝，傘狀下襬蓋住臀部。她上下走動，穿梭於各排課桌椅之間，要大家說說早餐吃了什麼，看看他們是否遵守「加拿大飲食指南」。

城鄉差距當下顯而易見。

「炸馬鈴薯。」

「麵包和玉米糖漿。」

「茶和麥片粥。」

「茶和麵包。」

「茶、煎蛋、醃豬胛肉。」

「葡萄乾派。」

教室裡響起些許笑聲，老師擺出譴責的表情，但徒勞無功。她走到班上的城市區。教室自動維持著一種粗略的分隔，城市區的學生說，早餐吃了橘子果醬吐司、培根、蛋、玉米片，甚至鬆餅淋糖漿，其中幾人說喝了柳橙汁。

玫瑰坐在城市區其中一排的後方座位，西漢拉第的代表只有她，她極切地想背棄出身的地區，結交城市區的學生，並加入那些超然的鬆餅——咖啡族群以及家中設有早餐用餐區且見多識廣的同學。

她放膽回答：「半個葡萄柚。」這個答案是其他人始料未及的。

事實上，芙蘿認為，早餐吃葡萄柚跟喝香檳一樣糟糕，她的店裡甚至沒賣葡萄柚。他們很少吃新鮮水果，頂多吃一些長了黑斑的香蕉及外表不起眼的小柳橙。芙蘿和許多鄉下人一樣，認為沒煮熟的食物對胃不好。他們早餐也喝茶和麥片粥，夏天則改吃脆米香[1]。夏日第一個早晨的脆米香輕如花粉，撒入碗裡時散發歡樂氣息，振奮人心，就像雪融後的第一天，不必穿防水鞋便可走在堅硬的路面上，或是一敞開大門，便可迎接冬霜與夏蠅之間短暫美好春日的第一天。

玫瑰因為想出「葡萄柚」這個答案以及大膽卻自然地脫口而出顯得沾沾自喜。儘管她在學校沉默不語，嗓音卻總是乾啞，心臟像顆球怦怦地跳，幾乎是卡在喉嚨，汗水溼透上衣，以致緊貼著手臂。她焦慮不安。

幾天後，她正步行過橋回家，此時聽見有人大喊，對方不是喊她的名字，但她知道那在叫她，因此她放輕踏在木板上的步伐，凝神細聽。那聲音似乎從下方傳來，雖然她低頭透過縫隙往下看，卻只見到湍流。一定有人躲在橋樁旁。那聲音流露著嚮往，並掩飾得極為巧妙，她無法判斷對方是男孩或女孩。

「半個葡萄柚！」

此後經年，她不時會聽見那人從小巷或暗窗大喊，她從未向他人透露聽見那聲音，但一聽見那聲音，她必須立刻擦臉，抹去上唇的小水珠。人們總會因為矯揉造作而冒汗。

這還不算最糟。中學生活危機四伏，在光天化日下，任何事都逃不過他人的眼睛，每個人隨時都有可能遭到羞辱。玫瑰可能就是遺失那片「靠得住」衛生棉的人，那也可能是某個鄉下女孩弄丟的，她將衛生棉放在口袋或夾在筆記本內頁，當天稍晚會用到。住得遠的人很可能這麼做，玫瑰就是如此。女廁有一部「靠得住」衛生棉自動販賣機，但裡頭總是空空如也。它會吃掉一角硬幣，卻不會吐出任何東西。有件事眾人皆知：兩個鄉下女孩約好一起在

1 編注：脆米香（puffed rice），加拿大的一種早餐，其實就是臺灣常見的爆米香，只是加拿大的米香，並未以麥芽糖將米香製成餅狀。

午餐時間找工友，請他補滿自動販賣機，也只是徒勞。

「妳們哪一個需要衛生棉？」經他這麼一問，她們當下落荒而逃，還說他在樓梯下方的房間有張骯髒的舊沙發和一具貓咪的骨骸。她們發誓所言不虛。

那片「靠得住」衛生棉一定是掉到地上，或許落在衣帽間，然後某人撿起後，再伺機放進大禮堂的獎盃展示櫃裡，因而引起眾人注意。經過折疊與攜帶，衛生棉看起來不再嶄新，表面受到磨損，由此可以想像它貼著身體而變得溫暖。天大的恥辱。朝會時，校長提到，出現一個噁心的東西，他矢言要揪出、揭發、鞭打、開除肇事者。學校的所有女孩都說不知情，各種猜測紛紛出現。玫瑰深恐自己可能就是那片衛生棉的失主，以至於當最後矛頭指向一名身材魁梧、鬱鬱寡歡的鄉下女孩時，玫瑰簡直如釋重負。女孩名喚穆莉爾．梅森，穿著人造纖維的居家服上學，渾身散發著狐臭。

如今，男孩會跟在她背後大喊：「穆莉爾，今天妳包衛生棉了嗎？」

「如果我是穆莉爾，我會想自殺。」玫瑰聽見某個高年級女生在樓梯間對另一個女同學這麼說。「我一定會自殺。」她的語氣並非同情，而是不耐。

每天玫瑰回家後，她會把學校發生的事一五一十地告訴芙蘿。芙蘿很喜歡「靠得住」衛生棉事件，她會詢問最新進展。芙蘿從未聽過半個葡萄柚的事，玫瑰絕對不會提起自己屈居下風或牽扯在內的事。玫瑰和芙蘿不約而同認定，別人才會傻得落入陷阱。玫瑰一離開學校，走過橋，就搖身一變成為說故事的人，這番改變極為顯著：她不再戰戰兢兢，而是嗓門多疑且尖銳，穿著紅黃格紋裙扭腰擺臀，略顯一絲趾高氣昂。

芙蘿和玫瑰的角色已互換。現在玫瑰才是把故事帶回家的人，而芙蘿知道每個出場人物的姓名，一逕地等著聽故事。

豪斯．尼克森、戴爾．費布里奇、藍特．切斯特頓、佛羅倫斯．多迪、雪莉．皮克林、露比．卡魯瑟斯。芙蘿每天都等著聽他們的事，還稱他們是「活寶」。

「嗯，今天那幾個活寶又做了什麼蠢事嗎？」

她們會坐在廚房聊天，通往雜貨店的門大敞，如果客人上門，她們才看得見；樓梯口的門也打開來，倘若玫瑰臥病在床的爸爸大喊，她們也聽得到。芙蘿會煮咖啡，或吩咐玫瑰從冷藏箱拿出幾罐可樂。

玫瑰帶回家的故事大致如下：

露比．卡魯瑟斯個性淫蕩，一頭紅髮，嚴重鬥雞眼（以前的人根本不在意鬥雞眼或外斜視，更別說牙齒重疊或暴牙，至少鄉下和西漢拉第這類地方正是如此，這是過去和現在的其中一個巨大差異。）露比為經營五金生意的布萊恩茲家工作，她幫忙做家事換取食宿，他們不在家時，她就幫忙看家。而他們經常不在，或者出門看賽馬、曲棍球賽，或者前往美國佛羅里達州。有一次，她獨自在家時，戴爾．費布里奇、豪斯．尼克森、藍特．切斯特頓這三個男孩去找她。

芙蘿插嘴道：「看看他們能撈到什麼好處。」同時，她抬頭望向天花板，然後要玫瑰放低音量；她爸爸無法容忍這種故事。

戴爾英俊又自大，但不太聰明。他說自己會先進屋說服露比跟他做那檔事，如果他有辦法說服她跟他們三人上床，他也會開口的。而他不知道的是，豪斯早就和露比約好在陽臺下方幽會。

「裡面可能有蜘蛛，但我想他們不在意吧。」芙蘿補充道。

當戴爾在黑暗的屋裡四處摸索、尋找露比，露比和豪斯正在陽臺下方。整個計畫裡，藍特負責坐在陽臺的階梯上把風，他必定專注聽著肉體撞擊聲及喘息聲。

片刻後，豪斯爬了出來。他說要進屋找戴爾，不是為了讓他知道實情，而是看看這個惡作劇進行得如何，對豪斯而言，這可是此事最重要的部分。他發現戴爾在食品儲藏室偷吃棉花糖，於是說今天不屑上露比，他要回家了。

同時間，藍特爬進陽臺下方，上了露比。

「天啊！」芙蘿驚呼。

接著豪斯走到屋外。藍特和露比都聽見頭頂傳來豪斯正走在陽臺上的聲響。露比問：那是誰？藍特說：喔，那只是豪斯．尼克森。露比說：那你究竟是誰？

天啊！

玫瑰懶得說完故事。後來露比的心情跌落谷底，她坐在陽臺的階梯上，衣服和頭髮沾滿陽臺底下的泥土。她拒絕抽根菸或共享一包杯子蛋糕（事到如今，可能都被壓扁了），那是藍特從放學後打工的雜貨店裡偷來的。他們調侃她，要她告訴他們怎麼回事，最後她說：「我想我有權利知道自己跟誰做了那檔事。」

芙蘿富於哲理地說：「她活該。」其他人也這麼認為。很多人一旦誤拿露比的東西，尤其是運動衣或慢跑鞋，都會立刻去洗手，以免得性病。

玫瑰的父親在樓上一陣狂咳。陣陣咳嗽讓人絕望，但她們已漸漸習慣。芙蘿起身到樓梯下細聽，直到咳嗽聲停止。

「那些藥對他完全無效，那醫師連個絆創貼也不會貼。」她說著，最終她還是把玫瑰父親的病痛怪在藥物及醫生頭上。

「如果妳隨便跟男生做那檔事，妳就完蛋了。我是說真的。」她緊接著說，玫瑰頓時氣得臉脹紅了起來，她說自己寧死也不願那麼做。

「但願如此。」

而芙蘿告訴玫瑰的故事則是這種：

母親過世時，芙蘿十二歲，她父親將她送到有錢的農家。他們使喚她做事，然後供她食宿並讓她就學。但多數時候，他們沒讓她到學校，因為工作太多，根本做不完。他們極其冷酷無情。

「如果妳去摘蘋果，樹上剩一顆沒摘到，妳就得回去，再摘一次整座果園的所有蘋果樹。同樣地，如果妳在田裡撿石頭，漏掉一個就得在整片田地重撿一遍。」

農家女主人是某個主教的妹妹。她向來相當呵護肌膚，使用欣德牌蜂蜜杏仁乳液按摩臉龐。她對所有人說話的語氣都很傲慢、苛刻，總覺得自己當初委屈下嫁。

芙蘿說：「但她很漂亮，還送我一樣東西。那是一雙淡褐色的緞質長手套，接近淺黃褐色。手套很好看，我不是有意弄丟，卻真的不見了。」

芙蘿得將男人的晚餐送去遙遠的田裡。男主人一打開晚餐，接著說：「為什麼今天晚餐沒有派餅？」

「如果你想吃派餅，可以自己做。」只聽見芙蘿這麼回答。她們裝晚餐時，女主人正是用這種語氣說這些話。芙蘿能維妙維肖地模仿女主人，這不足為奇，因為她無時無刻都在模仿，甚至對鏡練習，令人驚訝的是，她竟然就這麼脫口而出。

男主人大為震驚，卻也稱讚芙蘿模仿得很好。他要芙蘿跟他一起回家，質問妻子是否說了那些話。他體形壯碩，脾氣暴躁。主教的妹妹當下否認，她說那不是真的，那個女孩只是在搬弄是非，根本是個騙子。她不但制伏了丈夫，一等到芙蘿隻身一人，便狠狠揍芙蘿一頓。芙蘿被打得飛過房間、撞上櫥櫃，頭皮破裂。傷口並未縫合（女主人不想找醫師過來，怕別人說閒話），隨著時間慢慢痊癒，如今疤痕仍清晰可見。

從此以後，芙蘿再也沒回學校讀書。

就在滿十四歲的前夕，她逃走了。她謊報年齡，在漢拉第的手套工廠找到工作。未想主教的妹妹查出她的下落，偶爾會來看她。芙蘿，我們原諒妳，妳逃走了，丟下我們，但妳還是我們親愛的芙蘿、我們的朋友。歡迎妳出來和我們共度一日，妳不想在鄉間待個一天嗎？整天待在手套工廠對年輕人的健康不好，妳需要新鮮空氣，妳何不來看看我們？何不今天就過來呢？

每每芙蘿接受邀請，結果都是他們剛好在醃漬大量水果或辣椒醬，不然就是正在貼壁紙或春季大掃除，或者打穀機正要過來，她放眼所及的鄉村景色只有將洗碗水倒到籬笆外的那塊地方。她始終無法理解，為何自己還要去或留下，走回鎮上的路途又是那麼遠。他們是如此的無助，主教的妹妹存放果醬罐時未留意到清潔衛生，以致從地窖拿上來時，罐裡都發霉了，底部還有腐爛長毛的成塊水果。妳怎麼能不同情這樣的人？

主教的妹妹在醫院臨終前，芙蘿剛好也在那裡，玫瑰只記得她當時入院接受膽囊手術。主教的妹妹聽說芙蘿也在醫院裡，便想見她一面。因此芙蘿讓人將她抬到輪椅上，再推著她沿走廊前進。她一見到床上的主教妹妹（昔日身材高䠷、肌膚光滑，如今骨瘦如柴、長滿斑點，罹患癌症，吃了藥而顯得昏昏沉沉），竟無法克制地流鼻血，這是她生平第一次流鼻血，也是最後一次。芙蘿說，紅色鮮血像彩帶般迅速噴出。

她要護士趕忙到走廊上四處求救，鼻血似乎怎麼都止不住。當她仰頭，鼻血便噴濺在主教妹妹的病床上；當她低頭，鼻血就流到地板上，最後他們得讓她枕在冰袋間。芙蘿從未真正向病床上的主教妹妹道別。

「我從未真正向她道別。」

「妳想這麼做嗎？」

「嗯，想啊。噢，當然，我想啊。」

每晚玫瑰都帶一堆書回家，包括拉丁語、代數、古代史與中古史、法語、地理等，《威尼斯商人》、《雙城記》、《短詩全集》、《馬克白》。芙蘿擺明對這些書充滿敵意，一如她對待所有書本的態度。而且一本書愈是厚重，封面愈是黑暗陰沉，書名愈是長而艱澀，芙蘿的敵意似乎就愈強烈。《短詩全集》惹得她勃然大怒，因為她打開後發現，一首詩竟長達五頁。

她總是把書名念得坑坑疤疤，玫瑰認為她是故意讀錯音的。「頌歌」變成「聳歌」，而《尤里西斯》的「西」字念成長音的「噓」，一副主角喝醉了的樣子。

玫瑰的父親必須下樓上廁所，他緊抓樓梯扶手，緩緩走下來，不過步履還算穩健。他穿著流蘇綁帶的褐色羊毛浴袍。玫瑰避免直視他的臉龐，這不全然是因為疾病可能改變他，而是因為她唯恐看見他的表情寫著對她的不以為然。無庸置疑，她是因為他才帶回這些書，這是為了向他炫耀。他確實緊盯著這些書，他只要看到這世上的任何一本書，就必定會拿起來瞧瞧書名，豈知他只說：「小心可別變得太聰明，那對妳沒有好處。」

玫瑰相信，他說那些話是為了取悅芙蘿，也許芙蘿正在聽他們說話，當時她人在店裡。但玫瑰猜想，無論芙蘿身在何處，他說起話來都像她正在聆聽一樣。他極力想取悅芙蘿、急於提防她有所反對。他似乎打定心意，所謂安危取決於芙蘿。

玫瑰從未跟他頂嘴。他一開口，她便自動低下頭去，黯然地閉上嘴，卻又小心翼翼地不流露半分不敬。她謹言慎行，卻非得要炫耀一番，並對自身抱著深切期許、懷著華而不實的夢想，這一切都對他毫不隱瞞。他一清二楚，光是玫瑰跟他共處一室就會使他感到無地自容。她總感覺，自己讓他蒙羞，總之，從她出生那刻起，就讓他備感恥辱，未來更將讓他顏面盡失。只是，她未因此感到懊悔。她深知自己倔強，也不打算改變。

玫瑰深知，芙蘿是玫瑰的父親心目中的女性典範。事實上，他也不時提起：女人就應該活力充沛、務實且精於開源節流；女人就應該機靈、善於討價還價並發號施令，且能看穿他人的矯揉造作。同時，她又應該對於知識顯得天真、童心未泯，對於地圖、長長的單字、書本內容嗤之以鼻，腦中淨是亂七八糟的迷人想法、迷信、傳統信念。

玫瑰年紀再小一點的時候，那段時期相當平靜，甚至堪稱友好，父親對她說：「女人的想法跟男人不同。」他大概一時忘記玫瑰也是女的或即將成為女人，「她們相信必須相信的事，你跟不上她們的想法。」因為芙蘿深信，在室內穿防水鞋會失明，所以他才有感而發。「但她們能打理生活，那是她們的天賦，而不是她們的幻想。她們在某些方面比男人聰明。」

因此，玫瑰感到羞愧的其中一個原因在於，她身為女人，卻遭到如此誤解，認定她無法成為理想的女人。但還有一個更重要的原因。真正的問題是，她不但具備且帶有他自認為在他身上最糟糕的特質。他無時無刻壓抑這些特質，並成功隱藏，未想這些特質在她身上一一浮現，而她一副不願與之搏鬥的樣子。她陣日虛度，喜愛幻想。她生性虛榮，急於炫耀，只在腦中編織人生。她沒遺傳到父親引以為豪的謀生本領：一雙巧手的技藝以及細心、盡責的做事態度。事實上，她超乎尋常地笨拙、粗心，一味地便宜行事。他眼中的她，洗碗盆裡的水總是潑得到處都是，心思飄到千里以外，臀部已比芙蘿大，頭髮散亂濃密；他眼中的她，壯碩、懶散、沉浸在自己的世界裡，這些缺點似乎惹得他極度惱怒又憂鬱不已，幾乎到了心生厭惡的程度。

玫瑰知道這一切。她一動也不動，透過他的眼眸凝視自己，直到他經過房間。她也痛恨自己待的地方，但他一離開，她便重拾自我，再次陷入思緒或回到鏡子前。近來她經常待在鏡子前，將頭髮一逕地盤在頭上，側身觀賞自己上半身的曲線，或者拉著臉部肌膚，斜眼看著自己、那微微的、挑釁的一瞥。

她也很清楚，他對她懷有另一番感情。她知道他以她為傲，就像他對她抱著幾乎無法控制的惱怒與憂慮。實情，那最終的實情是，他不要她這樣，而是希望她一如既往。或者說，他多少希望如此。當然，他非得否認這般期待，出於謙遜和剛愎自用，他非得否認不可。此外，表面上他得與芙蘿站在同一陣線。

玫瑰並未真正仔細思考這件事，或者說她壓根不想。她與他之間心有靈犀，而兩人對此都很不自在。

玫瑰放學回家時，芙蘿對她說：「嗯，妳回來啦，太好了，妳得留在店裡。」

玫瑰的父親即將前往倫敦[2]的榮民醫院。

「為什麼？」

「別問我，醫生說的。」

2　此處的倫敦非指英國首都，而是加拿大安大略省西南部的一座城市。

「他的病情惡化了？」

「我不知道，我什麼都不知道。那個蒙古大夫認為病情沒惡化，今天早上他來過一趟，檢查一下後就說要走了。我們運氣好，比利．波普可以載他過去。」

比利．波普是芙蘿的表親，他在肉舖工作。事實上，他過去住在屠宰場，那裡有兩間水泥地板的房間，當然，屋內瀰漫著動物腸胃內臟及毛豬的氣味。但他必然生性愛家，他在舊菸罐裡種植天竺葵，罐子就放在厚重的水泥窗臺上。如今，他買下肉舖樓上的小公寓，還存錢買了奧茲摩比廠牌的汽車。這件事發生在戰後不久，只要是新車，難免引起分外的轟動。每當他來訪，不時地就會走到窗戶旁看向愛車，並說些話引人注意，諸如「她吃的草不多，而你別想從她身上拿出肥料就是了。」

芙蘿以比利和他的車為傲。

「瞧，如果妳爸爸得躺著，比利車子的後座很寬敞。」

「芙蘿！」

玫瑰的父親高聲喊叫芙蘿。他剛臥病在床時鮮少喚她，那時他仍小心翼翼，甚至懷著歉意。但他早就過了那個時期，現在經常大聲喊她。芙蘿說，他編造各種理由要她上樓。

「如果沒有我，他要怎麼過活呢？他根本無法讓我清靜五分鐘。」她看起來以此自豪，雖然她時常讓他等待，有時她會走到樓梯下，逼他大聲說出找她的原因。她告訴店裡顧客，他無法放她清靜五分鐘，她一天還得替他換兩次床單。這是事實，他的床單被汗水浸溼。深夜時分，芙蘿或玫瑰（或者兩人一起）得待在柴棚的洗衣機旁。玫瑰有時看見父親的內褲沾上穢物，她壓根不想看，但芙蘿會拿得高高的，幾乎是在玫瑰的鼻下揮動，並大喊「再看一下！」接著咂咂嘴，那是充滿嘲弄的不以為然。

這種時候，玫瑰極其痛恨芙蘿，並憎恨父親。他體弱多病；家中的困境或節儉，致使他們根本不可能將衣物送去洗衣店。她也痛恨生活毫無保障。這一切都怪芙蘿。

玫瑰待在店裡。沒有顧客上門。這天颳著風沙，早就過了大雪紛飛的時日，雖然今年根本沒下雪。她聽得見芙蘿在樓上四處走動，又是斥責又是鼓勵，為父親穿衣，或者正為他打包行李、收拾日常用品。玫瑰把教科書放在櫃檯上，為了隔絕來自家中的噪音，她讀著英文課本裡的故事。故事作者是凱瑟琳·曼斯菲爾，書名為《花園宴會》。故事裡的窮人家沿著花園深處的小巷居住。別人以同情的眼光看待他們。這個故事固然很棒，玫瑰卻滿心不悅。故事本身無意惹火她，她也無法真正理解自己生氣的原因，但或許跟這些事有關：她很確定凱瑟琳·曼斯菲爾從未被迫直視髒汙的內褲；她的親戚或許冷酷、苛刻，但至少說話時的口音讓人可以接受；她的惻隱之心是漂浮在幸運的雲端上，她無疑深感自憐，但玫瑰覺得不齒。玫瑰對於貧窮一事向來一本正經，這種態度維持了很長一段時間。

她聽見比利．波普走進廚房，快活地大喊：「嘿，我猜泥悶很好奇我剛剛去了哪裡。」凱瑟琳．曼斯菲爾沒有一個親戚會說出「泥悶」。

玫瑰看完《花園宴會》，這會兒拿起《馬克白》。她熟記《馬克白》裡的一些臺詞。而除了學校規定必須背誦的內容之外，她也熟讀莎士比亞的作品以及詩作。當玫瑰說著馬克白夫人的臺詞，她不是想像自己是演員、在舞臺上扮演這個角色，而是想像自己就是她，就是馬克白夫人。

比利．波普朝著樓上大喊：「我走路過來，我得讓她進廠維修。」他認為大家都知道他指的是他的愛車。「我不知道她怎麼了，我無法放她空轉，她會熄火，我不想開著有問題的車子進城。玫瑰在家嗎？」

玫瑰還小時，比利就很喜歡她。他以前會給她一角硬幣，說道：「把錢存起來，為自己買幾件緊身胸衣。」那時的玫瑰，身材乾扁、單薄。那不過是他的玩笑話。

他走進店裡。

「啊，玫瑰，妳乖乖聽話嗎？」

她幾乎不想搭話。

「妳在看課本？妳想當老師？」

「或許吧。」她無意當老師，但令人意外的是，一旦妳承認這個志向，所有人就不會再來煩妳。

「對你們一家來說，今天真不好過。」比利壓低聲音說。

玫瑰抬起頭，冷冷盯著他。

「我是指妳爸爸要去醫院的事。但他們會治好他。醫院有各種醫療設備，還有優秀的醫師。」

「我認為不可能。」玫瑰回道。她也痛恨人們一副意有所指的樣子，接著就拍拍屁股走人，這太卑鄙了。他們總用這種態度面對死亡與性愛。

「他們會治好他，到了春天就會讓他回家。」

「如果他得的是肺癌，就不可能。」玫瑰堅定說道。她先前從未這麼說過，芙蘿當然也沒提過。

比利一臉難過，一副替她感到難為情的樣子，彷彿她剛剛說了極其下流的話。

「現在妳絕對不能提那件事，不能那樣說話。他快下樓了，可能會聽到。」

不可否認的是，有時這種情況讓玫瑰非常開心；她樂不可支，如果這不關她的事，她不必洗床單或聽一陣狂咳的話。她誇大自身所扮演的角色，視自己為心思清明、個性冷靜，拒絕各種騙人把戲的人，年紀雖輕，然苦澀的人生歷練讓她心境蒼老，而她在這種心情下說出「肺癌」一詞。

比利打電話給汽車修理廠，結果車子得到晚餐時間才能修好。比利不願那時動身，寧可留宿一夜，睡在廚房的沙發上，隔天上午再和玫瑰的父親一道前往醫院。

「不必匆匆忙忙，我不會撲向他。」芙蘿說道，而她嘴裡的「他」指的是醫生。她剛走進店裡拿了鮭魚罐頭，用來配麵包。雖然她沒有要去其他地方，原本也不打算外出，卻換上長襪、乾淨的上衣和裙子。

芙蘿在廚房準備晚餐時，不停地和比利高談闊論。玫瑰則坐在高腳凳上默背，望著前窗外頭的西漢拉第，灰塵掠過街道，那乾涸的水坑。

來我女性的乳房這裡，
將我的乳汁換成膽汁，你們這些殺人凶手！

如果她朝廚房喊出這段話，他們想必目瞪口呆。

傍晚六點，玫瑰鎖上店門。她一走進廚房，看見父親也在，她滿是驚訝。她沒聽見他的聲音。他說話或咳嗽的聲音都沒聽見。他穿上好看的西裝，顏色是少見的油亮深綠色，或許是便宜貨。

「瞧瞧他這身打扮，他自認為看起來很帥，得意得很，不肯回床上。」芙蘿說道。

玫瑰的父親露出不自然的溫馴微笑。

「現在還好嗎？」芙蘿問道。

「還可以。」

「至少你暫時沒咳嗽了。」

玫瑰的父親剛刮了鬍子，臉龐光滑細緻，就像他們在學校用黃色洗衣皂雕刻的動物。

「也許我該起來，別一直躺著。」

「這才像話，」比利嚷著。「別再偷懶了。快點起來，別躺著，回去工作。」

餐桌上有瓶比利帶來的威士忌。兩個男人拿裝奶油乳酪的小玻璃杯喝酒，他們加入約半吋的水兌酒，將杯子倒滿。

玫瑰同父異母的弟弟布萊恩原本在別處玩耍，這會兒他走進廚房，吵吵鬧鬧，渾身是泥，全身散發戶外的冰冷氣息。

就在他走進來之際，玫瑰朝著威士忌酒瓶抬了抬下巴，說道：「我可以喝一點嗎？」

「女孩不能喝。」比利說道。

「妳喝一點的話，布萊恩也會吵著要喝。」芙蘿補充道。

「我可以喝一點嗎？」布萊恩接著嘀咕說著。芙蘿放聲大笑，將她的玻璃杯悄悄滑到麵包盒的後方，「妳看吧。」

「從前這附近真的有人會治病，」晚餐時，比利說道，「但現在再也沒聽說了。」

「這會兒，聯絡不上任何一個，真是糟糕。」玫瑰的父親回道，他忍住一陣咳嗽的衝動。

「以前聽我爸爸提過有個信仰治療師，」比利接著說道，「他有種特別的說話方式，說起話來像《聖經》一樣。有個聾子去找他，他見了聾子後，竟治好他聽不見的毛病，然後對他說，『你敢聽嗎？』」

不過，玫瑰認為是「你聽見了嗎？」她趁著拿出麵包的瞬間，一飲而盡芙蘿杯中的酒，由此，她待眼前一家人的態度更為親切。

「正是這句，『你聽見了嗎？』聾子說聽見了，所以信仰治療師又說：『你相信了嗎？』或許聾子聽不懂他的意思，於是問：『相信什麼？』信仰治療師當下勃然大怒，就這樣又奪走對方的聽力，那個聾子回家時仍然聽不見，就跟來的時候一樣。」

芙蘿說，她童年住家附近有個女人有預知能力，每到星期天都有車子停在巷尾，起初是馬車，後來是汽車。人們遠道而來向她諮詢，大多是詢問失物的下落。

玫瑰的父親問道：「他們不想和失去的親人聯絡嗎？」芙蘿說故事時，他總喜歡鼓動她，「我想她能讓人聯繫上過世的人。」

「嗯，多數的人在世時，看親人都看膩了。」

人們想知道戒指、遺囑、家畜的下落，想知道消失的東西在哪裡。

「我認識的一個人掉了皮夾，他去找這個女人。他是鐵路工人。她對他說：嗯，你記不記得約一週前，你沿著鐵軌工作，接近果園時嘴饞想吃蘋果？所以你跳過籬笆，就在那時掉了皮夾，就掉在高高的草叢間。她繼續說道，只是有隻狗來了咬起皮夾，沿著籬笆走，丟在遠一些的地方，你會在那裡找到皮夾。嗯，他完全忘了果園的事，也不記得曾跳過籬笆。她讓他大為驚歎佩服，便付了一加幣給她。他動身前往，就在她描述的那個地方找到皮夾。這是真人真事，我認識他。但皮夾裡的錢都被嚼爛，全成了碎片，他發現時氣炸了，直說真希望當初沒給她那麼多錢！」

玫瑰的父親說：「嗯，妳絕對不會去找她，不會相信那種事吧？」他對芙蘿說話時，經常使用鄉下用語，並以鄉下調侃人的習慣說些反話，無論原本是事實或只是大家信以為真的事。

「不會，我其實從來沒去問她任何事。」芙蘿回道，「但有一次我去了。我不得不去她家拿些青蔥。我母親生病了，神經方面不太舒服，那個女人請人傳話，說手邊有些青蔥，對神經系統很好。可是那根本不是神經方面的問題，那是癌症，所以我不清楚青蔥究竟幫了什麼忙。」

芙蘿禁不住拔高嗓音，說話速度也加快了。她很尷尬，自己竟說出這件往事。

「我得去拿青蔥。她拔起青蔥，清洗一番，綁好後拿給我。接著她說：先別走，進去廚房，看看我為妳準備了什麼。嗯，我不知道那會是什麼，但不敢不照做。我覺得她是女巫，大家都這麼認為，學校的人都這麼認為。我坐在廚房裡，她走進食物儲藏間，拿出巧克力大蛋糕，切了一塊給我。我不得不坐下來吃，她坐著看我吃蛋糕。我只記得她的雙手，那雙紅色大手的靜脈明顯突出，擱在大腿上不斷拍打、擰手。從那時起，我經常想，她自己也該吃青蔥，她的神經系統也不太好。

「接著，我嚐到蛋糕的味道很奇怪。味道太怪了。但我不敢不吃。我一口接一口，吃完蛋糕後向她道謝，便離開她家。我一路沿著小巷慢慢走，因為我猜想，她正遠遠盯著我；當我一走到馬路上，不自覺拔腿狂奔了起來，但我一心害怕她會尾隨我，隱形之類的方式，也害怕她看穿我的想法，責備我並狠狠揍我的頭，害我不支倒地。一回到家，我隨即用力推開門，大喊毒藥！我當時就是這麼想，我以為她讓我吃下一塊毒蛋糕。

「我母親說，蛋糕只是發霉，她家很潮溼，而且她好幾天都沒訪客，也就沒人吃蛋糕。雖然其他時候根本人滿為患。蛋糕可能放太久了。

「但我不這麼認為，絕對不是。我覺得自己吃了毒蛋糕，這下子死定了。我走到穀倉的專屬角落坐下，沒人知道我有自己的小天地。我把各種破爛玩意兒放在那裡，一些碎瓷片、雞冠花；我還記得那些花，原本在一頂帽子上，因為雨水淋溼才脫落。於是，我就只是坐在那裡，耐心等待。」

「最後他們把妳拖走嗎？」比利滿是嘲笑。

「我忘了，我想應該不是；我坐在飼料袋的後頭，他們很難找到我。我想最後應該是我等到累了，反而自己走出去。」

「然後，脫離險境後，再跟大家說明事發經過。」玫瑰的父親說道，他吞下最後一個字，因為忍不住咳了好一會兒。芙蘿說，他該馬上躺下休息，但他說，他在廚房的沙發上躺著就好，也真的這麼做了。芙蘿和玫瑰收拾餐桌、清洗碗盤，接著大家沒事找事做——芙蘿、比利、布萊恩、玫瑰圍著餐桌坐，玩起尤克牌（euchre）。玫瑰的父親則打起盹來。玫瑰想著當年坐在穀倉角落的芙蘿，碎瓷片和枯萎的雞冠花陪伴她，身邊還有她視若至寶的東西；她靜靜等待，恐懼之情想必漸漸消逝，並抱著興奮、渴望的心情，一窺死亡如何劃破是日。

玫瑰的父親也正默默等待。他的小屋鎖上了，他再也不會翻開藏書，明天將是他這輩子最後一天穿鞋。他們都習慣了這個想法，從某些方面來說，他沒過世比真的死去更讓人困擾。所有人都想知道他對死亡的想法，卻問不出口，他會認為這種問題魯莽無禮、太過張狂、放肆，玫瑰相信他會這麼想。她也覺得，他準備好住進西敏醫院，那老榮民的醫療院所，也準備好面對男性的憂鬱、垂落床邊的發黃隔間布簾、汙漬斑斑的臉盆，也準備好面對接下來的事。她明白，他從未像此刻一樣陪著她，但令她驚訝的是，往後他無法陪伴她的時日，並不少於從前。

玫瑰邊喝著咖啡，邊沿著嶄新的中學校園裡綠色的導盲步道閒晃，此際正舉辦中學百年校慶聯歡——她並非因此特地回來，可說是回家看看如何安置芙蘿時，意外碰上這個活動。玫瑰遇到的人都說：「妳知道露比・卡魯瑟斯過世了嗎？醫生切掉她一邊乳房，後來又切掉另一邊，但癌細胞擴散到全身，她就死了。」

人們還說：「我在雜誌上看見妳的照片。那本雜誌叫什麼來著？我家裡有一本。」

嶄新的中學成立汽車修車廠，訓練修車技師，也成立美容院，培養美容師。一座圖書館、大禮堂、體育館，女廁設置了旋轉式噴水洗手臺，以及一臺運作正常的「靠得住」衛生棉自動販賣機。

戴爾・費布里奇成為殯儀業者。

藍特・切斯特頓當上會計師。

豪斯・尼克森成了承包商，賺了許多錢。後來轉戰從政。他演講時表示，學生需要多上一些神學課，少學一些法文。

野天鵝

芙蘿要玫瑰提防拐賣女人的娼販。她說，她們的伎倆是會有一名年邁婦人，像慈母或老奶奶之類的，搭火車或公車時，刻意坐在妳旁邊，一副要和妳做朋友似的。她會拿有毒的糖果給妳。吃下後，妳很快就會癱軟下來，且喃喃自語，根本沒辦法好好說話。那個女人會說：噢，請幫幫忙，我的女兒（或孫女）不舒服，拜託好心人幫我把她扶下車，讓她呼吸新鮮空氣、恢復精神；接著一個有禮的紳士會走上前，佯裝成陌生人伸出援手。到了下一站，他們合力將妳拉下火車或公車，而這是日常世界看見妳的最後一眼。他們會將妳關在一處囚禁，那地方充滿了受騙的白人女子，皆被迫賣淫（妳被送至此地的途中，遭到下藥、綑綁，根本不知道自己身在何處），直到妳受到徹底玷汙，滿心絕望，五臟已被醉鬼撕裂，一身性病，心智遭毒品摧毀，頭髮與牙齒都掉光。淪落至此約需三年，那時妳也不想回家了，或許根本不記得有家，即使記得也找不到回家的路。就這樣，他們將妳驅趕到街上。

芙蘿拿了十加元放進小布袋，縫在玫瑰的襯裙綁帶上。除了被綁架，可能發生的另一件事就是玫瑰的錢包被偷。

芙蘿也提醒，要提防打扮成牧師的人。他們最壞了，拐賣女人的娼販也很常喬裝成牧師，扒手也是。

玫瑰說，她不知道如何判斷誰在偽裝。

芙蘿曾在多倫多工作。她在聯合車站站內的咖啡廳當服務生，就是在這段期間她學會目前所知的一切。除了放假之外，那段日子她從沒見過陽光，卻見識到其他許多事物。她見過有個男人從襯衫掏出一把刀，割開另一個男人的肚子，切口平整，彷彿那是西瓜而非肚子；肚子的主人一逕地坐著，驚訝地低頭直瞅，根本來不及抵抗。芙蘿意有所指地說，這種事在多倫多根本微不足道。她還看過兩個惡女打架（那是芙蘿對妓女的稱法，她會將惡女二字連著念，聽起來有點像「噁」），有個男人嘲笑她們，其他男人也停下來笑，並在一旁煽風點火。她們互扯頭髮，最後警察過來將兩人帶走，只見她們仍止不住地怒吼、尖叫。

她也看過有個小孩突然發作死去，臉色發黑如墨。

「嗯，我才不怕，反正有警察。」玫瑰口氣滿是挑釁。

「喔，妳說警察啊！他們才是最先把妳騙得團團轉的人！」

她不相信芙蘿對於性事的任何評論。想想那個殯葬業者吧。

偶爾，會有個衣著整齊的禿頭矮男人上門光顧，他總是一副安撫的神情對芙蘿說話。

「我只想要一包糖果，或許再買幾包口香糖。還有一、兩條巧克力棒。可以麻煩妳包裝嗎？」

芙蘿以一副畢恭畢敬的嘲弄語氣向他說沒問題，然後用耐用的白紙包裝糖果，看起來就像禮物一般。他慢條斯理地挑選，一邊哼歌，一邊閒聊，再磨蹭個片刻。他會問候芙蘿，如果玫瑰在，也會一起問候她。

「妳看起來好蒼白，年輕女孩需要新鮮空氣。」他這麼對芙蘿說，「妳太賣力工作了，這輩子都在努力工作。」

「我天生勞碌命。」芙蘿深表同意地回道。

他一踏出店門，芙蘿便連忙走到窗戶旁。就在那裡——一輛裝有紫色簾子的老舊黑色靈車。

「今天他來追她們！」就在靈車緩緩駛離、慢得幾乎像送葬之際，芙蘿說道。那個矮小男人從前是殯葬業者，如今已退休，靈車也功成身退。他的幾個兒子接下事業，添購新的靈車。他駕著舊靈車遊遍全國，物色女人。芙蘿是這麼說的。而玫瑰不相信。芙蘿說，他送口香糖和糖果給那些女人，玫瑰則說，或許是他自己要吃的。芙蘿說，別人看見他這麼做，也聽說他這麼做。天氣和煦時，他會搖下車窗，一面駕車，一面唱歌，唱給自己聽或後座看不見的某人。

她的面容宛如雪堆砌
她的玉頸堪媲白天鵝

芙蘿模仿他唱歌。他緩緩追上走在僻徑或停在郊外交叉路口的某個女子。全心全意的讚美、大獻殷勤、巧克力棒、載佳人一程。當然，聲稱自己受邀的每個女人都說，她們拒絕了他。他從未糾纏她們，而是有禮地繼續向前行駛。他會登門拜訪，如果男主人在家，他似乎樂於只是坐下來閒聊，女主人說，總之他不過如此，只是芙蘿不信。

「有些女人被騙了，」她說，「好幾個。」她喜歡猜測靈車的內裝。絲絨。車身內部、車頂、地板鋪上絲絨，柔和的紫，是簾子的顏色、深色紫丁香的顏色。

玫瑰心想，淨是胡說八道。誰會相信那把年紀的男人會做出那種事？

玫瑰將首度獨自搭乘火車前往多倫多。她從前去過一次，但那次她和芙蘿一道前往，那是她父親去世前許久的事。那次，她們帶著三明治，向火車上的小販買了牛奶。牛奶變質了，發酸的巧克力牛奶。玫瑰不斷小口啜飲，不願承認她渴望至極的東西竟讓她失望。芙蘿聞了聞牛奶，接著在火車上來回尋找，直到發現那個穿紅色外套的年邁小販，他的牙齒全掉光了，脖子上掛著托盤。芙蘿請他試嚐巧克力牛奶，也請周圍的人聞聞看。他請她免費喝些薑汁汽水。有點微溫。

小販離開後，芙蘿環顧四周說：「我是要讓他知道；你也得讓他們知道。」有個婦人贊同她的看法，但多數乘客只是一逕地望著窗外。玫瑰喝著溫薑汁汽水。她在火車上的廁所吐了，若不是因為薑汁汽水，就是因為和小販過招的場景，或是芙蘿與附和她的婦女閒聊的內容——來自何方、前往多倫多的原因等——或是她一早便秘（因此面無血色），或是她喝進肚裡的少許巧克力牛奶。玫瑰這一整天都在擔心多倫多的人會聞到她大衣上的嘔吐味。

這次在旅程一開始，芙蘿便向列車長說：「請好好看著她，她從來不曾離家遠行！」她環顧四周笑了出來，代表自己是開玩笑。接著她得下車了。列車長似乎跟玫瑰一樣，不需要笑話，也不打算看顧任何人。除了向玫瑰要車票外，他始終沒和她說話。玫瑰坐在靠窗的座位，不久就感到異常快活。她感覺到芙蘿的存在變得模糊；西漢拉第向後飛離，她那令人厭倦的自我像其他東西一樣輕易地拋棄。她喜歡名不見經傳的小鎮。有個女子穿著睡袍站在自家後門，全然不在乎火車上所有的乘客是否看見她。他們一路往南，離開了雪帶，來到早春降臨的地區，景象更顯柔和，人們在後院種植桃樹。

玫瑰默默想著她必須在多倫多尋找的物品。首先是芙蘿要的：防止靜脈曲張的長襪、固定鍋柄的強化膠水、一整套骨牌。

至於給自己的，玫瑰想添購適用於手腳的除毛膏，可能的話，她還想買可以瘦臀部和大腿的充氣墊。她想漢拉第的藥妝店或許會賣除毛膏，可惜女店員是芙蘿的朋友，還是個大嘴巴，她會告訴芙蘿誰買了染髮劑、減肥藥或保險套。你大可郵購充氣墊，但郵局裡的人一定會說閒話，而芙蘿也認識郵局的人。玫瑰也打算買些手鐲和一件安哥拉毛衣。她對銀色手鐲及灰藍色毛衣寄予厚望，認為這兩件衣飾足以讓她脫胎換骨，變得冷靜又纖細，頭髮看起來不再自然鬈，腋下不再流汗，膚色顯得白皙如珍珠。

購買這些東西的錢以及這趟旅費來自玫瑰在作文比賽中贏得的獎金，文章題目為〈明日世界的藝術與科學〉。出乎玫瑰意料的是，芙蘿竟問自己能不能讀一讀那篇文章。她一邊看，一邊說他們必定一心想著，非得讓玫瑰得獎不可，因為她背了整本字典。接著，芙蘿又羞怯說道：「文章很有趣。」

玫瑰這天晚上得借住塞拉．麥金尼的住處。麥金尼是父親的表親，嫁給旅館經理，由此自認為躋身上流階級。沒想到，那個旅館經理某天回家後，坐在餐廳兩張椅子間的地板上，然後說：「我再也不會離開這間房子。」先前並未發生任何不尋常的事，他只是決定不再出門，而他死前確實未再踏出家門一步。這致使塞拉性格也變得古怪、焦慮。晚上八點便鎖上大門；而她為人又吝嗇，晚餐通常是加了葡萄乾的燕麥粥。房子陰暗、窄小，瀰漫著一種河堤的氣息。
火車逐漸坐滿了人。抵達布蘭特福德站時，有個男人問玫瑰介不介意他坐在她旁邊。
「外頭比妳以為的還冷。」說著，他拿了幾張報紙給她，她婉拒並道謝。
接著，為免他覺得她無禮，玫瑰便說外頭真的比較冷。隨即繼續望著窗外的春日早晨。來到這裡，已未見積雪。喬木、灌木高低交錯，樹幹看起來都比家鄉的來得蒼白，甚至連陽光看起來也截然不同。此地迥異於玫瑰的家鄉，就像與地中海沿岸或美國加州谷地一樣天差地別。
這個男人說：「窗戶很髒，他們應該更留心一點。妳經常搭火車嗎？」
她說不常。
野地裡有著水灘，他朝之點點頭，提到今年雪水甚多。
「大雪啊。」
她注意到他說「雪」的發音，聽起來相當詩意，家鄉的人不會這麼說。
「前幾天我有不尋常的經驗。我開車到郊外，其實是去探望教區的一個居民，她有心臟病……」
玫瑰立刻看向他的衣領。他穿著普通的襯衫、領帶以及深藍色西裝。
「噢，對，」他說道，「我是聯合教會的牧師，但不會隨時穿牧師服，布道時才穿。今天我休假。

「嗯，如我剛剛說的，我開車經過郊外，看見池塘裡有幾隻加拿大雁。我再看了一眼，其中還有些天鵝，一大群的天鵝，真是賞心悅目。我想牠們正在春季遷徙，準備飛往北方。真壯觀，我沒見過那種場面。」

玫瑰無法以欣賞的眼光想像野天鵝，因為她怕他會把話題帶到大自然，再談到上帝，牧師總覺得自己非得如此不可。但他沒有，他提到野天鵝就打住了。

「極美的景象，妳一定會喜歡。」

玫瑰覺得，他的年紀約介於五十至六十歲。他身材矮小，神采奕奕，方臉氣色紅潤，閃著光澤的灰色鬈髮從額頭往後梳。當她意識到他不打算提起上帝，她認為，自己理應表達感激之意。

她說野天鵝一定很迷人。

「那甚至不是一般的池塘，只不過是野地裡的一灘水窪。那灘水窪就在那裡，牠們飛了下來，而我正好開車經過。只是運氣好罷了。我猜牠們來自伊利湖的東岸，只是我以前運氣不夠好，從沒見過。」

玫瑰慢慢轉頭面向窗戶，他重新埋頭看報。她維持著淡淡的笑容，以免顯得無禮、看起來像完全不肯與人聊天。這天早晨真的頗涼，她取下剛上車時掛在吊鉤上的大衣，像蓋膝的毛毯一樣蓋在身上。牧師剛準備坐下時，玫瑰將手提包放在地板上，騰出位子給他。他把報紙一張張分開，報紙翻得沙沙作響，態度一派悠閒，頗有賣弄的意味。在她眼裡，他好像都以賣弄的態度做每一件事。而這就是牧師的做事方式。他把暫時不想看的幾張報紙掃到一旁，報紙的一角碰到她的腿，就在她的大衣邊緣。

片刻之間，她覺得那是報紙。隨後自問，如果那是一隻手該怎麼辦？這是她會幻想的事。有時她會看著男人的雙手，凝視他們前臂的細毛，望著他們專心的輪廓，腦中盤旋著他們可能做出的所有事情，甚至是一些愚蠢的事。例如開車送麵包到芙蘿店裡的售貨員，他駕駛麵包車的模樣老練又充滿自信，帶著一貫的自在與靈活，而她並不討厭他腰帶上方的一圈肥肉。另一次，她緊盯著學校的法語老師，他叫麥拉倫，其實不是法國人。但玫瑰認為，教法語影響了他，使他看起來就像真正的法國人：性急、面色蠟黃、肩膀瘦削，有著鷹勾鼻以及哀傷的眼神。玫瑰想像他舔著她、舌吻著她，享受緩慢的樂趣；他是放縱的大獨裁者。她急欲成為他人下手的目標，渴望別人囚禁她、拿她的身體尋歡作樂，而她沉淪墮落、精疲力竭。

但如果那是一隻手呢？萬一那真的是一隻手呢？她稍微挪動身子，盡量轉向窗戶。她的幻想似乎創造出眼前的真實，而她毫無準備去面對，更發現這種事讓人驚慌。她將注意力放在那隻腿上，長襪遮住的那一小處肌膚，而她無法強迫自己去看。那是不是手在按壓？她再度挪動身體，雙腿始終緊緊併攏。沒錯，那是一隻手，那是一隻手在按壓。

拜託別這樣。她試著這麼說出口。她腦中擬好這句話，試著講出來，卻吐不出口。為何會這樣？因為難堪，怕別人可能聽見嗎？他們周圍都是人，座位都坐滿了。

原因不只如此。

她確實設法看向他。她未抬頭，而是小心翼翼轉頭。他將椅子往後傾，閉上眼睛，深藍色西裝外套的袖子掩在報紙下。他調整報紙的位置，如此一來便覆蓋在玫瑰的大衣上，他的手放在底下，就只是靜靜擱著，彷彿是睡夢中無意伸出來。

這會兒，玫瑰大可挪開報紙，拿掉大衣。他沒睡著的話，就不得不抽回手；而如果他睡著了，沒抽回手，她可能會輕輕說聲抱歉，再將那隻手穩穩放在他的膝上。這個解決辦法顯而易見，連傻子都懂，她卻沒想到。她不得不好奇為何沒想到呢？她一點也不喜歡，或說還沒喜歡上這個牧師的手。它讓她覺得不自在，心懷怨恨，有點令人作嘔，綁手綁腳的又過度提防。但她無法控制那隻手，無法移開那隻手。他看起來堅持表現得像那隻手沒放在她腿上的樣子，她也就沒辦法堅持己見。躺著的他一副信賴別人的無害模樣，在忙碌的一天開始前小憩，流露著愉悅、自在的神色，她怎麼能怪罪他？他的年紀比她父親（如果他仍在世的話）還大，習慣了別人的尊敬，愛好大自然，喜歡野天鵝。如果她真的說出「拜託別這樣」，她敢說他一定會充耳不聞，彷彿忽視她做的蠢事或無禮行為。她深知自己一說出這句話，就會希望他根本沒聽見。

但原因不只如此。好奇心比任何欲望都來得持續且迫切，它的本質就是貪欲，逼得你退縮並等待，等得太久，幾乎賭上一切，只為了親眼目睹會發生什麼事。就為了親眼目睹會發生什麼事。

接下來幾哩的路程上，那隻手開始按壓、探索，手勁極為輕柔、膽怯。他根本沒睡著，就算他人睡著了，他的手也沒有。她打心底覺得厭惡，感到微微恍惚的噁心。她想到了肉：一團團生肉、粉紅的畜牲口鼻、肥厚的舌頭、遲鈍的手指，且急且慢，又是伸舌又是磨蹭，探求他們自身的舒服。她想到發情的貓咪會靠在木頭柵欄的上頭磨蹭，發出痛苦的抱怨叫聲。這搔癢、推進、擠壓，既可悲又幼稚。海棉組織、紅腫的薄膜、飽受折磨的神經末梢、可恥的氣味。羞辱。

這只是開始。她不願抓住他的手、不願緊緊回握，他不屈不撓又耐心十足的手終究把芳草之地摩挲得沙沙作響，流水潺潺，喚醒之中心照不宣的豐饒。

然而她寧願不要這樣。她仍然寧可不要這樣。她朝著窗外說：請將手拿開；她對著樹墩以及穀倉說：請住手。那隻手沿著她的腿往上探索，越過長襪頂端，抵達赤裸的肌膚，而且愈來愈往上探索，來到吊襪帶下方，來到內褲及下腹部。她的雙腿仍交叉合攏。當她的腿依舊併攏，她大可辯稱自己清白無辜，未允許任何行為。她大可繼續相信自己有辦法當下阻止。任何事都不會發生，僅此而已。她的腿絕不會張開。

未想她的腿張開了。真的張開了。當火車穿過登達士上方的尼加拉懸壁，當他們俯瞰冰河期前的山谷與小山丘上銀色樹木圍繞的碎石，當他們悄悄駛向安大略湖的湖畔，她張開腿，緩慢、安靜、明確的宣示，或許那隻手的主人為此感到既失望又滿意。他的眼皮抬也不抬，神情依舊，手指更是未顯遲疑，而是強勢進攻，謹慎行動。那隻手攻城掠地，並受到歡迎。陽光遠遠地灑滿湖面，伯靈頓附近綿延數哩的光禿禿果園輕輕搖動。

這是恥辱，這是乞求。但當順著貪欲的冰冷浪潮、那貪婪的欣然同意，我們會在這種時刻對自己說：這有什麼害處呢？這一切有何害處呢？愈糟愈好。陌生人的手也好，根莖蔬菜或者人們講笑話時提到的低賤的廚房用具也罷，這個世界隨著看似純真的東西一起崩落，它們蓄勢待發，準備抒發己見，十足狡猾、殷勤體貼。玫瑰小心翼翼呼吸，無法相信眼前的一切；火車經過格拉斯柯的果醬和橘子果醬工廠時，經過煉油廠顫動的巨大管子時，她成為受害者及幫凶。火車悄悄駛入郊區，床單和用來擦拭私密處汙漬的毛巾在曬衣繩上輕佻飄動，就連孩子似乎也在校園裡不正經地打鬧，停在平交道的卡車司機必定快活地將大拇指塞進握拳的手裡。如此狡猾的可笑舉動，如此通俗的景象。展覽館的大門與高樓映入眼簾，上漆的圓頂和柱子不可思議地漂浮在她眼簾上方的瑰紅色天空。接著群鳥因為歡慶而展翅飛去，你可以讓一群鳥兒，甚至是野天鵝，在巨大的圓頂下同時驚起，忽然振翅飛向天際。

玫瑰咬著舌頭邊緣。不久後，列車長走過車廂，喚醒旅客，提醒他們回到真實世界。

在車站底下的一片漆黑裡，這名聯合教會的牧師恢復精神，睜開眼睛並折好報紙，接著尋問玫瑰是否需要為她披上大衣。他的殷勤舉止是自滿、是輕蔑。不用，玫瑰回道，舌頭一陣疼痛。他迅速走下她前方的車廂，她沒在車站裡看見他，這輩子再也沒見過他。但多年以來，他隨時聽候召喚，可說是隨時準備在關鍵時刻悄然現身，日後，甚至毫不顧慮她的丈夫或情人。他有何值得稱道之處？她始終無法明白。難道是因為他樸實、傲慢，難道是他長得不帥，甚至缺少一般的男子氣概，反而因此吸引人？當他起身，她發現他甚至比她想像的矮，他臉色紅潤、充滿光澤，散發出咄咄逼人又粗俗幼稚的氣質。

他是真的牧師，或只是他自稱牧師而已？芙蘿提過有些人不是牧師，但打扮成牧師的樣子，她所指的，絕非「真正的牧師，卻打扮得不像牧師」。更奇怪的是：不是真的牧師，卻想假裝成牧師，可是又打扮得一點也不像。然而玫瑰的遭遇和芙蘿口中可能發生的事相差無幾，這著實令人反感。玫瑰步行穿過聯合車站，感覺裝著十加元的小袋子持續摩擦她，她知道自己整天都會有所感覺，它將摩擦著她的皮膚，提醒她在火車上經歷的種種。

即便如此，她仍按捺不住地想起芙蘿的話。她記得，因為在聯合車站裡有個名叫瑪維絲的女孩在禮品店工作，而當時芙蘿在咖啡廳上班。瑪維絲的眼皮長了肉疣，看起來像會變成針眼，但最後並沒有；肉疣消失了，或許她割除了，芙蘿沒多問。沒了肉疣的瑪維絲非常漂亮，長相酷似當時的一名影星：法蘭西絲・法默。

法蘭西絲・法默。玫瑰從沒聽過她。

就是這個名字。瑪維絲買了蕾絲洋裝和帽檐垂墜、遮住一隻眼睛的大帽子。某個週末她前往喬治亞灣的度假勝地，以芙蘿倫絲・法默的名義訂房，讓所有人以為她其實是法蘭西絲・法默，只是因為正在度假，不想被認出來，所以自稱芙蘿倫絲。她有個混著黑色和珍珠色的小型菸嘴。芙蘿說，瑪維絲可能會被逮捕，因為她**厚顏無恥**。

玫瑰差點就走去禮品店，看看瑪維絲是否還在那裡工作，以及她能不能認出她。玫瑰認為，瑪維絲設法成功變裝，是件格外了不起的事。她大膽，全身而退，憑藉自身進入了一場荒謬的旅程，不過是以新的名字，以及新的形象。

乞丐少女

派屈克・布萊契佛愛上玫瑰，心意堅定，甚至愛得狂熱，她則一直覺得驚訝。他想和她結婚。她下課後，他等著她，靠近她，走在她身旁，如此一來她交談的對象就不得不正視他的存在。只要她的朋友或同學都在一旁，他不會開口，但會設法吸引她的注意，這樣便能以冷漠、質疑的眼神，表達他對她們聊天內容的看法。玫瑰受寵若驚，卻也緊張不安。她的朋友南西・佛斯曾在他面前誤念「梅特涅」[1]的發音，未想他後來竟對玫瑰說：「妳怎麼能跟那種人當朋友？」

南西和玫瑰一起去維多利亞醫院賣血，各賺得十五加元。大部分的錢都用來買晚宴鞋及花枝招展的涼鞋。而且，由於她們相信放血讓她們變瘦了，兩人便前往「布默思冰淇淋」享

1 原文為 Metternich。

用巧克力聖代。為何玫瑰無法在派屈克面前為南西辯解？

派屈克二十四歲，就讀研究所，未來打算當歷史教授。他身材高瘦，皮膚白皙，長相俊俏，可惜臉上有道淡紅色長形胎記，像是從太陽穴滑落臉頰的一滴眼淚。他為此道歉，但也解釋說，胎記會隨年歲變淡，等他到了四十歲，胎記就會消失。玫瑰心想，有損他英俊外表的不是胎記（在她眼中，某樣特質確實讓他不好看，或至少扣分；她甚至得不斷提醒自己，他很好看）。他散發著急躁、神經質、不安的特質。面臨壓力時，他的聲音都變了，而待在她身邊時，他似乎總是充滿壓力，老是將杯盤打翻到桌下，飲料和碗裡的花生全灑了出來，活像個喜劇演員。他可不是喜劇演員，絕對無意在這些時刻搞笑。他來自卑詩省，家境富裕。

兩人相約去看電影時，他總是提早來接玫瑰。他知道自己早到了，也不敲門，逕自坐在韓修博士住處門外的臺階上。時值冬季，天色昏暗，但門邊有一盞老式小壁燈。

「噢，玫瑰！快來看！」只見韓修博士愉快溫和地喊道，兩人自書房的深色窗戶一起俯視派屈克。「可憐的年輕人。」韓修博士輕聲說道。她七十多歲了，從前是英文教授，一絲不苟且精力充沛。她的一隻腿瘸了，但微偏的腦袋仍顯朝氣蓬勃，魅力十足，花白的髮辮一股勁地盤在頭上。

她說派屈克很可憐，因為他墜入愛河，或許也因為他是男人，注定要發動攻勢、鑄下大錯。即便從樓上這裡看，派屈克看起來仍固執可悲，心意堅決又需要有人照料的樣子，在冷颼颼的天氣裡坐在外頭。

「看門耶。噢，玫瑰！」韓修博士說道。

另一次，她則以令人不安的語氣說：「噢，親愛的，恐怕他搞錯求愛的對象了。」

玫瑰不喜歡她這麼說。她不喜歡博士嘲笑派屈克，也不喜歡他坐在臺階上。他根本是自取其辱。他也是玫瑰所知最脆弱的人，卻是他自找的，他完全不懂得保護自己。然而，他同時充滿殘酷的批判，自命不凡。

「玫瑰，妳是讀書人，一定會對這個感興趣。」韓修博士總喜歡這麼說。接著，她會朗讀報上的內容，或者更可能是《加拿大論壇》或《大西洋月刊》的文章。韓修博士曾擔任該市的校區局局長[2]，也是加拿大社會黨的創黨黨員，至今仍擔任委員會委員，致函報社，撰寫書評。她的雙親曾是醫療傳教士；她出生於中國。目前的住處小而美，地板總擦得發亮，地毯鮮豔，還有中國風的花瓶、碗、風景畫及黑色雕刻屏風。多數都是當時的玫瑰仍不懂得

2 加拿大的公立學校由各省教育部門掌管，各省又分為不同校區（school districts），由各區的校區局（school board）管理。

欣賞的。她確實分辨不出韓修博士壁爐臺上小巧的動物玉雕和漢拉第珠寶店櫥窗裡展示的飾品有何不同，但至少她分辨得出這兩者與芙蘿購自廉價商店的物品都不一樣。

玫瑰其實無法確定自己喜不喜歡住在韓修博士住處。有時她坐在飯廳裡，膝上鋪著亞麻餐巾，享用高級白色餐盤裡的食物，盤子下方墊著藍色餐墊，心裡卻備感沮喪。其中一個原因是食物永遠不夠吃，她漸漸習慣買甜甜圈和巧克力棒並藏在房裡。餐廳窗內的金絲雀在棲木上搖擺，韓修博士主導對話，她談到政治與作家，提到法蘭克·史考特和桃樂絲·萊福塞，並說玫瑰一定要讀他們的作品。她一定要讀這，一定讀那。玫瑰繃著一張臉，決意不看那些書。她最近在讀的，是托瑪斯·曼和托爾斯泰。

玫瑰住進韓修博士家之前，不曾聽過「勞動階級」。她把這個名詞帶回家裡。

「他們一定不會在這裡蓋下水道。」芙蘿說道。

「當然，這裡是鎮上勞動階級住的地方。」玫瑰淡漠回道。

「勞動階級？可以的話，這裡的人也不想。」芙蘿說道。

韓修博士的住處倒是做到了一件事：摧毀了玫瑰自己家中那自然的感覺、那種可以理所當然接受的背景。走進她家其實就是走進粗糙的光線裡。芙蘿在店裡和廚房裝上日光燈，廚房角落還放了她在賓果遊戲中贏得的立燈，一圈圈的寬玻璃紙永久遮擋了光線。以玫瑰的角度來看，韓修博士和芙蘿各自的房子做得最完美的一件事，正是凸顯對方的缺陷：她總覺得，韓修博士住所的房間儘管迷人，但呈現的「家」總有生硬感，就像一個難以消化的硬塊；而此刻在自己家裡，她從別處學會的整潔與協調，揭露了屋裡令人難堪的貧窮，而這裡的人卻從不認為自己有多可悲。韓修博士似乎認為貧窮不只不幸，也不只是物質匱乏，貧窮更意味著家裡裝有醜陋的燈管還引以為傲，意味著不斷談到金錢，不懷好意地聊起別人新添購的家當以及是否付清了。貧窮意味著嫉妒或自豪於某些東西，像是芙蘿為前窗添購的全新塑料、仿蕾絲窗簾，也意味著衣服只能掛在門後的釘子上，聽得見洗手間的所有聲音。貧窮意味著用許多箴言裝飾牆面，內容充滿宗教意味又歡樂，還帶點猥褻。

耶和華是我的牧者。

當信主耶穌，你必得救。

芙蘿甚至不算虔誠，為何她會有這些裝飾？每戶人家都有，就像日曆一樣常見。

我的廚房，我做主。

床上三人行，違法又致命。

這是比利．波普送的。派屈克對這些裝飾會有什麼評語？他光聽到「梅特涅」的錯誤發音就會不悅，對比利的故事能有什麼看法？

比利．波普在泰德的肉舖工作，現在他最常提到的人是一個名為D.P的移民，來自比利時。D.P到肉舖工作以來，肆無忌憚地唱著法文歌曲，天真地打算在這個國度出人頭地，買一間自己的肉舖；這些無不惹毛比利。

「你別以為來這個國家就可以異想天開，」比利對D.P說，「你們這些人是來為我們工作的，別以為未來會變成我們為你工作。」比利說，對方就此閉嘴。

派屈克時常對玫瑰說，既然她家離學校僅五十哩，他應該去見見她的家人。

「家裡只有繼母。」

「無緣見到妳父親，真是太可惜了。」

她輕率地在派屈克面前將父親塑造成愛好閱讀歷史、業餘的讀書人。那不盡然是謊言，但也未呈現事實。

「繼母是妳的監護人嗎？」

玫瑰不得不說，她真的不知道。

「嗯，妳父親一定在遺囑裡指定了監護人，誰是遺產管理人？」

他的房產[3]。玫瑰以為他指的是土地，就像英國人擁有莊園。

派屈克反而覺得，她這樣的想法非常迷人。

「不，我指的是金錢與股票等，就是他留下的財產。」

「我想他沒留下半點財產。」

「別傻了。」派屈克回道。

韓修博士有時會說：「嗯，妳是讀書人，不會對那個感興趣。」而通常她指的是大學的某個活動，例如造勢大會（pep rally）、足球賽、舞會。韓修博士通常說得沒錯，玫瑰確實沒興趣，只是她不想承認罷了。她無意被定義成這類人，也不以此為樂。

樓梯間的牆上掛著淨是其他所有女孩的畢業照，全是領有獎學金的女孩，也曾與韓修老師同住。她們大多當了老師，後來又當了母親，還有一人成為營養師，其中兩人是圖書館館員，一人是英文教授，和韓修博士一樣。玫瑰不喜歡她們的模樣，她們柔焦的溫順微笑透露著感激，露出大牙以及矜持的鬈髮，猶如促催她走向乏味的世俗虔誠。她們之中沒人當演員，也沒有俗豔雜誌的記者，沒人理解玫瑰夢想的生活。玫瑰想公開表演，想成為演員，卻

3 原文是 estate，字義包括財產、遺產、莊園、房地產等。派屈克指的是遺產，而玫瑰以為是房地產。

從未嘗試演戲，連走近大學裡的劇團演出也不敢。她知道自己不會唱歌或跳舞。她也真的很想彈豎琴，卻沒有音樂天分。她想出名、為人稱羨，也想要身材纖細又聰明。她告訴韓修博士，如果自己是男生，她有志成為駐外記者。

「那妳一定要成為駐外記者，」韓修博士高聲道，「未來，女人的路將無限寬廣。妳一定要專心學習語言，也一定要修政治學課程，當然還有經濟學。或許夏天妳可以在報社工作，我有朋友在裡面。」

去報社工作的主意令玫瑰驚恐萬分，更遑論她討厭經濟學的入門課程；她根本正想辦法退選。向韓修博士提起任何事都很危險。

她與韓修博士同住純屬偶然。原本被選中的是另一個女孩，未想她感染了肺結核，沒搬進韓修博士住所，反而住進療養院。註冊日的第二天，韓修博士到大學辦公室拿申請到獎學金的大一新生名單。

玫瑰在此之前才剛去辦公室，詢問領取獎學金的學生的集合地點。她弄丟了通知書。大學財務長即將向領取獎學金的新生談話，並告誡他們如何賺錢並省吃儉用，同時向他們解釋，如果他們希望繼續領取獎學金，就得有優異的學業表現。

玫瑰一得知集會地點的教室編號，正起步走向樓梯前往二樓，有個女孩便走到她旁邊說：「妳也要去三一二教室嗎？」

她們並肩而行，彼此談起各自獎學金的細節。玫瑰還沒找到住處，目前暫住基督教女青年會；她其實根本沒錢念大學，只能靠獎學金支付學費、郡獎金買書，生活費來自三百加元的獎學金，僅此而已。

「妳一定要找份工作。」同行的女孩說道。她的獎學金金額較高，這是因為她就讀科學系所（她嚴肅說道，錢都在科學系所，學校經費都在那裡），但她仍想在學校餐廳打工；她在某戶人家的地下室租了房間。玫瑰問她房租多少？餐廳一份熱食多少錢？她滿腦子都在焦慮地計算。

這個女孩將頭髮盤成髮髻，穿著縐綢上衣，衣服因為洗燙而泛黃、發亮。她豐滿的乳房下垂，可能穿著側邊加高的豆沙色胸罩，半邊臉頰乾燥脫皮。

「一定是這裡。」她說道。

門上有扇小窗，透過窗戶，她們看見其他學生已經集合完畢，正安靜等待。玫瑰覺得，其中四、五個女孩跟身邊的女孩一樣彎腰駝背，像發福的中年婦女，也有幾個面容稚氣的男孩，他們眼神明亮、自滿。領取獎學金的女學生看起來約四十歲，反觀男學生，外表大概十二歲，這似乎是普遍情況。當然，不可能所有領取獎學金的學生都是如此，玫瑰也不可能從門上窗戶瞄一眼便發現溼疹的痕跡、骯髒的腋下、頭皮屑、發黑的牙垢、眼角的乾硬眼屎等。這只是她當下的想法。但她沒弄錯，他們籠罩在一層暗影裡，這層渴望和順從構成的暗影真實且根深柢固，否則這些學生怎麼能提供這麼多的正確答案、這麼多討喜的答案？怎麼能出類拔萃，進入這所大學？玫瑰不也是如此。

「我得去趟洗手間。」玫瑰說道。

她能想像自己在學校餐廳工作的樣子：她的身材已經很壯了，身穿綠色棉質制服將顯得更加魁梧；她因熱氣而滿臉通紅、頭髮溼成一片，為成績較差卻較富裕的學生舀燉菜及炸雞。蒸氣保溫檯、制服、無需感到羞愧的辛勤工作、眾所皆知的聰明及貧窮將她隔絕。男孩勉強可以不受影響，對女孩反而造成嚴重後果：貧窮的女孩毫無魅力，除非她也是甜美愚蠢的蕩婦；聰明的女孩沒有吸引力，除非她散發優雅的氣質、一種出色的風韻。這些是真的嗎？她蠢到在乎這些事？這些事千真萬確，而她也真就這麼蠢。

她回到二樓，走廊上擠滿不是領取獎學金的一般學生，人們不會期望他們取得優異成績，他們也不必心懷感激、省吃儉用。他們令人欣羨，天真無邪，各個身穿戴紫白兩色的嶄新上衣、大一新生的紫帽，在註冊桌周圍走動，彼此大吼著注意事項、混亂的訊息、以及愚蠢的咒罵。走在他們之間，玫瑰感覺到苦澀的優越感和沮喪。綠色燈芯絨套裝的裙子在她走路時，不時卡在腿間。那布料太鬆垮，她應該多花點錢買厚重一些的材質；眼下，她覺得夾克的剪裁也不恰當，雖然在家時，看起來沒什麼不對勁。整套衣服由漢拉第的女裁縫製作，她是芙蘿的朋友，在意的重點就是衣服不該勾勒出身形；當玫瑰問到裙子能不能貼身一點，這女人竟回答說：「妳不希望別人看出妳屁股的樣子吧？」玫瑰不在乎，但她實在不想說出口。

女裁縫還說了另一件事：「妳考上大學了，以後可以找份工作，幫忙家裡。」

沿著走廊走來的一個女人攔住玫瑰。

「妳不是領取獎學金的同學嗎？」

她是註冊主任的祕書。玫瑰以為，接下來，自己會因為沒出席集會而受到斥責，到時，她打算謊稱身體不適，也準備好擺出不舒服的表情。沒想到，祕書竟說：「跟我來，我想介紹一個人給妳認識。」

韓修博士是辦公室裡極富個人魅力的頭痛人物。她喜歡窮困又聰明的女孩，但她們必須容貌姣好。

「今天或許是妳的幸運日，」她邊領著玫瑰前進邊說，「如果妳能表現得更開心一點的話。」

玫瑰討厭別人對她說這種話，但她依舊順從地露出微笑。

一小時內，韓修博士便帶著她，回到有著中式屏風和花瓶的住處並安頓了下來，她還稱玫瑰是讀書人。

玫瑰找到大學圖書館的工作，而不是在學校餐廳打工。韓修博士是圖書館館長的朋友。玫瑰週六下午值班，她在書架之間工作，負責把書本歸位。因為有足球比賽，秋天週六下午的圖書館幾乎空無一人，開啟的窄窗迎向鬱鬱蔥蔥的校園、足球場、秋日的乾燥鄉間。遙遠的歌聲和吼聲飄進圖書館裡。

這間大學的建築物一點也不老舊，卻刻意設計成古老的模樣。建材淨是石造。人文學院有座高塔，圖書館有外推窗，設計的目的或許是用來射箭。玫瑰最喜歡圖書館的建築和書籍。圖書館通常充滿活力，這會兒消失了，人們集中在足球場，釋放而出的喧囂，在她看來是不適當且令人分心的。倘若你仔細聆聽，就會發現歡呼和歌曲內容相當愚蠢。如果他們唱的都是這類歌曲，那蓋這些莊嚴的建築做什麼呢？

她很清楚不能直白說出這些看法，如果有人對她說：「週六還要工作，不能去看足球賽，真是太糟糕了。」她仍會熱切附和。

有一次，某個男子抓住她襪子和裙子之間裸露的小腿。這件事發生在農業區書架的底部，這一區只有教職員、研究生、員工可以進入，儘管如果有人夠瘦，也可以跳過一樓的窗戶進來。她看見一名男子蹲著掃視前方矮架上的書籍，當她上前將一本書歸位，他走過她身邊，冷不防地迅速彎身抓住她的小腿，隨後逃走。過了好一會兒，她的肌膚仍留有他手指觸碰的感覺，她覺得那個觸碰未流露出性欲，反而更像個玩笑，雖然一點都不友善。她聽見他跑走，或者感覺他在奔跑；金屬書架顫動，而後靜止。他的聲響消失。她四處走動，在書架之間查看，探進閱讀隔間。假設她真的看見他，或在轉角碰見他，她打算做什麼？她不知道，反正就是得找出他，像是某種緊張的幼稚遊戲。她低頭望著泛紅的粗壯小腿，出乎意料的是，有人竟然想弄髒、蹂躪這粗壯小腿，多麼令人稱奇。

通常，閱讀隔間裡會有幾個研究生埋首用功，即使週六下午也一樣。偶爾有個教授也會在。此刻，她探進閱讀隔間，幾乎每間都空無一人，直到她來到轉角的那間。她隨意探頭進去，原以為不會看到任何人，下一刻，卻不得不開口道歉。

裡頭有個年輕男子，他的大腿上擱了一本書，地板上也放著書，身邊都是紙張。玫瑰問他是否看到任何人跑過去，他說沒看見。

她把剛剛發生的事告訴他。他後來似乎認定，她是出於恐懼或厭惡才告訴他，但其實不是，而是因為她非得告訴任何一個人才行；這起事件太奇怪了。她對他的反應毫無心理準備，他纖細的脖子和臉龐脹得通紅，完全掩蓋住他臉頰上的胎記；他身材瘦削，白膚金髮。他站了起來，全然未顧及大腿上的書或前方的報告，那本書砰地掉在地上，一大疊紙被推進書桌內側，打翻了墨水瓶。

「真是卑鄙無恥。」他說道。

「小心！墨水瓶！」玫瑰旋即說道。他傾身接住，用力放在地上。幸好蓋子拴上了，瓶身也沒破。

「他弄傷妳了嗎？」

「沒有，其實不算是。」

「上樓吧，我們去檢舉。」

「噢，不要吧。」

「他休想就這樣算了，不該坐視這種事。」

「我們沒辦法向任何人檢舉，圖書館員週六中午就離開了。」玫瑰可說是鬆了一口氣地說道。

「真是太過分了。」他激動、尖聲說道。這下子，玫瑰反而後悔把這件事告訴他，接著她說自己得回去工作。

「妳真的沒事？」

「噢，真的。」

「我會在這裡，如果他又回來，妳就直接叫我。」

這就是派屈克。如果她有試著讓他愛上她，這無疑是最好的辦法。他有許多騎士精神的幻想，總以強調的語氣說出某些字眼或話語，例如「美麗的女士」與「落難少女」，藉此模仿嘲弄。被騷擾的玫瑰來到他所處的閱讀隔間，儼然成為落難少女。這種假意的諷刺騙不了任何人，他顯然很想活在騎士和淑女、駭人聽聞的惡行，以及忠貞奉獻的世界裡。

往後每個週六，她都會在圖書館裡看到他，經常遇到走在校園裡或在餐廳用餐的他。他堅持以殷勤關懷的態度對她說，「一切都好嗎？」語氣如同暗示她可能再次遭人襲擊，或者可能仍未走出第一次騷擾事件的陰影。每次看到她，他總是倏地滿臉通紅，她以為那是因為想起她說過的騷擾事件而感到尷尬。後來才發現，那是因為他墜入愛河。

他查出她的名字和住處，打電話到韓修博士住處找她，邀她看電影。一開始，他在電話那頭說：「我是派屈克．布萊契佛。」玫瑰壓根想不起他是誰，過了半晌，才認出那高亢、忿忿不平、顫抖的嗓音。她答應了邀約，其中一個原因是韓修博士老說她很慶幸玫瑰沒浪費時間和男孩廝混。

她開始和派屈克約會後不久，她對他說：「如果那天在圖書館抓住我的腿的人是你，豈不是很有趣？」

他覺得那根本不有趣。他甚至感到震驚，她竟有這種想法。

她說只是開個玩笑，她指的是那會是很完美的轉折，大概就像毛姆的小說或希區考克的電影。他們最近才看了希區考克的電影。

「如果希區考克用這種題材拍電影，你的人格裡，可能有一半是貪得無饜的抓腿狂，另一半則是膽小的讀書人。」

他也不喜歡這個說法。

「那就是我在妳眼中的形象嗎？膽小的讀書人？」她覺得他刻意壓低嗓音，流露出些許怒氣，斂起下巴，一副在開玩笑的樣子。但他鮮少與她開玩笑；他認為，戀愛時開玩笑並不恰當。

「我不是指你是膽小的讀書人或抓腿狂，那只是個想法。」片刻後，他說：「我想我似乎沒什麼男子氣概。」

這番自白讓她既震驚又憤怒。他竟敢斗膽這麼說，難道他未受過任何教訓，這種情況最好別想碰碰運氣嗎？但或許他終究不是碰碰運氣，他很清楚，她非得吐出一些安慰話語。雖然她不想，而且，她也想果斷地說：「嗯，對啊，你沒什麼男子氣概。」但這也不是真的。她覺得他充滿男子氣概，因為他竟斗膽說出這句話。只有男人才會這麼漫不經心、難以伺候。

「我們來自截然不同的兩個世界。」另一次她這麼對他說。她覺得自己說這些話就像某齣戲的角色，「住家附近的人都很窮，你大概會認為我住在垃圾堆裡。」

這會兒，她反倒成了那個狡猾的人，假裝懇求他憐憫，因為她當然不認為他會說：噢，好吧，如果妳出身窮困、住在垃圾堆裡，那我只好收回求婚的話。

「但我很開心，」派屈克回道，「我很慶幸妳是窮人。妳那麼漂亮，就像那個乞丐少女。」

「誰？」

「《考費圖亞國王與乞丐少女》，妳知道的，就是那幅畫。妳不知道那幅畫嗎？」

派屈克擅長一種把戲……不，那不是把戲，派屈克不懂玩弄把戲。當別人不知道他所知道的事，他會以獨特的方式表達心中的驚訝、一種充滿輕蔑的驚訝。同樣地，每當別人竟浪費時間試圖了解他所不知道的事，他也會流露類似的輕蔑及驚訝。他的傲慢和謙遜都異常誇張，最後玫瑰判定這股囂張氣焰必定是因為他出身富裕，雖然他從未因這般出身而顯得自大。認識他的妹妹們時，她們也是如此，厭惡不懂騎馬或駕船的人，就如同厭惡專精音樂或政治的人。派屈克與她們之間的共通點不多，但流露出的嫌惡表情則如出一轍。只是說到傲慢，比利．波普不也是一樣自大？芙蘿不也是嗎？或許吧，但有所不同，差別就在於比利和芙蘿沒有保護傘，他們可能會遭受攻擊，例如D.P、廣播節目裡說法語的人，事情會變。派屈克和他的妹妹表現得像永遠不可能被傷到一樣，他們圍繞著餐桌吵架時，聲音幼稚得令人驚訝；他們要求吃喜歡的食物，看見討厭的食物就鬧脾氣，種種行為都像孩子。他們從來不必順從他人，也不必要求自己做到盡善盡美來贏得全世界的寵愛。他們從來不必這麼做，因為他們是有錢人。

玫瑰一開始還不知道派屈克家境富裕。沒人相信這點。每個人都認為她精於算計、聰明機靈，其實她不介意大家是否相信，就這點來看，她和聰明完全沾不上邊。後來幾位女生也試著追求，卻沒能和玫瑰達到一樣的結果。學姊和女學生聯誼會成員以前從未注意過她，如今她們以困惑和尊敬的眼神看待她；甚至韓修博士也不例外，當她發現他們的戀情發展比她所想的認真，便找來玫瑰坐下聊聊，並以為她不過見錢眼開。

「吸引到商業帝國繼承人的注意是莫大的勝利。」韓修博士以嘲諷又嚴肅的語氣說：「我不鄙視財富，有時還希望有點小錢。」（她真的認為自己沒錢嗎？）「我相信妳會學著善加利用金錢。只是玫瑰啊，妳的雄心壯志呢？妳的課業和學位呢？妳這麼快就把一切拋在腦後了嗎？」

商業帝國是相當崇高的說法，派屈克的家族在卑詩省擁有連鎖百貨公司，他只告訴玫瑰，他父親擁有幾間店鋪。當她說「截然不同的兩個世界」，只以為他可能住在韓修博士住所附近的那種大房子，只想到漢拉第最飛黃騰達的商人。她未意識到自己意外地攀上何等富貴人家，因為對她而言，如果肉鋪或珠寶商的兒子愛上她，就已經算是出人意表了。人們會說她嫁得好。

玫瑰看了《考費圖亞國王與乞丐少女》，她在圖書館的藝術書籍裡查到這幅畫。她仔細審視乞丐少女：她溫順性感，白皙的雙腳略顯羞怯，流露柔弱的臣服、徬徨、感激。這就是派屈克眼中的玫瑰嗎？她是這副模樣嗎？她需要那樣的國王：即使陷於熱情的迷亂中，他看起來仍機警、黝黑、聰明又野蠻。他可以用狂熱的渴望攪亂她一池春水；他不懂道歉，也不會退縮，也缺乏信念。派屈克與她的種種互動似乎都透露了這些特點。

她無法拒絕派屈克，她就是做不到。不是因為他很有錢，而是因為她無法全然忽視他澎湃的愛意；她覺得自己同情他，必須幫助他。彷彿他在人群中走向她，帶著一個碩大、簡單、光彩奪目的物體——或許是純銀的巨蛋，用途可疑、超乎尋常地沉重——他將之遞給她，事實上是塞給她，求她幫忙分擔重量。如果她又塞回去，他如何能承受？但這番解釋仍有所缺漏，其中並沒提到她的欲望，不是金錢欲，而是受到愛慕的渴望。他所表現出的能耐、分量、耀眼光芒是愛情（而她從未懷疑他），這必然打動了她，儘管她從未開口求他愛她。似乎不可能再有另一人如此愛她。而即便派屈克愛慕她，他卻也以委婉的方式承認她何其幸運。

她以前總是想像會發生這種事，想像有人痴痴地看著她且無可救藥、全心全意地愛著她。同時，她又覺得不會有人愛上她，根本不會有人想要她，不會有這個人，直到現在。妳成為他人所渴望的女人與妳做的事無關，而是與妳所擁有的一切有關，只是妳如何知道自己是否擁有？玫瑰會看著鏡中的自己，想著「甜心」與「妻子」的稱呼。這些溫暖迷人的字眼。這些稱呼怎麼會冠在她身上？這簡直奇蹟、根本是錯誤，這是她夢寐以求的事，而非她所願。

她變得極度疲倦、易怒，難以成眠。她努力想著派屈克的優點：他瘦削的白皙臉龐確實好看。他必定是博學多聞。他不但為報告評分，還主持考試，而且論文也即將完成；她很享受他渾身散發的菸草味及林木的氣息；他二十四歲，她認識的女生裡，沒有人的男友和他一樣大。

她忽然想起他曾說：「我想我似乎沒什麼男子氣概。」她想起他說：「妳愛我嗎？妳真的愛我嗎？」他會以威嚇的可怕眼神看著她。當玫瑰說她愛他，他會說他是幸運兒，他們多麼幸運。他提起朋友和他們的女友，還說他們的戀情無法與他及玫瑰的愛情相比。憤怒和痛苦的情緒讓玫瑰全身發顫，她痛恨自己也痛恨派屈克。她痛恨兩人此刻創造而出的風景：兩人漫步走過市中心下雪的公園，她沒戴手套的小手縮在派屈克的手裡，擱在他的衣袋裡。她的內心嘶吼著某些粗暴殘酷的話語。她一定得做些什麼，以免那些話衝出口。她開始搔他癢、戲弄他。

在韓修博士住處的後門外，她在雪中親吻他，試著讓他張開嘴，還對他做出羞於說出口的事。他吻她時，嘴唇柔軟，舌頭羞怯。他倒向她，而不是抱緊她。她覺得他全身找不到一絲力氣。

「妳真可愛，妳的皮膚好光滑，眉毛很漂亮，妳是那麼的柔弱。」

她很高興聽到這些話，任誰聽了都會心花怒放，但她提醒：「其實我並不柔弱，我塊頭很大。」

「妳不知道我有多愛妳。我有一本《白色女神》，我每次看到書名就想起妳。」

她扭著身體掙開他，彎腰從臺階旁的雪堆裡抓起一把雪，啪地蓋在他頭上。

「我的白色天神。」

他抖掉頭上的雪，她則挖起更多雪扔向他。他不但沒有笑，甚至感到驚訝、不安。她拂去他眉上的雪，舔掉他耳朵的雪。她滿臉笑容，內心所感覺到的，是絕望而非快樂。她不知道自己為何這麼做。

「韓修博士。」派屈克噓聲提醒她。他熱情吟詠她、輕柔如詩的嗓音可能完全消失，也可能變成怨懟、惱怒，毫無灰色地帶。

「韓修博士會聽見妳的聲音！」

「韓修博士說你是高尚的年輕人，」玫瑰迷濛說道：「我覺得她愛上你了。」這是真的，韓修博士說過這句話，他也確實高尚。他無法忍受玫瑰說話的方式。玫瑰吹著他髮間的白雪：「你何不進去奪走她的童貞呢？我敢說她是處女。她的窗戶在那裡，你何不這麼做呢？」她揉了揉他的頭髮，下一刻，小手滑進他的大衣，揉著他褲子的正面，得意洋洋地說：「你硬了！噢，派屈克！你因為韓修博士而勃起！」她以前從未說過這種話，從未有這般行為。

「閉嘴！」飽受折磨的派屈克回道。但她做不到。她抬起頭，一副朝樓上某扇窗戶大喊般地低語說：「韓修博士！快來看派屈克為妳勃起了！」她使壞的手摸向他的褲子拉鍊。

為了阻止她，為了讓她閉嘴，派屈克不得不與她搏鬥。他一手摀住她的嘴，另一手拍開她擱在褲子拉鍊上的手，他大衣的寬大袖子宛若下垂的翅膀一樣拍打她。他一出手反抗，她便鬆了口氣——這就是她想要的，她希望他採取行動。只是她仍得持續抵抗，直到他真的證明自己比較強壯；她唯恐他無法證明。

但他做到了。他迫使她倒下、跪倒在地，她的臉龐埋進雪裡。他將她的雙臂反剪在背後，任她的臉摩擦著雪。倏地，他放開她，幾乎是前功盡棄。

「妳還好嗎？還好吧？對不起。妳還好吧？」

她搖搖晃晃站了起來，沾滿雪的臉龐貼上他的臉，他禁不住往後退。

「吻我！吻雪！我愛你！」

「真的嗎？」他哀傷說道。他拂去她嘴角的雪，帶著可以理解的迷惘吻住她，「真的嗎？」

接著燈光亮起，光線灑遍他們全身及遭蹂躪踐踏後的雪地。只聽見韓修博士在他們上方大喊。

「玫瑰！玫瑰！」

她呼叫的語氣充滿耐心，帶著鼓勵，猶如玫瑰在附近的霧裡迷失，需要回家的指引。

「玫瑰，妳愛他嗎？」韓修博士問道，「不，仔細思考這件事，妳愛他嗎？」她的聲音滿是懷疑且嚴肅。玫瑰深吸一口氣後，以一副冷靜的口吻回道：「是，我愛他。」

「好吧。」

玫瑰在半夜醒來，吃起巧克力棒。她迫切需要甜食，往往在上課或看電影的時候，她一心只想著巧克力杯子蛋糕、布朗尼、韓修博士在「歐洲烘焙坊」買的某款蛋糕，滿滿的濃郁苦味巧克力醬溢到盤子上。每當她試著思考自己和派屈克的事，每當她下定決心要釐清她真正的感覺，這些渴望便會干擾她的思緒。

她變胖了，眉毛之間長出一堆青春痘。

她的臥室在車庫上方，三面牆壁都有窗戶，房內很冷，除此之外都很舒適。床頭上方掛著裱框的照片，那是韓修博士去地中海地區旅行時拍攝的希臘天空與廢墟。

玫瑰正在撰寫探討葉慈劇本的短文。其中一部劇本裡，一個年輕的新娘受到精靈誘惑，拋下難以忍受的拘謹婚姻。

「來吧，人類的孩子……」玫瑰邊朗讀著，邊熱淚盈眶，一如自己就是那個逃避一切的羞澀處女，她太過完美，不適合那個身不由己的農夫，誘使她自投羅網。事實上，玫瑰才是那個農夫，衝擊著情操高尚的派屈克，只是他並未想辦法逃走。

她拿下其中一張希臘照片，在壁紙上塗寫，寫下一首詩的開頭，這是她在床上吃巧克力棒時，來自吉本斯公園的風吹得車庫的牆壁砰砰作響之際，她心頭浮現的詩句。

黑暗子宮裡我漫不經心地
懷了瘋子的小孩……

她再也寫不下去，有時也想知道，自己所說的漫不經心，指的是不是毫無頭緒；她也從未試著擦去詩句。

派屈克和另外兩名研究生合租公寓。他生活簡樸，沒有車子，也不屬於任何兄弟會，穿著學生常見的破舊衣物，結交的朋友淨是教師或牧師的兒子。他說為了成為知識分子，他父親幾乎與他斷絕關係；他說，他絕不從商。

某天剛過中午，派屈克和玫瑰一得知另外兩名研究生出門了，他們便回到公寓。公寓向來很冷，他們迅速脫掉衣服，鑽進派屈克的床鋪。就是現在。他們緊緊依偎，一面不住發抖，一面咯咯直笑。咯咯直笑的人是玫瑰，她有感於有必要一直嘻鬧才行。玫瑰深恐兩人無法達陣，害怕即將發生的莫大羞辱，也害怕即將揭露的蹩腳騙局和伎倆。但欺騙並耍花招的人只有玫瑰，派屈克從來就不是騙子。他想方設法的完成，即便尷尬至極，他還出口道歉；過程中，他發出幾聲驚歎的喘息，掙扎地動了幾下，而後歸於平靜。玫瑰幫不上忙，她未表現出坦率地順從，只是身體不住扭動、顫抖，一副極其渴望的樣子，一種未經世事的虛假熱情。完事後，她心情愉悅，這點不必假裝；他們做了其他人會做的事、其他情侶會做的事。她想慶祝一番，腦中浮現美食，像是「布默思冰淇淋」的聖代以及淋上熱肉桂醬的蘋果派。派屈克提議待在床上再來一次，玫瑰則毫無心理準備。

他們做了第五次或第六次後，終於心滿意足，而玫瑰完全無力動彈，滿是熱情的嬉鬧歸於靜默。

「怎麼了？」派屈克問道。

「沒事！」玫瑰回道，再度展露出欣喜、殷勤的姿態。無奈她不斷忘了維持這副模樣，新一波的情緒再次干擾她，最後她不得不放棄掙扎，幾乎到了無視派屈克的地步。等到再度能夠將注意力放在他身上，她對他表示萬分感激；而此刻她真的心懷感恩，卻也希望獲得原諒，因為她早先的假裝感激，擺出恩賜的態度，且心生疑慮；只是她不能全盤說出口。

派屈克去泡即溶咖啡時，玫瑰舒服地躺在床上，她心想自己何必疑神疑鬼？她裝出來的模樣難道不可能讓人信以為真嗎？如果性愛方面的驚奇都裝得出來的話，那還有什麼不行的呢？派屈克幫不上什麼忙，他的騎士精神和自卑就和一般的數落沒什麼不同，那真的令她沮喪。而真正的錯誤不是她鑄成的嗎？她堅信任何可能愛上她的人必然蠢得無可救藥，最後一定會被發現是個笨蛋，所以她留意著派屈克周遭有沒有任何愚蠢的事物，雖然她其實正尋找的，是令人欽佩的東西。此時此刻，躺在他床上、待在他房間，身邊淨是他的書、衣物、鞋刷、打字機、釘在牆上的連環漫畫——她在床上坐直，直盯著這些東西，還真是逗趣，她不在這裡的時候，他一定覺得這些東西很好笑——她大可把他當成聰明討喜、甚至風趣的人。他不是英雄，不是笨蛋，他們可以只是普通人。但願等一下他回房間時，不會開始感謝她、撫摸她、崇拜她；其實她不喜歡受人崇拜，她只是喜歡那種想法。從另一個角度來看，她不喜歡他開始糾正她、批評她，打算讓她改頭換面。

派屈克愛她，他愛她的什麼？絕不是她的口音，他一直努力想改變她的口音，但她對此很是反感、簡直到了不可理喻的地步，面對種種不爭的事實，她仍聲稱自己沒有鄉下口音，她說話的方式和其他人沒有不同。她談吐間的粗俗字眼以及拖長聲調的說話方式令他畏縮，而不是她在床笫間緊張又大膽的態度（她是處女，他鬆了口氣，一如他會做愛，她也鬆了口氣。）而為了他，她的言行舉止可說是到了摧毀她自身的地步，但他滿不在乎，對她所帶來的快樂視而不見，並愛著她本人都看不出來的溫順形象。他的期待更高。他要她的鄉下口音消失，希望她的朋友名聲掃地而遭到退學，期待她不再表現粗野。

那她的其餘特質呢？她的活力、懶散、虛榮、不滿以及野心呢？她全部隱藏了起來，而他毫不知情。她對他半信半疑，卻也絕不希望他不再愛她。

他們踏上兩趟旅程。

他們在復活節的假期搭火車去卑詩省，派屈克的父母寄了車票錢給他，他幫玫瑰買車票後，就用光銀行存款，還向一名室友借錢。他要玫瑰別把她沒付車錢的事告訴他父母。她知道他有意隱瞞她是窮人的事實；他不懂女人的衣服會透露身分地位，或者說他從來沒想過真的有這種事。但她盡力了，因為卑詩省是臨海的氣候，所以她向韓修博士借了雨衣，除了稍微過長之外，其他的都很好，這是因為韓修博士的品味通常相當年輕；她賣了更多的血，買了毛茸茸的安哥拉毛衣，桃子色，穿起來簡直慘不忍睹，她看起來就像刻意盛裝打扮的小鎮姑娘。她總在買的當下才意識到會有這種情形，而不是事先便預料到。

派屈克的父母住在悉尼附近的溫哥華島，屋外有半畝修剪整齊的翠綠草坪——冬天的草坪依舊青翠；玫瑰覺得三月仍是冬天。草坪沿著石牆、狹窄的鵝卵石海灘、海水往下傾斜。房屋為半石造、半灰泥及木造建築，揉合都鐸與其他建築風格。客廳、飯廳、書房的窗戶皆面向海洋，由於強勁的海風有時會吹向陸地，這些窗戶都是厚玻璃，玫瑰猜那可能是平板玻璃，有如漢拉第汽車展示中心的窗玻璃。飯廳朝海的那一側是玻璃牆，為曲面凸出向外的小隔間；透過這片弧形的厚玻璃往外看，就像從玻璃瓶底部觀賞一樣。餐具櫃也有閃閃發亮的弧形玻璃，看起來如同船隻一樣巨大。屋內處處充滿引人注目的規模，尤其是厚度：毛巾、地毯、刀叉握柄都相當厚實，沉默的氣氛也很濃重。這裡富麗堂皇，令人忐忑不安。過了約莫一天，玫瑰變得極其沮喪，手腕、腳踝顯得虛弱無力。執起刀叉都成了苦差事，幾乎無力切開完美的烤牛肉，也無力咀嚼；爬個樓梯便氣喘吁吁。她以前從不知道世上有些地方竟讓人窒息、扼殺生命力。即便她待過許多充滿敵意的環境，卻也從不知道會有這種地方。

第一天早晨，派屈克的母親帶她去庭院散步，指著溫室和「傭人夫婦」住的小屋給她看；那棟小屋相當迷人，爬滿常春藤，裝有百葉窗，比韓修博士的住處還大。這對夫妻身為傭人，和玫瑰想得出來的漢拉第居民相比，他們如此輕聲細語，行事謹慎又有格調；事實上，他們在這些方面的表現更是勝過派屈克一家人。

派屈克的母親帶她去看玫瑰園和菜園，那裡有許多低矮的石牆。

「這些是派屈克砌的。」他母親說道。她總是以近乎厭惡的冷淡語氣說明所有事情，「全部的牆都是他砌的。」

玫瑰的嗓音則充滿虛假的自信、急切以及過度的熱情。

「他一定是真正的蘇格蘭人。」她說道。雖然他名喚派屈克，但他是蘇格蘭人，布萊契佛家族來自格拉斯哥[4]，「最優秀的石匠不都是蘇格蘭人嗎？或許他的祖先是石匠呢。」（她最近才學會別輕易開口說「蘇格蘭佬」。）

此話一出，她便感到難為情，心想這些付出以及表面的自在快樂就像她的衣服一樣廉價、虛偽。

派屈克的母親則回道：「不，不，我不認為他們是石匠。」一種輕蔑、非難和驚愕的氣息猶如霧般籠罩著她。玫瑰心想，剛剛的話中無疑暗示派屈克的家族過去可能是靠勞力謀生，他母親或許因此覺得被冒犯。等到玫瑰進一步了解她——應該說，觀察她更久，而不是了解她，這根本是不可能的事——才理解到，她討厭異想天開、臆測、抽象的聊天內容。當然，她也不喜歡玫瑰健談的口吻。她只關心眼前事物的實際考量，像是食物、天氣、邀約、家具、傭人，除此之外的任何趣味在她眼裡都是草率粗野、充滿危險。如果說「今天很暖和」就沒問題，但若說「今天讓我想起我們以前會……」便是不對——她痛恨人們被勾起回憶。

她是溫哥華島早期某個木材大亨的獨生女，出生於不復存在的北方聚居地。但每當派屈克想和她聊聊過去，詢問她最一般的訊息——哪種汽船航行在海岸、哪一年聚居地便荒廢了、第一條森林鐵道的路線是什麼——她總是煩躁地說：「我不知道，我怎麼會知道？」那

4 格拉斯哥（Glasgow）是蘇格蘭最大城市。

煩躁的語氣可說是她最激烈的表現。

派屈克的父親也不喜歡兒子如此在意過往，派屈克做的許多事、大部分的事，對他而言都是壞預兆。

「你想知道那些事做什麼？」他會在餐桌上高聲喝斥。他身材矮小、肩膀厚實，臉色紅潤，分外地好鬥。派屈克長得像母親，她身材高眺、皮膚白皙、一頭金髮，極其溫婉地表現出了優雅的氣質，就像她選擇衣物、妝容的品味也都恰如其分。

「因為我對歷史有興趣。」派屈克回道，語氣滿溢著怒氣及自負，但他緊張得聲音都變了。

「因為我對歷史有興趣。」他的妹妹瑪莉安重複道，語氣滿是嘲諷，盡可能戲謔地模仿他的語調，「歷史呢！」

瓊安和瑪莉安的年紀都比派屈克小，但比玫瑰大。不像派屈克，她們表現得落落大方，自滿卻又無傷大雅。先前用餐時，她們問了玫瑰一些問題。

「妳會騎馬嗎？」

「不會。」

「妳會駕船嗎？」

「不會。」

「網球？高爾夫球？羽毛球？」

三種她都不會。

「或許她是讀書天才，就跟派屈克一樣。」派屈克的父親禁不住說道。至於派屈克，立馬在餐桌上高聲細數她獲得的獎學金及獎項，玫瑰當下既驚恐又尷尬。他指望什麼呢？他傻到以為炫耀這些事就能戰勝他們？除了招致更多奚落，這能帶來什麼呢？派屈克一家人看似團結一致，共同對抗他，對抗他高談闊論的自吹自擂，對抗他對運動及電視節目的蔑視，對抗他所謂對知識的興趣。但這只是短暫的盟友關係。派屈克的父親同樣不喜歡女兒，只是比起兒子，他對她們的嫌惡實在不算什麼；如果抽得出時間，他也會大聲責罵她們，譏諷她們花了許多時間玩樂，抱怨她們花大錢購買設備、船隻或馬匹。他們對彼此爭論，舉凡欠款、借貸、賠償金的難解問題。每個人都向派屈克的母親抱怨食物，而那些食物其實豐盛美味。這位當家主母盡量不與人聊天，老實說，玫瑰不怪她；她想像不到一個地方能匯聚如此濃厚的真實惡意。比利．波普頑固執拗又愛發牢騷，芙蘿反覆無常、為人不公又愛說長道短，玫瑰的父親在世時，總是冷漠評斷，還會不斷反對；但比起派屈克一家人，玫瑰的親人似乎更是快樂知足。

「他們向來如此？」她問派屈克，「是因為我嗎？他們不喜歡我。」

「他們之所以不喜歡妳，是因為我選擇了妳。」派屈克面露些許得意道。

天黑後，他們穿著雨衣躺在滿是石頭的海灘上，兩人擁吻，想更進一步時，卻感到不舒服而未如所願。玫瑰弄得韓修博士的雨衣沾上海草。派屈克說：「妳明白為何我需要妳了吧？我真的很需要妳！」

玫瑰帶派屈克回漢拉第，情況就如她預想的一樣難以收拾。芙蘿大費周章，煮了奶焗馬鈴薯片、蕪菁、鄉村大香腸（比利．波普特地從肉舖帶來的禮物）。派屈克厭惡口感粗糙的食物，也無意假裝吃下去。餐桌鋪著塑膠桌巾，他們在日光燈的照明下用餐，餐桌中央的擺飾很新，顯然是特地為了這個場合準備的。萊姆綠的塑膠天鵝，翅膀有窄縫，縫裡塞了折好的彩色餐巾紙。有人提醒比利可以拿張餐巾紙，他冷哼了一聲悍然拒絕，除此之外，沉悶的他表現良好。比利聽說了，他和芙蘿都聽說玫瑰成功釣到金龜婿。這個消息來自漢拉第的上流人士，否則他們不可能相信；難纏的女士、牙醫的妻子、獸醫的老婆等肉舖顧客告訴比利，她們聽說玫瑰攀上百萬富翁。玫瑰很清楚，明天比利回肉舖工作時，他會述說百萬富翁或富翁兒子的故事，並把焦點放在他——比利．波普這個人身上——當下直率且無懼的態度。

「我們就招呼他坐下，請他吃點香腸，不因他的出身而有所差別！」

玫瑰知道芙蘿心中自有評斷。派屈克的緊張情緒逃不過芙蘿的眼睛，她大可模仿他的聲音以及打翻番茄醬瓶時的焦慮手勢。只不過，此刻這兩人各自拘謹地坐在桌前，看起來黯淡無光；玫瑰努力打開話匣子，以極其不自然的活潑態度聊天，彷彿她是採訪者，試著鼓勵兩個樸實的當地人開口。玫瑰感到超乎想像的羞愧：她以食物、塑膠天鵝、塑膠桌巾為恥；她以陰沉傲慢的派屈克為恥，芙蘿遞牙籤罐給他時，他竟一臉吃驚、嫌惡；她以芙蘿的膽怯、虛偽、做作為恥；她尤以自己為恥。她甚至不知道怎麼自在交談。派屈克在場，所以她不能使用接近芙蘿、比利、漢拉第的口音，此刻他們的口音在她聽來很是刺耳，那不光是截然不同的發音，還包括迥異的說話方式：大吼大叫就是這種說話方式，一個字一個字分開來說，一一用重音強調，由此大家才可以用話語轟炸彼此；人們所說的話就像老套鄉村喜劇裡的臺詞，例如他們會說「萬一伐木工人這麼打算的話……」他們真的這麼說。玫瑰透過派屈克的眼睛目睹這些，透過他的耳朵聽到這些，她也不得不感到啞然。

她試著讓他們聊聊當地歷史，講些派屈克可能感興趣的事。芙蘿馬上滔滔不絕了起來，無論她有何疑慮，她也只按奈得住這麼一會兒，談話的內容終究偏離玫瑰所預期的。

「我年輕時住的那條線道是最可怕的自殺地。」芙蘿說道。

玫瑰對派屈克解釋道：「線道指的是小鎮的農業道路。」她對芙蘿即將說的話心生疑慮，這也難怪，因為接下來派屈克便聽她說起有個男人從一隻耳朵割到另一隻耳朵，劃破自己的喉嚨，自己的喉嚨喔；有個男人第一次開槍自盡，但傷勢不夠嚴重，於是他將子彈裝滿，再度開槍，終於成功；另一個男的用鏈子上吊，拖拉機的那種鏈子，所以他的頭沒被扯下來簡直奇蹟。

扯下來喔，芙蘿強調。

她接著提起一個女人，但這個人不是自殺，她在屋裡死後一星期才被發現，當時是夏天。芙蘿要派屈克想像一下。她說這些事發地點距離她的出生地不到五哩。芙蘿說的這些事，至少是一般人所能接受的，她並非想嚇派屈克，也無意讓他不知所措。只是他有辦法了解嗎？

「妳說得對，」他們搭公車離開漢拉第時，派屈克說道，「那裡是垃圾場，妳一定很慶幸能擺脫那裡。」

玫瑰當下覺得，他不該說這種話。

「她當然不是妳的親生母親，」派屈克說道，「妳的親生父母絕不可能像那樣。」玫瑰也不喜歡他說這種話，儘管她自己抱有同樣的想法。她明白他想讓她有個較有教養的背景，或許就像他貧窮友人的家：散落的幾本書、一個茶盤、縫補的日用織品、破舊的雅緻品味；驕傲疲倦的知識分子。玫瑰滿是怒氣，她心想，他真是懦夫，但她知道自己也是膽小鬼，完全不懂如何自在面對親友或善用廚房這處空間或其他任何與此相關的事物。多年後，她將學會如何善用廚房，也會在晚宴時消遣或嚇唬思考健全的人，並從中一瞥她早年的家；那一刻，她總感覺迷惘、難過。

儘管如此，她的忠誠開始滋長。既然她確定能逃離老家，她對所有的回憶，那些商店和小鎮、公寓、灌木叢生的平凡鄉間萌生了更是堅定的忠心及保護之情；她暗中以此對照派屈克對山嶽、海洋、石砌和木造豪宅的看法。她對老家的忠誠，遠比他的更是驕傲又固執。

而結果是他並未拋下一切。

派屈克送玫瑰一枚鑽戒，並宣告為了她，他決心放棄成為歷史學家。他即將入主父親的事業。

她說，她以為他痛恨父親的事業。他說既然現在要養老婆，就不能再擺出這副姿態。

派屈克的父親似乎認為，兒子想結婚（即使對象是玫瑰）代表他心智健全。派屈克一家人的性子裡，揉雜了慷慨及惡意。他的父親立刻提供一份旗下店鋪的工作，並提議要買房子給他們；派屈克無法拒絕這項提議，一如玫瑰無法拒絕派屈克的求婚，而他和她一樣，並非因為見錢眼開。

「我們的房子會像你父母住的那樣嗎？」玫瑰問道。她真的以為一開始就得住那種風格的房屋。

「嗯，或許一開始不會，不會那麼……」

「我不想住那種房子！我不想過那種生活！」

「妳想怎麼過就怎麼過，妳想住哪種房子就住哪種房子。」

她惡毒地心想，只要不是垃圾場就好。

一個她根本就不認識的女生不期然停下腳步，要求看一眼玫瑰的戒指，給予讚賞並祝她幸福。她回漢拉第度週末時（這次她獨自返家，謝天謝地），在大街上遇到牙醫的妻子。

「噢，玫瑰啊，太棒了！妳何時會再回來？我們想請妳喝茶，鎮上的女士都想請妳喝茶！」

這位女士沒跟玫瑰說過話，以前也從未表現出認識她的樣子。如今道路打開了，障礙消弭了，而玫瑰——噢，這是最糟的事，這無疑是恥辱——玫瑰並未對牙醫太太視若無睹，而是紅著臉，輕快地閃了一下鑽戒並答應邀約，還說這是很棒的點子。當人們說她一定很幸福，她確實認為自己很幸福，就是這麼簡單。她笑得露出酒窩，散發著光彩照人，毫不費力地便轉換成未婚妻的身分。人們問：婚後你們要住在哪裡？她說：噢，卑詩省！這個答案為這則故事增添幾許魅力。人們說：那裡是不是真的很美？是不是從來沒有冬天？

「噢，是啊！」玫瑰高聲回道，「噢，不是！」

玫瑰一早就醒了，她起床更衣，從韓修博士車庫的側門出去。天色尚早，公車還沒發車。她步行走過市區，前往派屈克的公寓。她穿過公園，在南非戰爭紀念碑附近，有兩隻獵犬正跳躍玩耍，一名老婦人握著牽狗繩站在一旁。朝陽初升，照耀牠們灰白的毛色。青草溼潤，黃水仙和水仙花綻放。

派屈克來到門邊，眼前的他，頭髮蓬亂，睡眼朦朧地皺眉，穿著灰紅條紋的睡衣。

「玫瑰！怎麼回事？」

她說不出話，他將她拉進公寓，她抱住他，將臉蛋埋進他的胸膛，用戲劇般的嗓音說：

「派屈克，拜託，拜託你，允許我不嫁給你。」

「妳不舒服嗎？怎麼了？」

「求求你，允許我不嫁給你。」她重述道，只是語氣沒那麼堅定。

「妳瘋了。」

她不怪他這麼想，她的聲音聽起來太不自然，反而像甜言蜜語的哄騙，帶著傻氣。他一開門，她一面對他，看見他一臉惺忪睡眼、那一身睡衣，她就知道，自己即將做的事有多麼十惡不赦、多麼的不真實。她得向他解釋一切，而她當然辦不到。她沒辦法讓他理解她必須這麼做；她找不出適當的語調和表情。

「妳心情不好嗎？發生了什麼事？」派屈克開口道。

「沒事。」

「妳怎麼過來的？」

「走路。」

她強忍著內急，彷彿一旦去了洗手間，就會頓失一些力量，但她非去不行。她拋下顧忌，說道：「等一下，我要去廁所。」

一走出廁所，派屈克已經在用電熱水壺煮水，斟酌著即溶咖啡的用量。他看起來還不錯，只是一臉困惑。

他說：「我還沒完全醒。先坐下吧。首先，妳生理期快來了嗎？」

「不是。」但她沮喪地意識到，確實快來了，而他或許算得出來，因為他們上個月很擔心這件事。

「嗯，如果不是生理期快來了，也沒什麼讓妳煩心的事，那到底是怎麼了？」

她說：「我不想結婚。」她退縮了，未敢說出傷人的我不想嫁給你。

「妳什麼時候決定的？」

「很久以前。今天早上。」

他們輕聲交談，玫瑰看向時鐘，剛過早上七點。

「其他人幾點起床？」

「大約八點。」

她走向冰箱，「有牛奶可以加進咖啡嗎？」

「開關冰箱門輕一點。」派屈克說道，只是太遲了。

「抱歉。」她以陌生又愚蠢的語調回道。

「昨晚我們散步時，也都好好的。今天早上妳來跟我說不想結婚了，為什麼妳不想結婚？」

「我就是不想，我不想結婚。」

「那妳想做什麼？」

「我不知道。」

派屈克一邊嚴厲地瞪著她，一邊喝咖啡。他曾懇求般地問她：妳愛我嗎？真的愛我嗎？而這會兒，他完全沒提起這個話題。

「嗯，我知道了。」

「知道什麼？」

「我知道是誰對妳說了什麼。」

「沒人跟我說了什麼。」

「噢，不。嗯，我敢說，韓修博士一定說了什麼。」

「沒有。」

「有些人對她的評價不高，覺得她會左右女孩的決定。她不喜歡同住的女孩交男友，對吧？妳甚至跟我說過這件事。她不喜歡她們太過一般。」

「不是那樣。」

「玫瑰，她對妳說了什麼？」

「她什麼都沒說。」玫瑰忍不住哭了起來。

「妳確定？」

「噢，派屈克，聽著，求求你，我不能嫁給你，我求求你。我不知道原因，我就是沒辦法，求求你。很抱歉，請相信我，我真的沒辦法。」玫瑰嗚咽著泣訴。派屈克說：「噓，妳會吵醒他們！」他把她從廚房的椅子上拉起，或說拖著她離開廚房，帶她到他的房間；她坐在床上，他關上門。她抱著肚子，身體不住前後搖晃。

「玫瑰，怎麼了？怎麼回事？妳是不是生病了！」

「就是很難告訴你！」

「告訴我什麼？」

「就是我剛剛說的那些話！」

「我的意思是，妳發現自己染上肺結核之類的嗎？」

「不是！」

「妳家有什麼事是妳沒告訴我的嗎？精神失常？」派屈克用敦促的語氣問道。
「沒有！」玫瑰搖晃著身體，不停哭泣。
「所以怎麼了？」
「我不愛你！我不愛你，我不愛你。」她說著，順勢倒在床上，頭埋進枕頭裡，「我很抱歉，真的很抱歉，我無能為力。」
片刻後，派屈克開口道：「嗯，如果妳不愛我，如果是妳不愛我，我也不會逼妳。」他的聲音聽起來極不自然且帶著惡意，全然有違他理性的話語。他說：「只是我很好奇，妳到底知不知道自己要的是什麼。我認為妳不知道，妳根本不清楚自己想要什麼，妳只是焦慮不安而已。」
「我沒必要知道自己想要什麼、不想要什麼！」玫瑰說著翻過身，她頓時鬆口氣，「我從沒愛過你。」
「噓，妳會吵醒他們。我們該停止了。」
「我沒愛過你，我從來就不想愛你，這根本是個錯誤。」
「好，好，妳說得很清楚了。」
「為什麼我必須愛你？為什麼你表現得像是我不愛你就代表我有問題？你看不起我，鄙視我的家庭和背景，你打心底認為自己施了天大的恩惠給我……」

「我愛上妳，我沒有瞧不起妳。噢，玫瑰，我崇拜妳。」

「你這娘娘腔、老古板。」她一說出口，頓時有種如釋重負的快感，於是她跳下床。此刻，她感覺蓄勢待發。更多話即將說出口，更多傷人的話即將排山倒海而來。

「你根本不會做愛。我從一開始就一直想說；我只是同情你。你總是走路不看路，老是打翻東西，只因為你怕麻煩、不想費心管。你隱藏內心想法，老是吹噓，這真的很蠢；你甚至連吹噓的方式也不得要領！如果你真的想讓人刮目相看，那絕對不會成功，你炫耀的方式只會讓他們嘲笑你罷了！」

派屈克坐在床上，抬頭看著她，他的表情像準備好面對她所說的一切。她想不斷毆打他，說出愈來愈難聽、惡毒、冷酷的話。她深吸了一口氣，阻止內心高漲的情緒脫口而出。

「我再也不想看見你！」她惡毒地說。只是她一走到門邊，轉頭用充滿懊悔的如常語氣說：「再見。」

派屈克寫了一張紙條給她：「我不了解前幾天究竟怎麼回事，我想跟妳談談。但我想，我們應該等兩個星期過後再說，這段期間也都別見面或說話，到時再看看兩人的感覺。」

玫瑰完全忘了要把戒指還他。那天早上，她踏出他的公寓時，仍戴著那枚戒指。她沒辦法走回去，而這戒指似乎相當貴重，郵寄歸還極為不妥。她仍戴著戒指，主要是因為她不想告訴韓修博士這一切。收到派屈克的紙條後，她反而鬆了口氣，她心想屆時就能還他戒指。

她想起派屈克對韓修博士的看法，有些無疑是事實，否則為何她不願告訴韓修博士訂婚破局的事？如此不願面對她合情合理的贊同，以及拘謹又深表寬慰的祝福？

她告訴韓修博士，她要讀書準備考試，這段時間不會與派屈克見面。玫瑰看得出來，就連這樣都能讓韓修博士感到開心。

她未向任何人透露情況有所改變。她不僅不想讓韓修博士知道，也不希望別人不再羨慕她；令他人羨慕於她而言是多麼全新的體驗。

她努力思考下一步該做什麼。她不能繼續住在韓修博士的住處，顯然，如果她要逃離派屈克，那也必須躲開韓修博士。她也不想繼續讀大學了，因為屆時大家都會知道訂婚破局，眼下祝福她的女孩會說，早就知道她釣到派屈克只是僥倖。她得找份工作。

圖書館館長讓她在夏天打工，但那或許是因為韓修博士的推薦。一旦她搬走，這份工作可能就會不保。她知道自己應該去市中心應徵工作，像是保險公司的檔案管理員、貝爾電信公司以及百貨公司，而不是讀書準備考試。這些念頭簡直嚇壞她了。她不由得念起書來，這是她唯一真正擅長的事，畢竟她是領取獎學金的學生。

週六下午在圖書館工作時，玫瑰看到了派屈克。她不是偶然看見他，而是刻意走到一樓，她走下金屬螺旋樓梯時盡量不發出聲響。書架之間有個地方幾乎伸手不見五指，她可以站在那裡看到他的閱讀隔間。她真的做了。她看不到他的臉，但看到他粉紅色的高衣領以及週六固定穿的舊格紋襯衫。他細長的頸項、瘦削的肩膀。她不再被他惹惱、不再受他驚嚇。她自由了。她可以看著他，就像她看著別人一樣。她能夠以欣賞他的角度看他。他表現得體，並未試著勾起她的同情心；他未脅迫她，沒透過裝可憐的電話或信件騷擾她，也沒坐在韓修博士住所外的臺階上。他高尚正直，也永遠不知道她深感讚賞並感激。她曾對他說的話如今令她羞愧，那些話甚至不是真的，不完全屬實。他確實懂得做愛。親眼看見他後，她滿懷感動，變得溫柔感傷；她想對他有所付出，送給他意外的獎賞。她希望消除他的痛苦。

接著她腦中浮現出令人難以抗拒的畫面：她輕聲跑進派屈克的閱讀隔間，從後頭抱住他，將一切還給他，他願意從她手中收下嗎？他仍想要嗎？她想像他們又哭又笑，忙著解釋，以及原諒。*我愛你，我真的愛你，沒關係，我很可惡，我不是有意的，我只是瘋了。我愛你，沒關係。*這對她是莫大的吸引，難以抵抗。她有股縱身一躍的衝動，她真的說不準結果會是跳下懸崖或掉進歡迎她的溫暖花草土地上。

這畫面終究令人難以抗拒，她克制不住地付諸行動。

往後，當玫瑰回顧生命的這一刻並侃侃而談——她一如今日多數人一樣，曾經歷坦率談論私密決定的時期，向朋友、戀人、可能再也不會見面的派對同伴吐露過去，而他們也同樣如此——她說當時她感受到強烈的同情心，經不起親眼目睹別人垂頭喪氣。下一刻，她透露更多，並說貪婪啊、貪婪啊。她說，自己忍不住跑向他，緊緊抱著他，消除他的疑慮，親吻他，淚流滿面地回到他身邊，這只是因為沒了他的愛以及照顧她的承諾，她不知道該怎麼辦；她對這個世界感到恐懼，不知該有何打算。當她以經濟的角度看待生活，或是和這種人相處，她說唯有中產階級擁有選擇。倘若她有錢買張火車票前往多倫多，她的人生會截然不同。

她可能會說，那根本無稽之談，別想太多。那不過是虛榮心作祟，純粹的虛榮心，她只想知道自己能否重新點燃他的熱情，讓他再度得到幸福。她無法抵抗這種權力的試驗。接著她解釋自己為此付出代價：她和派屈克結婚的十年間，這第一次分手並言歸於好的場面總定期上演，她一再脫口而出第一次分手所說的那些話、隱瞞的事以及心頭浮現的許多想法。她希望沒告訴別人（但她認為自己說過），自己從前會用頭撞床柱、拿船型醬料杯砸飯廳窗戶，並對自己的行為感到恐懼又嫌惡，禁不住躺在床上直發抖、不斷懇求他原諒，而他也會答應。有時她會猛地撲向他，有時他會揍她，隔天他們會一大早起床，準備特別的早餐，兩人坐著吃培根與蛋、喝濾泡咖啡，筋疲力竭，不知所措，面帶愧色地親切對待彼此。

他們會說：你覺得是什麼引起這樣的反應？

你覺得我們該去度假嗎？一起度假？單獨度假？

結果那些努力只是枉然、裝模作樣，但在那一刻確實有幫助。他們會說：冷靜下來，結婚的人或許大多會經歷同樣的事，事實上他們認識的人大多也是如此。他們遲遲無法離開彼此，直到累積足夠的傷害，直到讓兩人不共戴天的傷害發生。直到玫瑰找到工作、得以自力更生，因此或許終究只是出於極其一般的理由。

她從未告訴別人、從未向人透露的是，有時她覺得那不是憐憫、貪婪，或者虛榮，而是與此截然不同的，諸如對幸福的想像。有感於她說曾過的那些話，她著實難以判斷。這聽來也匪夷所思，她無法辯解。她並非指在他們的婚姻中，有著完美的日常、至少撐得下去的時光，花大把時間忙於貼壁紙、度假、用餐、購物以及擔心孩子生病；她指的是，偶爾，在毫無理由或毫無心理準備的情況下，幸福，或者對幸福的期待總令他們感到驚喜。那幸福的想像彷若在他們貌合神離的軀殼裡，彷若有個善良又純真的玫瑰和派屈克感受到幸福，他們幾近隱形，躲在平常自我的陰影裡。而也許，在她離開派屈克後、躲在暗處不被他看見並望進閱讀隔間的他，才是那個善良又純真的派屈克。或許那就是幸福的片刻。她應該把他留在那裡的。

她知道她也因此而看透他；她很清楚，因為同樣的情形，往後又再次發生。這個半夜她人在多倫多機場，此時她和派屈克離異近九年。如今她成了家喻戶曉的人物，這個國家大多數人都認得她。她主持一個電視節目，專訪政治人物、演員、作家、名流，以及許許多多平凡人物，這些人可能對政府或警察或某個協會的作為感到憤怒；有時，她和目睹過幽浮或海怪等怪異景象的人對談，有時訪問擁有不凡成就或收藏品的人，或是堅持過時風俗的人。

她獨自一人。沒人與她會合。她剛從黃刀鎮搭了誤點的班機回來，整個人既疲倦又狼狽。她看見派屈克背對著她站在咖啡館裡。他穿著雨衣，比從前胖了些，但她立刻認出他。她仍有相同的感覺：他是她命中注定的人，透過某種神奇魔法，又或許是詭計，他們便能找到彼此、信任對方；若要展開這一切，她只需走上前、拍拍他的肩膀，讓他感到意外的驚喜。

她當然沒這麼做，但確實停下腳步。她立定不動，此時他轉過身，走向咖啡廳前的小塑膠桌和弧形座椅；他不再瘦骨嶙峋，學生時期的寒酸邋遢模樣不復見，拘謹的專制模樣也消失了。他看起來溫吞、微胖，也變得時尚、有親和力，他感覺令人信賴、流露出些許得意。胎記也消失無蹤。玫瑰心想，眼下的自己一定看起來非常憔悴可怕：穿著皺巴巴的風衣，灰白長髮垂落臉旁，睫毛膏在她的眼下暈開。

他對著她面露一臉嫌惡，那個表情充滿真實的恨意，是野蠻的警告，幼稚任性但有備而來；他選定這個時機宣洩厭惡與憎恨。這件事難以置信，但她確實看透。

有時當玫瑰在電視攝影機前與人對談，她會感覺到來賓也想表現出一臉嫌惡，她會在形形色色的人身上感覺到這股渴望，包括老練的政治人物、機智開明的主教、可敬的慈善家、目睹自然災害的家庭主婦、英勇救人或被騙走身障津貼的工人。他們渴望惡意破壞、面露厭惡或說髒話；而眼前派屈克的臉上的神情就是他們想表達的嗎？為了讓某個人、某些人看到？但他們不會這麼做，他們沒有機會，這需要特別的環境：一處不真實的駭人場所、夜半時分、令人暈眩、精神錯亂的倦意、你真正的敵人如幻覺般意外現身。

隨後，她匆匆沿著色彩繽紛的長廊離開，全身顫抖。她看見了派屈克，派屈克看見了她；他對著她面露嫌惡。只是，她其實無法理解她怎麼會成了他的敵人。怎麼會有人如此痛恨玫瑰？尤其是當她滿懷善意準備走上前，漾著微笑坦言自己很是疲倦，同時又散發著主動不失禮的怯懦自信？

噢，派屈克會。派屈克就會。

惡作劇

玫瑰愛上克里佛。那是在一場由克里佛和喬瑟琳主辦的派對上，派屈克和玫瑰受邀參加。此時，派屈克和玫瑰結婚三年左右，克里佛與喬瑟琳則是一年多。

克里佛和喬瑟琳住在西溫哥華外的其中一處避暑小屋，這些小屋配有簡陋的禦寒設備，坐落在短短的蜿蜒街道兩側，就在地勢較低的公路及海洋之間。這場派對在三月的某個雨夜舉行。玫瑰對於參加這場派對很是忐忑。他們開車駛過西溫哥華，看著霓虹燈光滴落在路上的水坑，聽著雨刷彷彿發出譴責的聲音；她覺得自己幾乎快要吐了。日後，她不時回想此刻，看著自己坐在派屈克身旁，身穿黑色低胸上衣及天鵝絨裙，暗自希望自己當時應該衣著得體，也多麼希望他們只是去看場電影而已。她不知道自己的人生即將改變。

派屈克也很緊張，雖然他不會承認。玫瑰和派屈克都覺得，社交生活讓人傷神，也往往令人不悅。他們剛搬到溫哥華時，不認識任何人，便有樣學樣，也參與起社交活動。玫瑰不確定他們是否真想和他人往來，或只是認為應該交朋友。他們會盛裝打扮去拜訪別人，或整理客廳等待受邀來訪的賓客。因應某些場合，他們確立起一套固定模式。那些夜裡他們會先小酌，好不容易挨到深夜十一點或十一點半左右，玫瑰會離席到廚房煮咖啡並準備一些餐點，通常是吐司上放一片番茄，加上一片起司以及一些培根，用牙籤固定後再拿去烤。她想不出其他菜色了。

對兩人而言，相較於和玫瑰喜歡的人交往，和派屈克喜歡的人當朋友相對容易些，這是因為玫瑰為人有彈性，而她其實是虛偽，反觀派屈克，幾乎是不知變通。但這次不同，派對主人喬瑟琳和克里佛是玫瑰的朋友，或者說喬瑟琳是她的朋友。玫瑰和喬瑟琳很清楚別輕易嘗試帶丈夫拜訪對方。派屈克在還不認識克里佛的情況下，便曾表達其厭惡之情，只因克里佛是小提琴家；而克里佛無疑也一樣，因為派屈克在家族旗下的百貨公司工作。在那個年代，人與人之間的藩籬仍堅不可摧；附庸風雅的人和生意人之間是如此，兩性之間亦然。

玫瑰完全不認識喬瑟琳的朋友，但她知道他們不外乎音樂家、記者、大學講師，甚至有個女作家，她的某部劇本還改編成廣播劇；玫瑰猜想他們聰慧、機智，多半自命不凡。她總認為每當她和派屈克坐在客廳時，無論是賓客或派對主人，皆聰明風趣，大可明正言順地鄙視他們，這些人在別處過著不凡的生活並遊走在一場又一場派對之間。而眼下，和這些人相處的機會來了，未想她的胃卻不爭氣，雙手直冒汗。

玫瑰和喬瑟琳相識於北溫哥華綜合醫院的產科病房。玫瑰生完安娜後被送回病房，最先映入眼簾的，正是喬瑟琳坐在床上讀《紀德日記》；她從書封顏色認出那本書，她先前在藥妝店的書架上注意過。紀德在玫瑰的待讀作家清單上，當時的她，只閱讀經典作家的作品。眼前的喬瑟琳看起來像個學生，而且幾乎不受產科病房影響，顯得相當抽離，玫瑰頓時感覺意外又欣慰。喬瑟琳綁著黑色長辮，臉色疲憊蒼白，戴著厚重眼鏡，毫無姿色可言，卻流露著自在專注的氣息。

喬瑟琳隔壁床的女人正在描述廚房櫥櫃的擺設。她忘了說明擺放某樣東西的地方，例如米或黃砂糖，於是只得再度把話從頭說起。為了確定在場的人都跟得上她說的，她會說，「記得吧，爐子旁、右手邊最高的架子上，那是我儲放湯料包的地方，但罐頭湯不是放在那裡，而是和罐頭食品一起放在流理檯下方，嗯，旁邊就是……」

其他女人試著插嘴說明自家的擺放方法，卻只是枉然，或是無法喧賓奪主太久。喬瑟琳坐著讀書，指間捻弄著髮辮尾端，猶如置身在大學圖書館研究某篇論文，產房裡其他女人的世界完全無法左右她。玫瑰希望自己也辦得到。

玫瑰還沒從分娩中回過神來。每當她閉上眼，就看到日蝕、一個鑲著一圈火焰的巨大黑球。那是寶寶的頭，伴隨著疼痛，是她將孩子推出體外的前一刻；而越過這個畫面，她看到女人口中的櫥架被罐頭和湯包的重量壓得不住下沉，令人不安的晃動。只是玫瑰一睜眼便看見一身黑白的喬瑟琳，髮辮垂落在醫院的睡袍上；她放眼看過去，唯有看起來冷靜又認真的喬瑟琳足以和當下的環境相互呼應。

不久後喬瑟琳下床，露出沒刮腳毛的白皙長腿以及懷孕所造成的鬆弛肚皮；她套上條紋浴袍，拿起男人的領帶繫在腰間，而不是用一般腰帶，然後光著腳走過醫院的油氈地板，發出啪啪的腳步聲；一名護士聽見聲音跑了過來，提醒她穿上拖鞋。

「我沒有拖鞋。」

「妳有鞋子嗎？」護士問道，口氣極其不悅。

「噢，有，我有鞋子。」

喬瑟琳走回床畔的小金屬櫃，拿出骯髒破爛的大尺寸莫卡辛鞋；她邁步離開，一如剛才又發出那種懶散又無禮的腳步聲。

玫瑰渴望認識她。

隔天，玫瑰拿出書籍閱讀。那是喬治．桑塔亞那《最後的清教徒》。可惜的是，這本書是從圖書館借來的，封面的書名磨損得十分嚴重，喬瑟琳應該不可能像她一樣，極其讚賞對方選書；玫瑰不知道如何與她攀談。

昨天解釋櫥櫃擺設的女人正聊著吸塵器的使用方法。她說善用所有的配件這點很重要，因為每個配件都有其功能，而且畢竟錢都付了。許多人都不用。接著，她詳述起她如何用吸塵器清潔客廳的窗簾。另一個女人說，自己試過這麼做，但窗簾布會糾在一起，那個控場的女人則表示，那是因為她用錯方法。

玫瑰發現喬瑟琳緊盯著她手中書本的一角。

「我希望妳會擦爐子的旋鈕。」她輕聲說。

「當然。」喬瑟琳說。

「妳每天都擦嗎？」

「我之前一天擦兩次，但既然現在有了寶寶，我不知道找不找得到時間。」

「妳會用專用拋光劑嗎？」

「當然，我還用了優惠組合附的專用布料。」

「很好，有些人不會這麼做。」

「有些人亂用一通。」

「舊抹布。」

「舊手帕。」

「舊鼻涕。」

這件事過後，兩人的友誼迅速增溫。在一些公共機構裡，迸發的友誼總是異常親密濃烈，如學校、露營、監獄。她們違背護士的告誡，一起在走廊散步，激怒其他女人，卻也令她們束手無策；她們對彼此朗讀的內容讓兩人變得像女學生一般情緒激動；她們不再閱讀紀德或桑塔亞那，而是在候診室發現的《真愛與戀情》。

「上面寫你可以買義肢，」玫瑰朗讀道。「但我不知道要怎麼藏起來；我猜是綁在腿上，或是套進長襪裡。妳不覺得會露出來嗎？」

「綁在腿上？」喬瑟琳回道，「綁在腿上？噢，是義肢[1]！義肢！我還以為妳講的是假的小牛！假的幼犢！」

像這種事都能打開她們的話匣子。

「假的小牛！」

「假乳頭、假屁股、假的小牛！」

「真不知道他們下次會想出什麼玩意兒！」

那個吸塵器女說，她們一直插嘴，毀了別人的對話，而她不懂下流的話有什麼好笑；她說，如果她們不停止胡鬧，她們的母乳會酸掉。

「我一直想知道我的母乳是不是酸掉了，那顏色很噁心。」喬瑟琳說道。

「什麼顏色？」玫瑰問道。

「嗯，微微的藍色。」

「天啊，或許那是墨汁！」

那個吸塵器女說，她要跟護士反映她們說髒話，她說自己不是老古板，但是……她反問她們真適合當媽媽嗎？任誰都看得出來，喬瑟琳從來不洗晨袍，那她又怎麼會洗尿布呢？

喬瑟琳則回說，她打算用苔蘚洗，她是印第安人。

「我相信。」吸塵器女回道。

從此以後，喬瑟琳和玫瑰講話的開頭經常是：我不是老古板，但是。

「我不是老古板，但是妳看看這布丁！」

「我不是老古板，但是這孩子一副長了整副牙齒的樣子。」

護士說，她們是時候成熟點了吧？

沿著走廊散步時，喬瑟琳跟玫瑰說她今年二十五歲，寶寶取名為亞當，家裡還有個兩歲大的兒子傑羅姆，丈夫叫克里佛，在溫哥華交響樂團以演奏小提琴為生。夫婦倆很窮。喬瑟琳來自美國麻薩諸塞州，就讀衛斯理學院。父親是精神科醫師，母親是小兒科醫師。玫瑰跟喬瑟琳說自己來自安大略省的小鎮，派屈克來自溫哥華島，他的父母不贊成這門婚事。

「在我家鄉的小鎮，」玫瑰言過其實地說道，「大家都說『泥悶』？泥悶有什麼？泥悶在

---

1 原文為 calves，字義包括小腿以及小牛等。

做什麼？」

「泥悶？」

「就是『你們』。」

「噢，就像布魯克林和詹姆斯．喬伊斯。派屈克在哪裡工作？」

「他家族的店舖，他家開了一間百貨公司。」

「所以你們不是很有錢嗎？不需要住這種病房吧？」

「我們不久前花了全部的積蓄買下派屈克想要的房子。」

「妳不想要嗎？」

「不像他那麼想要。」

玫瑰以前沒說過這種話。

她們愈來愈常隨意聊起自己的事。

喬瑟琳痛恨親生母親。母親讓她睡在裝有白色蟬翼紗窗簾的臥房，鼓勵她蒐集鴨子的相關物品。等到喬瑟琳十三歲時，她收藏的塑膠鴨、陶瓷鴨、木雕鴨、鴨子圖片、鴨子繡圖的數量可能已是世界首屈一指；她也寫了一篇她形容是過度早熟的故事《奧立佛大鴨的奇幻大冒險》，未想她母親竟然印出成冊，並在聖誕節發送給親友。

「她用討人厭的阿諛奉承掩飾一切。渾身散發著噁心的虛偽感。說話怪腔怪調的，而且，一直這樣。假惺惺的，她就是這種卑劣的假人。當然，她是很成功的小兒科醫師，為身體各部位取了討人厭又忸怩作態的小名。」

玫瑰喜愛蟬翼紗窗簾，她察覺到喬瑟琳的世界裡，那微妙的界線以及挑釁的方式；比起玫瑰的世界，喬瑟琳的似乎文雅富裕得多。她認為自己不太可能向喬瑟琳如實呈現漢拉第的一切，但她開口嘗試。她大略提到芙蘿和雜貨店，並誇大貧窮的狀況，儘管她根本沒必要這麼做。喬瑟琳覺得，玫瑰童年的真實面別具異國情調，這所有的事情再再令人羨慕。

「這種生活似乎比較真實，我知道這個看法不切實際。」喬瑟琳說道。

她們聊到年輕時的抱負（她們真以為自己不再年輕）。玫瑰提到，自己曾想當演員，但太膽小了，不敢上臺。喬瑟琳則想當作家，但那隻奧立佛大鴨的的回憶讓她對這個志向感到羞愧。

「然後，我遇到了克里佛，」她繼續說道，「當我明白什麼是真正的才華，我知道試著寫作的自己，可能只是浪費時間，培育他或為他做各種事，才是較為明智的作法。他真的很有才華，有時他給人感覺很卑鄙，但他實在太有天分，所以能為所欲為。」

「我覺得這個觀念很浪漫。」玫瑰說得堅定又嫉妒，「有才華的人可以為所欲為。」

「妳真的這麼認為？偉大的藝術家一向都能為所欲為啊。」

「女人就不行。」

「但女人通常不是什麼偉大的藝術家，不會一樣出色。」

當時受過良好教育、有思想的、甚至標新立異或政治激進的年輕女人都抱有這種想法。而玫瑰未受過良好教育，這是她唯一不符合的條件；直到兩人交往很長一段時間之後，喬瑟琳才對玫瑰坦誠，當初她覺得和玫瑰聊天很有趣的其中一個原因是，玫瑰很有想法，卻未受過良好教育。玫瑰對此深感驚訝，並提起自己曾讀過西安大略省的大學。接著，玫瑰見她尷尬的畏縮了一下，或說是面露懊悔、瞬間浮現不夠坦白的表情——那極不尋常——玫瑰這才意識到，喬瑟琳指的其實正是她就讀的學校。

她們討論完對藝術家和男女藝術家的不同看法後，晚上克里佛來訪時，玫瑰便仔細觀察他。她覺得，他柔弱又任性，看起來神經兮兮的。玫瑰進一步發現，在這段婚姻裡，喬瑟琳表現得得體、勞心又勞力（她修好漏水的水龍頭、疏通阻塞的排水管），以致玫瑰相當確定，喬瑟琳是在糟蹋自己，她弄錯了；而玫瑰也覺得喬瑟琳同樣認為，她和派屈克的婚姻沒什麼意義。

派對一開始，氣氛比玫瑰預期的輕鬆。她原本擔心自己過度盛裝打扮，本來想穿緊身褲參加，可是派屈克絕對不會贊成；不過現場只有幾個女孩穿長褲，其他女生都穿長襪、戴耳環，衣著打扮也近似玫瑰。正如當時年輕女子的聚會，其中三或四人顯然懷孕了。多數男士則一如派屈克，穿西裝、打領帶，玫瑰為此鬆了口氣，她不僅希望派屈克融入派對，也希望他能接受這些人，並相信他們並非全是怪胎。派屈克還是學生時，會帶她去聽音樂會、看戲，他似乎不覺得那裡的觀眾很可疑；事實上，因為他的家人痛恨音樂會和戲劇，所以他很喜歡，而當時——他選擇玫瑰的當時——曾短暫和家人抗爭過。有一次，他和玫瑰前往多倫多，坐在皇家安大略博物館的中國寺廟藝術展室觀賞壁畫；派屈克告訴她，這些壁畫從中國山西省運送過來時，本來都是碎片；他似乎頗以自己的博學為傲，同時又一副卸下心防的樣子，表現得分外謙遜，並坦承他是在導覽時才得知這些知識。他從出社會工作開始，逐漸學會嚴加批判、大肆譴責。現代藝術根本騙局、前衛派戲劇很下流；他提到「前衛派」的語氣很不一樣，矯情、充滿輕蔑，這個詞彙因而聽起來噁心做作。玫瑰認為那些人也差不多。她明白他的意思，也了解事物總有諸多面向，而派屈克沒有這方面的問題。

每隔一段時間，她就會與派屈克大吵，除此之外，她對派屈克百依百順，不時討他的歡心。這並不容易。即便是在他們還沒結婚的時候，面對她簡單的問題或評論，他總是習於以冗長的責備回應；婚前那段日子，她有時會向他提問，期待在他賣弄不凡的知識後，她大可崇拜他，只是她經常後悔發問，因為答案往往過度冗長且語帶譴責，而那些知識也說不上多優越。玫瑰真心想崇拜他、尊敬他；而她似乎總處於義無反顧的邊緣。

後來，玫瑰覺得她確實真心尊敬派屈克，但不是以他想要的方式；她真的愛他，卻也非以他想要的方式。當時她不明白，還自認為了解他，以為他如此汲汲營營的改變自我絕非出於自願。他變得傲慢，而這或可稱為「尊重」；他變得蠻橫，而這或可稱為「愛」。但兩者都無法讓他幸福。

幾名男士穿著牛仔褲配高領毛衣或運動衫，克里佛正是其中一人，他一身黑衣。這是美國舊金山垮掉的一代[2]活躍的時期，喬瑟琳曾在電話中對玫瑰朗讀長詩〈嚎叫〉。克里佛看起來極度黝黑，在深膚色的襯托底下，當時他的一頭長髮顏色淡得近乎未漂白的棉花；他的眸色極淺，呈現亮灰藍色。玫瑰覺得他看起來瘦小，像隻貓咪，一點男子氣概也沒有；她希望派屈克不會太討厭他。

派對提供啤酒和潘趣酒，廚藝了得的喬瑟琳正在燉煮一鍋什錦飯。玫瑰去了趟洗手間，擺脫似乎老想黏著她的派屈克（她覺得他在監視她，忘了他或許只是畏怯）。她走出廁所時，他已經去了別的地方；她迅速連喝三杯潘趣酒。有人為她引見女劇作家，未想對方竟是舉目所見最無趣、缺乏自信的人之一。

「我喜歡妳的戲。」玫瑰對她說。事實上，她覺得劇情故弄玄虛，派屈克則認為令人倒胃口。這齣戲似乎是關於母親吃下親生骨肉，玫瑰知道這是象徵，卻無法理解其中寓意。

「噢，但演出簡直一塌糊塗！」女作家說。她滿是尷尬，既激動又熱中的談論這齣戲，潘趣酒甚至不慎灑到玫瑰身上，「他們演得太直白了，我擔心因此讓人覺得毛骨悚然，我本來希望整部戲的呈現更為優美，和他們演出的方式截然不同。」她開始將出差錯的地方一五一十告訴玫瑰，包括選角錯誤、最關鍵的臺詞橫遭刪去。玫瑰覺得受寵若驚，她邊聆聽著這些瑣事，邊試著擦去酒滴而不致引起注意。

「但妳懂我想傳達的意思嗎？」女作家問道。

「噢，我懂！」

克里佛再為玫瑰倒了一杯潘趣酒，並對她微笑。

「玫瑰，妳看起來真可口。」

克里佛以「可口」來形容著實古怪，或許他醉了。或許就如喬瑟琳所說，他非常討厭派對，眼下，他只是扮演一個角色罷了；他這種人就是會跟女孩說她看起來真可口。他善於偽裝，而玫瑰認為自己也愈來愈精於此道。她繼續與女劇作家及一個教授十七世紀英國文學的男人聊天；她或許真的貧窮而聰明，激進且不恭，儘管此時任誰都看得出來。

狹窄的走廊上，一對男女正熱情擁抱彼此。每當有人想過去，這對男女就得分開，但他們一直深情望著彼此，甚至沒閉上嘴巴。他們張開的溼潤雙唇一映入眼簾，玫瑰不禁顫抖了

---

2 垮掉的一代（beatnik），或稱披頭族，出現在一九五〇至六〇年代，他們的形象是青春洋溢、奇裝異服、行為舉止不合常規、具有反抗氣質，藉此表達對社會的不滿。

起來。這輩子她從未被如此擁抱，從未像那樣張著嘴。派屈克認為，法式親吻太過噁心。

有個名叫西瑞爾的矮小禿頭男在洗手間的門外守候，任何女性一踏出洗手間，他便親吻對方，並說道：「甜心，歡迎光臨，真高興妳來，真高興妳出來了。」

「西瑞爾很討人厭，」女作家說道，「他自以為必須表現得像詩人。他唯一想得到的，只有在廁所前打轉，到處惹人厭，還以為自己與眾不同。」

「他是詩人？」玫瑰問道。

那個英國文學講師回道：「他跟我說，他燒掉所有創作的詩。」

「他真是烈火中燒啊。」玫瑰顯得沾沾自喜，因為自己這麼形容之後，在場每個人都笑了。

講師由此聯想到一些雙關語。

「我想不出任何一個，我對文字太斤斤計較了。」女作家一臉悲哀說道。

客廳傳來喧鬧聲，玫瑰認出那是派屈克，聽起來很是亢奮，一副企圖壓過其他人似地；她張嘴想說些話，任何話都可以，好掩蓋過他的聲音——她知道災難即將發生——未想就在此時，有個鬈髮的高眺男子，一臉幸災樂禍地穿過走廊，唐突地推開那對熱情擁吻的男女，並高舉雙手要大家注意。

「各位注意了，」他朝著廚房說道，「你絕對無法相信客廳這個男的說的話。你們仔細聽了。」

客廳裡正談論著的，想必是關於印第安人的事。而這會兒，派屈克取得話語權。

「把他們帶走，他們一出生，就把他們從父母身邊帶走，讓他們待在文明的環境受教育，總有一天，他們會變得像白人一樣優秀。」派屈克無疑認為，自己所傳達的是自由主義觀點。如果在場的人認為這論點著實引人發噱，就該讓他談談羅森堡夫婦死刑案，或阿爾傑・希斯審判[3]，或核試爆的必要性。

某個女孩委婉說道：「嗯，他們有自己的文化。」

「他們的文化毀了，玩完了。」這陣子，派屈克經常使用「玩完了」這個詞，還會以充滿興味和僵化的威信語氣脫口說出特定字句、陳腔濫調、或社論上的詞彙，例如「大規模重新評估」，讓人以為他是創造這些詞彙的人，或至少在他說出口之後，這些字詞顯得更有分量、熠熠生輝。

「他們想變成文明人，比較聰明的印第安人都這麼想。」他補充道。

3 羅森堡夫婦（the Rosenbergs）為冷戰時期美國的共產主義人士，被指控為蘇聯進行間諜活動，最後被處以死刑。阿爾傑・希斯（Alger Hiss）是美國外交官，一九四八年遭指控為蘇聯的間諜，後因偽證罪入獄。

「嗯，或許他們不認為自己不文明。」那個女孩冷若冰霜，只是派屈克完全未意會到她嚴肅的態度。

「有些人需要督促。」

那洋洋自得又老成的訓斥語氣聽得廚房裡那個男子禁不住舉起雙手，一臉盡興又未敢置信地直搖頭。「他一定是社會信用黨的政客。」

事實上，派屈克也的確投票給社會信用黨。

「對。嗯，不管喜不喜歡，」他一逕地說下去，「他們都得被拖出來，邊踢著腳邊尖叫地進入二十世紀。」

「邊踢著腳邊尖叫？」某人重複道。

「邊踢著腳邊尖叫地進入二十世紀。」派屈克從不介意複述講過的話。

「真是有趣的表達方式，也很符合人性。」

眼下，他難道還不明白自己已陷入絕境、上了鉤、受眾人嘲笑嗎？豈知，落入這般境界的派屈克只是更加重力道；玫瑰再也聽不下去。她走向後面的走道，那裡擺滿喬瑟琳和克里佛為了派對而扔出來的各類物品，包括靴子、外套、瓶罐、木盆、玩具等；感謝老天，這裡空無一人。她走出後門，站在溼冷的夜裡不住地怒火中燒、全身發顫。她深感不解，又是羞愧，並對派屈克感到難為情。而她也很清楚，最令她尷尬的，是他的語氣，她因此懷疑自己內心是否墮落、輕佻。她對那些比派屈克聰明，或至少比他機靈的人感到憤怒。她只覺得他們惡劣；說真的，他們真在乎印第安人嗎？要是真有機會面對印第安人，派屈克或許會搶在這些人面前，對他們以禮相待，儘管這不大可能發生，但她得這麼相信。派屈克是好人，也許他的看法不盡完美，但他確實善良。玫瑰認為，派屈克的本質樸實純真、值得信賴，但她要如何對自己證明、消除疑慮，更遑論是告訴其他人？

她聽見後門關上的聲音，擔心那是喬瑟琳出來找她；喬瑟琳絕對無法相信派屈克的本質良善。她認為他頑固、遲鈍且生性愚蠢。

那並不是喬瑟琳，而是克里佛。玫瑰不想跟他說話。她有點醉意，哭喪著的臉被雨水打溼。她一臉拒人於千里之外地看向他。未想，他竟抱著她不住搖晃。

「噢，玫瑰，玫瑰寶貝。沒關係的。」

所以，這就是克里佛。

接下來的五分鐘裡，他們親吻、低語、顫抖、緊抱彼此、相互撫摸試探。隨後，兩人自前門回到派對，西瑞爾在那裡，他說：「嘿，哇，你們兩人剛剛去哪裡了？」

「雨中散步。」克里佛冷淡回道。他略顯不友善的口吻一如剛才對玫瑰說她看起來很可口。攻擊派屈克事件已然停止，眾人兀自閒談了起來，聊天內容盡顯醉意、也更不可靠。喬瑟琳正端上什錦飯。玫瑰去了趟洗手間弄乾頭髮，為吻得脫妝的嘴唇補上口紅；她蛻變了，無比堅強。她走出洗手間後遇到的第一個人便是派屈克，她希望他幸福，此刻全然不在意他說過的話或即將說出口的話。

「先生，我們沒見過面吧。」她語帶挑逗。有時兩人相處時若氣氛自在，她會以這種口氣對他說話，「但你可以親吻我的手。」

「天啊！」派屈克開懷說道，他緊緊抱住她、親吻她的臉龐，發出一聲響吻。他每回吻人總發出響吻聲，手肘老是不小心戳到她，讓她發疼。

「你喜歡嗎？」玫瑰問道。

「還不錯。」

當然，接下來的夜晚，她無時無刻看著克里佛，但又假裝視若無睹；她覺得他好像也一樣。有幾次，兩人眼神不期然交會，看似無動於衷，卻傳達了清楚的訊息，以致她不覺想踮起腳、輕輕搖晃起來。如今，她以截然不同的眼光看待他。她之前認為他瘦小柔弱，現在只覺得他神采飛揚、矯捷且精力十足，就像山貓或美洲野貓。他的膚色因滑雪而變得黝黑。他會上西摩山滑雪，這是昂貴的嗜好，而喬瑟琳覺得無法剝奪這個業餘愛好，因為他很在乎形象、他在社會上擔任小提琴家的男性形象。這是喬瑟琳的說法。喬瑟琳曾告訴玫瑰克里佛的成長背景：他的父親患有關節炎，在紐約州北部的小鎮開了間雜貨店，生活困苦的地區。喬瑟琳談到克里佛童年時期所面臨的問題，諸如和生活環境格格不入的天分、吝嗇的父母、愛嘲弄人的同學；喬瑟琳說，童年留給他的淨是苦澀。只是，玫瑰不再全盤接受喬瑟琳口中所形容的克里佛。

這場派對在週五晚間舉行。隔天早晨玫瑰家中的電話響起，派屈克和安娜正坐在桌前吃著雞蛋。

「妳好嗎？」克里佛問道。

「很好。」

「我想打電話給妳，妳可能以為我昨晚只是喝醉之類的，但我不是。」

「噢，我知道。」

「我整晚都想著妳，在那之前也想著妳。」

「嗯。」廚房閃閃發亮。她看著坐在桌邊的派屈克和安娜、咖啡壺側邊少許咖啡漬、橘子果醬，眼前的畫面忽地充滿喜悅、希望以及危險。玫瑰口乾舌燥，幾乎說不出話來。

「今天天氣很好，我、派屈克、安娜可能會去爬山。」

「派屈克在家？」

「對。」

「噢，天啊，我真蠢，我忘了別人週六是不工作的。我在這裡排練。」

「嗯。」
「妳可以假裝是別人打來的嗎？假裝是喬瑟琳打的。」
「當然。」
「玫瑰，我愛妳。」語畢，克里佛便掛上電話。
「誰打來的？」派屈克問道。
「喬瑟琳。」
「我在家的時候，她非得打電話來嗎？」
「她忘了。克里佛去排練，所以她忘了今天別人不必上班。」玫瑰因為說出克里佛的名字而感到心花怒放。對她來說，欺騙和隱瞞出奇地容易，那幾乎像是一種消遣。
「我不知道他們週六還得工作，他們的工時一定很長。」她持續談論這個話題。
「他們的工時不比一般人長，只是以不同的形式間隔開來罷了；他看起來也沒辦法吃苦耐勞。」
「他應該是很優秀的小提琴家。」
「他看起來像混蛋。」
「你這麼認為？」
「妳不覺得嗎？」

「說實話，我從沒想過他的事。」

喬瑟琳星期一在電話中告訴玫瑰，說她真不知道為何要舉辦派對，事到如今，都還在收拾殘局。

「克里佛沒幫忙嗎？」

「妳在開玩笑吧？整個週末我幾乎都沒看到他。他星期六在排練、昨天公演。他說，既然舉辦派對是我的主意，我就有辦法收拾善後，這倒是真的。有時我忽然就想聚一聚，派對是唯一解藥。派屈克真有趣。」

「非常有趣。」

「說真的，他超帥，對吧？」

「許多人都跟他一樣好看，只是妳不認識而已。」

「真令人傷心。」

這次和喬瑟琳的聊天內容與平常沒什麼兩樣。她們的對話、友情也一如往昔。玫瑰不認為自己要對喬瑟琳忠心耿耿，這是因為她清楚劃分了克里佛；世上有個喬瑟琳熟悉的克里佛，那是她向來在玫瑰面前呈現的克里佛；而如今，還有個玫瑰所認識的克里佛。她認為喬瑟琳可能誤解他了，例如喬瑟琳說童年留給他的淨是苦澀。而喬瑟琳所宣稱的苦澀，在玫瑰看來是更為複雜且日常的，是在某個階級中，常見的疲倦、屈服、狡猾及卑劣。就像克里佛和玫瑰所屬的社會階級。從某些方面來說，喬瑟琳與現實世界隔絕，導致她堅定又純真；從某些方面來說，她跟派屈克是一樣的。

從此刻起，玫瑰真心認為自己和克里佛是同一類的人，儘管喬瑟琳與派屈克看起來南轅北轍、彼此厭惡，但兩人可歸類成另一類人；他們正派且墨守成規，慎重其事地看待生活。比起他們，玫瑰和克里佛則顯得本性狡詐。

如果喬瑟琳愛上有婦之夫，她會怎麼做？她可能還沒碰到他的手，就已經找大家來討論；克里佛、那個已婚男子及其妻子都會受邀，很可能還包括喬瑟琳的心理醫師（雖然喬瑟琳的家人拒絕，但她認為，每個人展開或適應生命各個階段時，都該去看心理醫生，她一週去一次。）喬瑟琳會考量可能的後果、面對事情，絕不會嘗試偷歡。她從來就不是鬼鬼祟祟的人，這就是她不可能愛上其他男人的原因。她不貪心，如今派屈克亦然，至少他不貪求愛情。

如果愛上派屈克代表承認他內心善良、誠實不虛，那愛上克里佛就完全是另一回事。玫瑰沒必要認定克里佛有多好，她當然也知道他為人狡猾。他從不向人顯露出自己的口是心非或冷酷無情，玫瑰是例外，這點對她至關重要。那麼她愛上他哪一點，想要他的什麼？她想要詭計、動人的祕密、溫柔地頌揚欲望、規律的烈火偷情。而這些渴望都在雨中的那五分鐘後萌芽。

那場派對過後約半年的某一夜，玫瑰徹夜未眠。派屈克睡在她身旁，就在他們以西洋杉和石材建造的房子裡，位在葛勞斯山一側的卡皮拉諾峰郊區中。隔天晚上，她和克里佛計畫在鮑威爾河市同床共枕，他與巡迴演出的交響樂團將在當地表演。她不敢相信一切終將到來。換句話說，她全心期待這件事的到來，只是遲遲無法在她所知的規律生活裡找到適當時機。

這幾個月來，克里佛和玫瑰從未上床，也沒機會做愛。情況是這樣的：喬瑟琳和克里佛沒有車，派屈克與玫瑰有車，但玫瑰不會開。克里佛的工作時間確實很有彈性，這是優點，但他要怎麼去見玫瑰？難道他能搭著公車橫跨獅門大橋、光天化日下走上她住的郊區街道，經過鄰居的觀景窗前？難道玫瑰可以雇個臨時保母、假裝要去看牙醫，搭公車到城裡、與克里佛在餐廳碰面，然後一起去旅館開房間？他們也不知道要去哪間旅館，唯恐沒帶行李的他們會被趕到街上，或有人向風化糾察隊檢舉，而他們被迫坐在警局，喬瑟琳和派屈克各自收到通知前來接他們。此外，他們的錢也不夠。

然而，玫瑰曾用看牙醫的藉口前往溫哥華，他們並肩坐在咖啡館後方的雅座，公然在克里佛的學生及同行經常出入的場所親吻愛撫，這真是太冒險了。搭公車回家的路上，玫瑰低頭看著洋裝，望著胸脯間狂冒的汗珠；她無疑容光煥發，又想到剛才所冒的險，她真的可能因此昏厥。另一次是在某個熾熱的八月午後，她在克里佛排練的劇院後巷等待。她埋伏在陰影處，接著興奮又欲求不滿地與他肢體糾纏。他們看見某扇門敞開，於是溜了進去，裡頭四處堆滿箱子，他們尋找隱蔽的休息處，這時有個男人開口對他們說話。

「我能為你們效勞嗎？」

原來他們闖進鞋店後方的儲藏室。那個男人的語氣冰冷，令人膽寒。風化糾察隊、警局。而玫瑰的洋裝已褪到腰際。

有一次，兩人在公園幽會。玫瑰經常帶安娜去那座公園，為她推鞦韆。玫瑰與克里佛坐在長椅上，交握的手掩在她白色棉質寬裙下，手指交纏、緊握，安娜走向長椅後方，不期然大喊：「碰！我抓到你們了。」克里佛頓時臉色慘白。回家路上，玫瑰對安娜說：「妳從長椅後方跳出來也太厲害了，我以為妳那時還在盪鞦韆。」

「對啊。」安娜說道。

「妳說妳抓到我們了，這是什麼意思？」

「我抓到你們了。」她一逕地咯咯直笑，這笑流露著一種好事、一副心知肚明的樣子，玫瑰深感不安。

「妳想吃巧克力冰棒嗎？我想吃！」玫瑰興高采烈問道，卻暗自想著勒索以及討價還價。日後，有將近二十年的時間，安娜不斷向她的心理醫生重提這段不堪的回憶；這整件事讓她不安、作嘔，她想知道克里佛是否為此討厭她？確實如此，但只是短暫的。

天一亮，玫瑰便下床，看看天氣適不適合飛行；天色清朗，沒有往年這個時節經常導致飛機無法起飛的大霧。除了克里佛以外，任誰都不知道她要去鮑威爾河市。從他們知道他要巡迴演出起，兩人便著手規畫這件事，且歷時了六星期。派屈克以為她要去維多利亞拜訪大學時期的友人。過去幾週來，玫瑰假意和這名友人恢復聯絡，她說明晚就回家。今天是星期六，派屈克會在家照顧安娜。

她走進飯廳查看從家庭津貼中節省下來的錢，錢就放在銀製馬芬盤底部，共十三加元，她盤算著將派屈克給她前往維多利亞的旅費也算在內。每每她開口要錢，派屈克總會給她，但他想知道金額及用途；一次他們出門散步，她想進藥妝店一下，於是向他拿錢，他以一貫的嚴肅口吻問道：「要買什麼？」玫瑰忍不住哭了出來，因為她要買陰道凝膠。她當時應該笑一笑就好，如今她遇到同樣的狀況便會這麼做。自從她愛上克里佛，就再也不曾和派屈克爭吵。

她再度衡量需要的費用，包括機票錢、從溫哥華搭機場巴士的費用、從機場搭巴士或計程車到鮑威爾河市的錢，剩下的一些買吃的和咖啡，克里佛會付旅館住宿費。這個想法讓她滿腦子淨是性的撫慰及順服，雖然她也知道傑羅姆需要新眼鏡、亞當需要雨靴。她一心想著淺色、光滑、偌大的床鋪就在那裡、等著他們。很久以前，她仍是荳蔻少女時（她現年二十三歲），不時想像著乏善可陳的出租床鋪、上鎖的門、滿溢的期盼，如今再度思及相同的事，雖然婚前以及婚後有段日子，任何與性有關的想法總令她深感不快，就像現代藝術惹惱派屈克一樣。

她靜靜在屋裡四處走動，依序規畫起這一天的事。洗澡、擦上護膚油、化妝、將子宮帽和陰道凝膠放進手提包；記得帶錢。睫毛膏、面霜，還有口紅。她站在向下通往客廳的兩道臺階上。客廳牆壁是苔綠色，壁爐是白色，白色窗簾和沙發套上印著柔滑光亮的灰色、綠色、黃色葉子圖案，壁爐臺上有兩只韋奇伍德[4]白色花瓶，瓶身飾有一圈綠葉。派屈克愛極這些花瓶，有時他下班回家後，會直接走進客廳，稍微挪動花瓶在壁爐臺上的位置，他一心認定對稱的位置被弄亂了。

「有人亂動這些花瓶嗎？」

「噢，當然，你一去上班，我就衝進客廳弄亂。」

「我是指安娜，妳沒讓她碰吧？」

派屈克不喜歡聽她以戲謔的口吻提及花瓶，他覺得她不喜歡這棟房子。他不知道，但他或許猜得到，喬瑟琳初次來訪時，玫瑰對她說了什麼。當時她們就站在玫瑰目前所站的位置，俯視客廳。

「百貨公司繼承人夢想中的優雅住宅。」

就連喬瑟琳也因這句表裡不一的話語而面露困窘。這句話也並不完全正確。派屈克夢寐以求的房子優雅多了；這句話的言外之意是房子的大小事都是派屈克決定的，玫瑰全然置身事外。而這也並非事實。這棟房子的一切確實是派屈克的一意孤行，但屋裡的許多配置，也曾經深受玫瑰喜愛；她以前會爬得老高，用沾溼的毛巾和小蘇打粉擦亮飯廳水晶吊燈的水滴狀玻璃吊飾。她喜歡那盞水晶吊燈，水滴狀吊飾呈現藍色或淡紫色，而她欣賞的人們家中的飯廳可不會有水晶吊燈。這些人的家裡未必會有餐廳。就算有，也只會在北歐出產的黑色金屬燭臺上插上細長的白蠟燭，或將堆滿彩色燭淚的沉重蠟燭放在酒瓶裡。她欣賞的人們無疑家境都不若她富裕。這就像對玫瑰開了個惡意的玩笑，她窮了一輩子，在她自小居住的地區裡，貧窮絕非是值得自豪的事，而如今，她卻得為了喬瑟琳這等窮人感到既慚愧又尷尬，他們大可以惡毒、鄙視的語氣談論中產階級的富裕。

只是若她未認識其他人、未從喬瑟琳身上認識到其他事物，她仍會喜歡這棟房子嗎？

---

4 韋奇伍德（Wedgwood）是英國知名百年瓷器品牌，也是英國皇室御用品牌。

不會，反正她一定會深表厭惡。客人初次來訪時，派屈克總會帶他們四處參觀，一一指著水晶吊燈、前門旁裝了隱藏照明設備的化妝室、衣物間、通向露臺的百葉門。他以這棟房子為傲，急於讓所有人注意到其出色的細節，一副他才是出身貧困的那個人似地，而不是玫瑰。一開始，玫瑰對他這般導覽很不自在，不是靜靜跟在一旁，就是淨說些不以為然的意見，派屈克根本聽不下去；片刻後她會待在廚房，但仍聽得見派屈克，而且他還沒開口，她就知道他會說些什麼。她知道他會拉起飯廳的窗簾、指著他放在花園裡的燈照小噴泉——飾有無花果葉的海神涅普頓——接著說：「這就是為什麼住在郊區的人，熱中於游泳池的答案！」

洗完澡後，她伸手拿了個瓶子，以為那是嬰兒油，一股勁地便往身上倒。那透明液體沿著她的乳房及腹部流下，刺痛皮膚並帶來灼熱感。她查看標籤，發現那根本不是嬰兒油，而是指甲油去光水。她擦掉去光水，不斷用冷水沖洗身體，拿毛巾拚命擦拭，腦中浮現了體無完膚、醫院、皮膚移植、疤痕以及懲罰。

安娜一臉睡意卻又心急慌亂地站在浴室門前。雖然玫瑰洗澡時通常不鎖門，但她為了這番準備特地鎖上門。她讓安娜進浴室。

「妳的身體前面都紅紅的。」安娜一坐上馬桶便說道。玫瑰找到嬰兒油，試著用來鎮靜肌膚，卻倒太多，以致幾滴嬰兒油濺到新內衣上。

玫瑰以為克里佛巡迴表演時會寫信給她，但他沒有。他從喬治王子城打給她，一副公事公辦的口吻。

「妳什麼時候會到鮑威爾河市？」

「下午四點。」

「好，那搭公車或其他交通工具進城。妳去過嗎？」

「沒去過。」

「我也沒有。我只知道樂團下榻的飯店是哪一間。妳不能在那裡等。

「那在公車總站等呢？城鎮都會有公車總站。」

「好，那就公車總站。我大概五點到那裡接妳，我再帶妳去住另一家飯店。我衷心希望那裡不只一間旅館。那就這樣了。」

在交響樂團的其他成員面前，他假裝那晚將和鮑威爾河市的朋友共度。

「我可以去聽你表演吧，可以嗎？」玫瑰問道。

「嗯，當然。」

「我會很低調，我會坐在後面的位子，打扮成老太太。我很愛聽你表演。」

「好。」

「你不介意吧？」

「不介意。」

「克里佛？」

「嗯？」

「你還是希望我去嗎？」

「噢，玫瑰。」

「我知道啦，只是你聽起來不對勁。」

「我在飯店大廳，他們在等我，以為我應該在和喬瑟琳說話。」

「好，我知道了，我到時再過去。」

「鮑威爾河市、公車總站、五點鐘。」

這通電話與他們平常的通話內容不同。多數時候，兩人不是哀傷，就是傻氣，否則就會讓彼此心煩意亂，以致完全無法交談。

「妳的呼吸聲好沉重。」

「我知道。」

「我們得聊聊別的話題。」

「有什麼別的話題？」

「妳那邊也霧矇矇的嗎？」

「對，你那邊也是嗎？」
「對，妳聽得到霧號的聲音嗎？」
「聽得到。」
「那聲音是不是很嚇人？」
「其實我不介意，還滿喜歡的。」
「喬瑟琳不喜歡，妳知道她怎麼形容嗎？她說那是無聊到極點的聲音。」
玫瑰與克里佛在最一開始完全避談喬瑟琳和派屈克。不久後，便以一種乾脆又實際的口吻聊起他們，彷彿自己是成年人、是他們的家長，不會輕易受騙上當的。現在他們能以幾近溫柔、讚賞的語氣提起喬瑟琳和派屈克，一副那兩人是自己的孩子。
鮑威爾河市沒有公車站。玫瑰與另外四名男性乘客搭乘機場小型巴士，她告訴司機想去公車總站。
「妳知道公車總站在哪裡嗎？」
「不知道。」眼下，她覺得所有人都看著她。
「妳要搭公車？」
「不是。」

「只是要去公車總站？」

「我和人約碰面。」

「我根本不知道這裡有公車總站。」其中一名乘客補充道。

「就我所知，這裡沒有公車總站。」司機開口道，「有輛公車早上開往溫哥華，晚上再回到這裡，中途會停在養老院，那是一群老伐木工住的地方，公車就停靠在那裡，我只能載妳到那裡，這樣可以嗎？」

玫瑰說沒問題，又覺得有必要解釋一下。

「我和朋友約好在總站碰面，因為我們想不到其他地點。我們對鮑威爾河市不熟，只是以為每個城鎮都有公車總站！」

她心想，自己不該說朋友，應該說丈夫，他們一定會反問，如果她和朋友對這裡不熟，那來做什麼？

「我朋友是交響樂團的一員，今晚他們要在這裡舉辦音樂會，她是小提琴家。」

所有的人逕自別開視線，彷彿這是說謊應得的待遇。她努力回想交響樂團裡有沒有女性提琴家；萬一他們問起名字該怎麼辦？

司機讓她在兩層樓高的長形木造屋前下車，只見房子的油漆斑駁剝落。

「我想妳可以走到日光室，就在盡頭。總之，公車載客的地方就是那裡。」

日光室裡有張撞球桌，沒人在打撞球。幾個老人正在下西洋棋，其他老人則在旁圍觀。玫瑰原本打算向他們解釋自己來此的原因，但最後決定作罷。所幸他們似乎不感興趣，而且剛才在機場小巴裡一味地解釋已讓她筋疲力竭。

日光室的時鐘顯示現在是下午四點十分，她覺得可以在鎮上閒逛，打發時間到五點。

她一踏出去，便注意到一股難聞的氣味，禁不住擔心了起來，唯恐那可能是她散發的味道。她拿出在溫哥華機場買的古龍體香膏（完全超出負荷），塗抹在手腕、脖子。只是那股臭味仍縈繞不去，最後她才明白那氣味來自紙漿廠。城鎮的街道很是陡峭，且少有人行道，實在不是閒逛的去處，也沒有消磨時間的地方。她覺得所有人無不盯著她瞧，認出她是陌生人。有輛車裡的幾個男人甚至朝她喊叫。她看著自己在商店櫥窗中的倒影，這才明白她的模樣全然一副希望別人盯著她瞧、希望別人對她喊叫的樣子；她穿著絲質緊身黑褲和黑色高領緊身毛衣，雖然外頭吹著寒風，她卻只是將米色外套掛在肩上。她向來選擇穿寬襬長裙以及荷葉邊領口的粉嫩安哥拉毛衣，眼下卻是一身張揚性感的搶眼服飾，底下還是黑色蕾絲和粉紅尼龍材質的嶄新內衣。在溫哥華機場的候機室裡，她擦上濃厚睫毛膏、畫了黑色眼線、塗銀色眼影、唇彩接近白色。這是當年流行的妝容，當時不覺得標新立異，日後看來卻是怪異，而這種妝容著實驚人。這身裝扮嚴重動搖了她的自信。她絕不敢在派屈克或喬瑟琳面前如此招搖；玫瑰探訪喬瑟琳時，向來穿上最寬鬆的褲子和毛衣，而喬瑟琳一開門，總會說聲：「哈囉，性感美女。」語氣流露著不致引人反感的嘲弄。喬瑟琳極其邋遢，僅穿克里佛的舊衣物，包括拉鍊拉不起來的舊褲子，因為生完亞當後，她的肚子不再平坦，上身磨損的白襯衫則是克里佛從前表演時穿的。她顯然認為保持身材、化妝、嘗試做性感打扮簡直可笑、令人不齒，如同用吸塵器清潔窗簾一樣。喬瑟琳說，克里佛也是同樣的想法。據她的說法，不耍詭計、絕非虛有其表的女性特質才能吸引克里佛；他喜歡沒刮腳毛的雙腿、毛茸茸的腋下、自然的體味。玫瑰想知道克里佛是否真說過這些話，以及為什麼這麼說？他是出於憐憫或伴侶關係，或只是開玩笑？

玫瑰發現一間公共圖書館，索性走了進去；她看著書名，但就是無法專心，腦中和全身淨是令人無所適從卻又不致心煩的嗡嗡聲響。下午四點四十分，她回到日光室等待。

直到六點十分，她仍在等待。她算過皮夾裡的錢，一塊六十三分。不夠她入住飯店，她也不認為他們會讓她在日光室過夜，只能祈禱克里佛還是會來。她認為他不會來了。計畫想必生變了；他被叫回家，因為其中一個孩子生病；他摔斷手腕，無法演奏小提琴；鮑威爾市根本不是真實的地方，而是臭氣熏天的海市蜃樓，犯錯的旅人受困於此來代替懲罰。玫瑰其實不驚訝，她本不該冒險，卻縱身一跳，而這便是她落地的姿態。

那群老人入內吃晚餐前，她問他們是否聽說今晚在中學禮堂有場音樂會。他們不情不願地答，沒聽說。

「從沒聽過他們要在這裡辦音樂會。」

她說丈夫是交響樂團的樂手，從溫哥華出發巡迴表演，她飛來與他會合，約好在這裡碰面。

這裡？

其中一個老人說：「可能是迷路嘍。」在玫瑰聽來，覺得他心存惡意，「也許妳丈夫迷路了，嗯？丈夫總是迷路！」

已經十月了，這裡的地理位置遠比溫哥華更是偏北，外頭天色幾乎全黑。她努力思索該怎麼辦。而她唯一想到的方法就是假裝昏倒，接著聲稱她什麼都記不起來了。派屈克會相信嗎？她一定要堅稱，完全不知道怎麼會來鮑威爾河市、完全不記得在機場小巴上說過的話，也根本不知道什麼交響樂團的事。她必須說服警察和醫師。她一定會登上報紙。噢，克里佛在哪裡？為何他拋下她？路上會不會發生了意外？她覺得應該銷毀手提包裡寫著他指示的紙張，最好也扔了子宮帽。

她翻找著手提包，此時一輛廂型車在外頭停下。她一心以為是警車；她以為一定是老人打電話報警，檢舉她是可疑人物。

只見克里佛踏出車外，跑上日光室的臺階，她花了好一會兒才認出他。

他們在某間飯店享用著啤酒、漢堡，這裡不是交響樂團下榻的飯店。玫瑰雙手不住地發抖，啤酒因此灑了出來。克里佛說，他沒料到又多排練了一次。之後，又花了約半小時找公車總站。

「我想約在公車總站不是高明的主意。」

她的手放在桌上，他用餐巾擦掉啤酒，接著他的手覆住她的手，日後她經常想起這一幕。

「妳最好就入住這裡。」

「我們不一起入住嗎？」

「只有妳一個人住比較好。」

「自從我來到這裡，」玫瑰說道，「就感覺很不舒服。一切充滿惡意。我總覺得，所有人都知道我們的事。」她說起機場小巴司機、其他乘客、伐木工老人院的事，她希望自己的語氣詼諧，「你一出現，我簡直鬆了口氣，鬆了好大一口氣，這就是我一直發抖的原因。」

她說自己原本打算假裝失憶，同時意識到最好丟掉子宮帽；他不禁笑了出來，但她認為他不是真心的。她覺得提到子宮帽時，他抿著嘴唇，流露出譴責或厭惡。

「但現在很開心。」她連忙補充道。這是他們面對面聊得最久的一次。

「只是妳的內疚感作祟，這很自然。」

他輕撫她的手，她試著用手指摩挲他的脈搏，就像以前那樣。未想他竟是鬆開手。

半小時後，她說：「我還是去聽音樂會，那樣沒關係嗎？」

「妳還想去？」

「我還有別的事做嗎？」

她說這句話時，不覺聳了個肩。她垂下眼簾，噘起厚唇，一副苦思的樣子。她正在模仿某人，或許是身處類似情況裡的芭芭拉．史坦威[5]；當然她無意模仿，只是試圖展現出迷人的神態，一種淡漠又迷人的神態，好讓他回心轉意。

「重點是，我得把廂型車開回去。我要載其他人。」

「我可以用走的，告訴我地點。」

「恐怕要爬坡。」

「我無所謂。」

「玫瑰，妳最好別去，真的。」

---

5 芭芭拉．史坦威（Barbara Stanwyck, 1907-1990），好萊塢知名女演員，曾參與演出《慈母心》（Stella Dallas）、《郎才女貌》（Ball of Fire）、《打錯電話了》（Sorry, Wrong Number）等。

「你說了算。」她無法故作輕鬆地再次聳肩了。她仍認為，事情一定有轉寰的餘地、重新開始的可能。嗯，重新開始，糾正她說錯或做錯的地方，讓這一切從未發生。而在她開口問他，她是否說錯或做錯什麼的當下，便已犯下錯誤，只見他回說沒有。沒事。她與那無關。而是離家一個月促使他以截然不同的眼光看待一切，喬瑟琳、孩子、傷害。

「一切不過是惡作劇罷了。」他如此說道。

他的頭髮修剪得比她上次看到的還短，黝黑的膚色也褪色了。的確，真的沒錯，他看起來就像蛻下一層肌膚，而當時他正是以那副皮相渴望她。眼前的他，一如她先前所見，又是那蒼白易怒，卻年輕、盡責的丈夫，那個到產房探望喬瑟琳的丈夫。

「你的意思是？」

「我們倆做的事啊，也不是什麼重要的事，只是普通的惡作劇。」

「是你從喬治王子城打電話給我的。」芭芭拉．史坦威消失了，玫瑰聽見自己哀號了起來。

「我知道我打了電話。」他的口氣像個被激怒的丈夫。

「所以你那時是這麼想的嗎？」

「是，也不是。但我們畢竟擬好了計畫。如果我在電話中告訴妳，豈不是更糟？」

「你是什麼意思，惡作劇？」

「噢，玫瑰。」

「你是什麼意思？」

「妳懂我的意思，如果我們繼續下去，妳認為這對誰有任何好處嗎？玫瑰，說真的？」

「我們，這對我們有好處。」

「不，不會的，最後會一團糟。」

「只要一次就好。」

「不行。」

「你說過只要一次就好，還說我們可以擁有回憶，而不是幻夢。」

「天啊，我說過太多鬼話。」

他說過，她的舌頭像美麗的溫血小蛇，她的乳頭像莓果。他不想要玫瑰提醒他。

《魯斯蘭與盧蜜拉》序曲：葛令卡

弦樂小夜曲：柴可夫斯基

貝多芬第六號交響曲《田園》：第一樂章

《莫爾道河》：史麥塔納

《威廉泰爾序曲》：羅西尼

後來很長一段時間，她每聽到這些歌曲，就覺得特有的羞愧感襲來，就像整面牆崩裂倒在她身上，碎石瓦礫嗆得她說不出話。

就在克里佛出發巡迴表演前，喬瑟琳曾打電話給玫瑰，並說保母不能來，而當天她要去看心理醫生。玫瑰主動提議前往照顧亞當和傑羅姆，她以前就做過同樣的事；她帶著安娜長途跋涉，搭了三趟公車。

屋內的暖氣依賴廚房的煤油爐以及小客廳的石造大壁爐。而煤油爐滿是噴濺的痕跡；壁爐外淨是柳橙皮、咖啡渣、焦黑的木頭、掉落的灰燼。這棟房子沒有地下室，也沒有烘衣機。氣候多雨，天花板的吊桿和曬衣架上掛滿潮溼、日漸陳舊的床單、尿布、愈來愈硬的毛巾；屋裡也沒有洗衣機，喬瑟琳習慣在浴缸裡清洗床單。

「沒有洗衣機或烘衣機，但她會去看心理醫生。」派屈克說道，玫瑰有時別有居心，說些她知道他愛聽的話。

「她一定是瘋了。」玫瑰逗得他笑了出來。

只是，派屈克不喜歡她去幫忙照顧孩子。

「妳對她，還真是唯命是從，妳沒去幫她擦地也真是奇蹟。」

事實上，玫瑰還真的擦了。

只要喬瑟琳在，屋裡的混亂具有某種意志，讓人印象深刻；她一離開，這團紊亂瞬間變得難以忍受。玫瑰會拿刀子刮掉廚房餐椅上的嬰兒麥片舊硬塊、刷洗咖啡壺、擦地板。她確確實實花了些時間在屋內仔細檢查。她走進主臥室——因為她得照顧早熟又討人厭的傑羅姆——看著克里佛的襪子及內衣，和喬瑟琳的舊哺乳內衣、破吊帶襪全皺成一團。她看看黑膠唱機上有沒有唱片，很想知道是否有哪一首曲目會讓他想起她。

作曲家泰勒曼[6]。那就不可能讓他想起她。但她依舊播放起這張唱片，聆聽他聽過的歌曲；她拿他早餐用過的髒杯子喝咖啡——她相信他是用這只杯子——而盛裝他昨晚吃的西班牙燉飯的砂鍋，她則用鍋蓋蓋好。她尋找他存在的痕跡（他沒用電動刮鬍刀，而是用木盒裝的舊式刮鬍皂），不過，她認為他在這屋裡、在這處喬瑟琳的屋裡的生活全是虛情假意、兀自等待，如同她在派屈克屋裡的生活一樣。

喬瑟琳回家時，玫瑰覺得自己理應為這些清潔工作致歉，而喬瑟琳除了一心只想聊聊她和心理醫生起爭執的事，因為對方讓她想起母親，她也認為玫瑰老愛清掃的工作一定是某種

---

6 泰勒曼（Georg Philipp Telemann, 1681-1767），十八世紀上半葉德國最著名的作曲家之一。

懦弱的狂躁症，若她想擺脫這種毛病，最好去看心理醫生。這當然是喬瑟琳的玩笑話；只是玫瑰搭公車回家的路上，安娜顯得暴躁不安，加上她完全沒準備派屈克的晚餐，而她真想知道為何她似乎老是落入事與願違的境地：因為她對家務不夠盡心，所以鄰居對她不以為然；因為她不夠包容日常的混亂、排斥一般的生活狀態，所以喬瑟琳指責她。她想著愛，好讓自己釋懷：她為人所愛，對方不是以盡責丈夫的方式愛她，而是狂熱、偷情，她的鄰居和喬瑟琳可沒這般際遇。她以此說服自己接受所有的事，例如她和派屈克在床上翻雲覆雨之際，她發出放縱、輕聲的囈語，那意味著在那一刻，她所有的失敗得以受到寬恕，而他們要做愛了。

玫瑰對克里佛理智得體的一席話完全無動於衷。她只感覺到，他背叛了她。她從未要求他表現得理智得體。她在鮑威爾河市中學的禮堂裡凝視著他，看著他一臉憂鬱又專注地演奏小提琴；她曾見他以這般神情看她。她不知道以後沒了他，她要怎麼辦。

半夜時分，她在下榻的飯店打電話給他。

「拜託跟我說話。」

沉默半晌後，克里佛開口道：「沒事的，沒事的，喬。」

他一定有室友，而這通電話可能吵醒對方，於是他假裝電話那頭是喬瑟琳，否則就是他睡意朦朧，真以為她是喬瑟琳。

「克里佛，是我。」

「沒事的，放輕鬆，去睡吧。」

他掛上電話。

如今，喬瑟琳和克里佛住在多倫多，兩人不再窮困度日。克里佛熬出頭，唱片封套上、廣播節目中，皆可聽聞到他的名字。他努力演奏小提琴時的臉龐，更常見的是他的雙手，紛紛出現在電視上；喬瑟琳節食後變得更是纖瘦，她修剪了頭髮，顯得時尚，髮型中分、完美的弧度盡顯出她的臉型，太陽穴兩側的髮色如羽翼般純白。

他們住在深谷邊緣的磚造寬敞居所裡，後院有餵鳥器。屋內有桑拿室，克里佛花了大把時間坐在裡頭，他認為那能讓他免於關節炎所苦，他的父親就是如此；關節炎是他最深層的恐懼。

從前玫瑰不時會去探望他們。她在鄉下獨居，任教於社區大學，她樂見前往多倫多時有一處過夜的地方。他們似乎也很樂意招待她，還說她是他們相交最久的朋友。

一次玫瑰來訪時，喬瑟琳說起亞當的事。亞當的房間在地下室，而傑羅姆和女友住在市區。亞當總會帶不同女生回家。

「克里佛出門時，我在書房看書，」喬瑟琳說道，「聽到那女生在亞當的房裡直說不要，不要！聲音從他房間直接傳到書房。我們當下提醒他，還以為他會覺得尷尬……」

「我不認為他會尷尬。」克里佛說道。

「沒想到，他只說，我們該打開唱機。就這樣，我一直聽到那可憐的陌生女孩哀鳴抗議，我完全不知道該怎麼辦。我第一次碰到這種狀況，沒有先例，我應該阻止兒子在自己的眼皮子下（至少就在你腳下）強暴某個女孩嗎（如果他真的這樣）？最後我下樓，拿出他房間後方儲藏櫃裡一整家人的滑雪板。我徑自站在那裡砰地一聲把滑雪板全扔在地上，心想大不了我就佯稱我要擦這些滑雪板。那時是七月。亞當從此跟我冷戰。我真希望他搬出去。」

玫瑰聊起派屈克的名下財產，還說他娶了通情達理的女人，她甚至比他有錢。她打造了令人目眩的客廳，裡面滿是鏡面、淺色天鵝絨、像極了炸開的鳥籠之類的鐵絲雕塑。派屈克不再介意現代藝術了。

「當然了，一切都不一樣了，那根本不是同一棟的房子。不過我也很好奇，她怎麼處理韋奇伍德花瓶。」玫瑰對喬瑟琳道。

「或許她有個古怪可笑的洗衣間，一支花瓶裝漂白劑，另一支裝洗衣粉。」

「放在架上會非常對稱。」

只是，長久以來，玫瑰一直懷著深深的愧疚。

「還是一樣，我喜歡派屈克。」

「為什麼？」喬瑟琳禁不住問道。

「他比大多數人都好。」

「真是蠢話，我敢說他討厭妳。」喬瑟琳說道。

「是也沒錯。」玫瑰說起搭公車下山的往事，這是她沒開車下山的其中一次，因為她的車狀況太多，她又沒錢修理。

「坐我對面的男人告訴我，他以前是卡車司機。他說在美國，人們幾乎看不到卡車。」她刻意帶著口音，如實傳達卡車司機的口吻。「在米國，有特別的高速公路，他們稱為收費公路，只有卡車才能開上去。從米國的一頭開到另一頭，所以大多數的人從沒看過卡車，它很巨大，駕駛座就跟半輛公車一樣大，駕駛座裡有正副駕駛，另外還有一組正副駕駛在補眠。裡面有廁所、廚房、床鋪，什麼都有。每小時開八、九十哩，因為收費公路沒有速限。」

「妳住在山上後，變得愈來愈怪。」克里佛說道。

「別管卡車的事，別管那些天方夜譚了。克里佛又想離開我了。」喬瑟琳說道。

他們坐了下來，邊喝酒邊聊聊克里佛和喬瑟琳應該怎麼辦才好。這樣的對話並不陌生：克里佛究竟想要什麼？他真的不想跟喬瑟琳有婚約關係？或是他想要的，其實遙不可及？他正經歷中年危機嗎？

「別再老調重彈了！」克里佛這麼對玫瑰說。而提到中年危機的人正是玫瑰，「我從二十五歲開始，就經歷這個問題，我一踏進婚姻就想出來。」

「這真新鮮，克里佛居然會這麼說。」喬瑟琳邊說邊走到廚房拿些乳酪和葡萄。只見她在廚房大聲說：「他竟然坦誠這一切，而且就這麼說出口。」玫瑰迴避不看克里佛，不是因為兩人之間的祕密，而是因為喬瑟琳不在客廳時，出於對她的禮貌，他們並不會互看彼此。

喬瑟琳一手拿著裝乳酪和葡萄的盤子，另一手拿著瓶琴酒，開口說：「現在的情況是，克里佛開誠布公。以前他老把事情搞得一團糟，悶在心裡，淨說些與真正問題無關的廢話。如今，他清楚明瞭。那熊熊燃燒的偉大事實矗立在前，闡明得一清二楚。」

玫瑰有點難理解這語氣所表露的，她覺得鄉間生活似乎讓她變得遲鈍；喬瑟琳的話是嘲弄嗎？或是挖苦？不，都不是。

克里佛咧嘴笑說：「不如，我就直接戳破這一切吧。」他拿起啤酒罐將就著喝，他認為啤酒比琴酒更適合他，「我一踏進婚姻就想出來，這是事實沒錯；我踏進婚姻，維繫婚姻，這也是事實；我過去和妳維持婚姻關係，現在也和妳維持婚姻關係，但我過去無法忍受與妳結婚，現在也無法。這是永恆的矛盾。」

「聽起來糟透了。」玫瑰禁不住開口道。

「我沒那麼說，我只是想清楚說明這不是中年危機。」

「嗯，或許這說法太過簡化。」然而，玫瑰的口吻很是堅定，眼下的她理性、務實、流露著樸實無華的氣息。畢竟，他們一直以來所聽到的一切，無不跟克里佛有關：克里佛究竟想要什麼？他需要錄音室嗎？他需要休假嗎？他要獨自前往歐洲嗎？她說，他為何認定喬瑟琳會無止境地關心他幸福與否？喬瑟琳又不是他媽媽。

玫瑰不免對喬瑟琳說：「這是妳的錯，因為妳沒要他忍耐，否則就閉嘴。根本別管他究竟需要什麼。滾出去，否則就閉上嘴。妳只要對他說：閉上嘴，否則滾出去。」她假裝粗聲粗氣地對克里佛說：「請原諒我如此不含蓄，或坦白說，這麼不友善。」

她沒冒險讓自己的話聽起來充滿敵意，她深諳此道；她只會冒險表現得文雅又淡漠。她現在的說話方式證明自己是他們真正的朋友、重視他們。就某種程度上來看，她做到了。

「她說得對，你這個幹他媽的王八蛋，閉上嘴，否則就滾出去。」喬瑟琳試著說出口。多年前，喬瑟琳在電話裡為玫瑰朗誦〈嚎叫〉時，儘管她平時口無遮攔，但仍說不出「幹」字。她曾試著逼自己說出口，接著說：「噢，真蠢，但我說不出來，我只能說『操』。我說操的時候，妳可以理解我的意思嗎？」

「但她也說了，這是妳的錯，是妳想當媽媽，妳想當大人，妳想要堅忍不拔。」克里佛說。

「胡說八道。」喬瑟琳說，「噢，或許吧，或許是吧，或許我就是這樣。」

「我敢說，妳以前讀書的時候，一定不時纏著那些有問題的孩子，」克里佛溫柔地咧嘴笑道，「那些可憐的孩子，臉上長著青春痘，或者穿著很糟的衣服，不然就是口吃；我敢說，妳就是用這般友善的態度騷擾他們。」

喬瑟琳倏地拿起乳酪刀，並朝他揮舞。

「你講話小心點。你沒長過青春痘，也沒口吃。你長得令人厭惡的好看。有天分，又是幸運兒。」

「我有幾近無法克服的成人男性身分問題必須面對，心理醫生是這麼說的。」克里佛態度一本正經

「我不相信你的話，心理醫生才不會說『幾乎無法克服』這種話，也不會用那種模稜兩可的話，更不會做出那種判斷。克里佛，我不相信你說的。」

「嗯，我其實根本沒看過心理醫生。我都是去央街看下流電影。」

說完，克里佛便離開到桑拿室。

玫瑰目送他走了出去。他穿著牛仔褲以及印有「只是路過」的T恤。他的腰臀窄得像十二歲的少年，灰髮剪成極短小平頭，明顯看得到頭皮。現今的音樂家都留這種髮型嗎？現今的政治人物和會計師無不頭髮濃密、蓄著鬍子，或者這是克里佛的率性而為？他黝黑的肌膚看起來像擦了粉餅，雖然那可能才是他原本的膚色。總之，他渾身流露著某種不協調：逼

人、動人又愛奚落人。皮包骨的身材以及甜美的假笑散發出令人厭惡的氣息。

「他還好嗎？他好瘦。」她問喬瑟琳。

「他希望看起來很瘦，所以只吃優格和黑麥麵包。」

「妳絕對不能離婚，因為這房子太美。」她在鉤織地毯上伸展全身。客廳有著白色牆壁、白色厚窗簾、古老的松木家具、顏色鮮豔的大幅畫作、鉤織地毯。她手肘旁的低矮圓桌上擺著一碗光亮的石頭，供人們拿來在指間把玩。這些石頭來自溫哥華各個海灘，珊迪灣、英吉利灣、基斯蘭諾海灘、安布賽德海灘、登達拉夫海灘，是很久以前傑羅姆和亞當撿來的。

克里佛結束巡迴表演並返家後不久，便和喬瑟琳離開卑詩省，前往蒙特婁，接著到哈利法克斯，又去了多倫多。他們似乎記不起溫哥華的模樣。一次，他們努力回想從前住的街道，結果還是玫瑰告訴他們街道名。玫瑰住在卡皮拉諾峰時，曾花上許多時間回想她住過安大略省的哪些地方，某種程度上，對先前景象的記憶還算可靠；而今，既然住在安大略省，她同樣設法回憶溫哥華的一景一物，盡力回想起正確的細節，那些極其日常的細節，諸如她試著回想從北溫哥華前往西溫哥華的太平洋線公車候車地點。比方說，她想像自己在某個春日的下午一點鐘左右，搭上老舊的綠色公車，去幫喬瑟琳照顧孩子。穿著黃色雨衣和雨帽的安娜跟著她。雨水冰冷。走進西溫哥華時，映入眼簾的是一片長形沼澤地，如今則矗立著購物中心及高樓大廈。她看到街道、房舍、老舊的超市、聖莫斯旅館、茂密的樹林外圍、公車下車處旁的小店舖。黑貓牌香菸招牌。穿過樹林前往喬瑟琳的家時，兩旁只見潮溼的西洋杉。剛過中午一片死寂，正值午睡時間。年輕女人喝著咖啡，視線越過被雨淋溼的窗戶。退休夫妻在遛狗，狗兒的腳踏在厚厚的泥土上。番紅花、提早綻放的水仙花、正開著花的寒冷球莖植物；靠近海洋的空氣有著強烈差異，不可避免地布滿潮溼的植被，四下一片寂靜。安娜用力拉著玫瑰的手，喬瑟琳的棕色小木屋就在前方。她靠近那棟房子時，一股濃厚的憂慮及糾結情緒籠罩而下。

她不太想記起其他事。

她從鮑威爾河市搭機回家時，戴著墨鏡的她一路流淚；她逕自坐在溫哥華機場的候機室哭泣。她難以自抑地不斷哭泣，根本沒臉回家見派屈克。一名便衣警察坐在她身旁，掀開外套讓她看警徽，並詢問有沒有他幫得上忙的地方；一定是有人叫他過來。玫瑰因為如此引人注目而驚恐不已，趕緊逃進女廁。她沒想過喝杯酒來安慰自己，沒想過去找間酒吧，當時她從沒去過酒吧。她沒吞下鎮定劑，手邊沒有鎮定劑，也完全不知道有這種東西。或許這種東西當時根本不存在。

痛苦。那是什麼？一切都是虛擲，並未帶來光采，而是徹底可鄙的傷心事。所有自尊都被擊碎，所有幻夢遭到嘲笑。這就像她拿起鐵鎚，故意猛敲自己的腳姆趾。她有時就是會這麼想，其他時候她又覺得這經歷有其必要性，這是毀滅和改變的開始，是她今天人在這裡的起點，而不是在派屈克的家；一如往常，生活平添巨大的慌亂，只是影響有限。

她向派屈克坦誠一切時，他說不出話來。他根本沒準備好要說什麼，好長一段時間沉默不語，卻跟著她在家裡四處走動，而她則一直為自己找正當理由，不停抱怨。一副是他希望她喋喋不休的樣子，即便他不再相信她所說的話，因為一旦她閉口，情況將更難以收拾。

她未將實情全盤拖出。她說，自己與克里佛有**婚外情**，她一說出口，便感受到一種暗淡、間接的寬慰，不一會兒，卻在派屈克的神情及沉默中慘遭刺穿，只是並未真正摧毀。他毫無遮掩，一副難以消化如此巨大的悲傷的神情，顯得不合時宜，又有失公允。

接著電話鈴聲響起，她以為是回心轉意的克里佛。對方不是克里佛，而是她在喬瑟琳的派對上認識的男子，他說自己正在導一齣廣播劇，需要一名鄉下女孩，他記得她的口音。

不是克里佛。

這些事，她寧願不去多想。她更喜歡望著金屬窗框外頭滴著水的雪松、美洲樹莓灌木叢、雨林裡不斷滋生的蓊鬱綠意、失去的日常生活片段。安娜的黃色雨衣。喬瑟琳的煤油爐中探出的煙。

「妳想看看我剛入手的垃圾嗎？」說畢，喬瑟琳便帶著玫瑰上樓，讓她看看刺繡裙、深紅色緞質上衣、成套的淡黃色絲質睡衣、來自愛爾蘭的不對稱粗織長洋裝。

「我花了一大筆錢，我從前認為那是一大筆錢。我花了很久的時間，我們夫妻都花了這麼長的時間，就為了能好好花錢。我們以前做不到。我們看不起家裡有彩色電視的人。妳知道嗎？彩色電視超棒的！事到如今，我們閒坐在家，問道：我們還需要什麼？或許買臺小型烤麵包爐放在小木屋？或許我想要吹風機？所有人早幾年前就知道有這些東西，只是我們以前覺得這些東西配不上我們。妳知道現在我們怎麼說嗎？我們是消費者！這沒關係！

「不只是繪畫、唱片、書本，我們向來知道那些都很不錯。彩色電視！吹風機！鬆餅烤盤！」

「遙控鳥籠！」玫瑰禁不住盡興大喊。

「就是這樣。」

「熱毛巾。」

「熱毛巾架啦，傻瓜！那真是太棒了。」

「電動切刀、電動牙刷、電動牙籤。」

「有些聽起來沒那麼糟，真的。」

另一次玫瑰下山時，喬瑟琳和克里佛正舉辦派對。賓客都回家後，喬瑟琳、克里佛、玫瑰三人圍成一圈坐在客廳地板上，三人都醉醺醺，很是放鬆。派對順利結束。玫瑰感到一股久遠又惆悵的強烈欲望；或許是對記憶中的人的強烈欲望。喬瑟琳說，她不想上床睡覺。

「那我們能做什麼？不該繼續喝酒了。」玫瑰說道。

「我們可以做愛。」克里佛說道。

「真的嗎？」玫瑰和喬瑟琳不期然異口同聲道，兩人接著互勾小指說：「煙囪裡的煙，裊裊上升[7]。」

接下來，克里佛褪去她們的衣服，壁爐前面很溫暖，她們沒發抖。克里佛適時地將注意力輪流放在她們身上。他也脫去衣物。玫瑰感覺有點怪，也有所遲疑，幾乎是被動地，微微被挑起情欲；某種程度來說，她不太想動，連手都抬不起來，驚恐又顯得悲傷。雖然克里佛在前戲時，一副虔誠地挑逗兩人的樣子，但她才是克里佛最終做愛的對象，在粗糙的鉤織地毯上迅速完事。喬瑟琳似乎盤旋在兩人上方，發出安心的讚賞聲。

7　編注：兩人同時說出「煙囪裡的煙，裊裊上升」（The Smoke Went Up The Chimney），出自加拿大歌手沃爾夫．卡特（Wilf Carter, 1904-1996）的著名歌曲〈The Smoke Went Up The Chimney Just The Same〉，在這裡有「心有靈犀」的意思。

翌晨，玫瑰不得不在喬瑟琳和克里佛醒來前離去，她得搭地鐵到市中心。她發現自己逐漸以一種試探性的飢渴、一種令人戰慄又會帶來傷害的需求看待男人，而有一段時間她曾試圖擺脫這種情緒。她不覺火冒三丈了起來，她對克里佛和喬瑟琳感到憤怒。她覺得他們愚弄她、欺騙她，讓她意識到自己昭然若揭的匱乏。她決心和他們永不見面，並寫封信批評他們自私、駑鈍、道德墮落。等她在腦中構思好令自己滿意的信件內容，她也再次回到鄉下，也冷靜了下來。她決定不要提筆寫這封信。不久後，她決定和克里佛及喬瑟琳繼續當朋友，因為在人生的那個階段，她偶爾需要這種朋友。

天意

玫瑰夢到安娜，那是她拋下安娜離開後的事。她夢見自己遇到走上岡薩利斯丘的安娜。她知道安娜是從學校過來的；她上前跟安娜說話，但安娜沉默不語，逕自與她擦身而過。這也難怪。安娜渾身是泥，上面好像還黏著枯枝落葉，看起來猶如枯萎的花冠。一種妝點；一種頹喪。安娜身上的泥土或泥水仍未乾，點點滴落，以致她顯得粗野、可悲，像個笨頭笨腦的傻瓜。

「妳想跟我走，還是想跟爸爸在一起？」玫瑰問安娜，安娜卻不肯回答，反而說：「我不要妳走。」而玫瑰已在庫特尼山區一處小鎮找到電臺的工作。

安娜躺在四柱大床上，派屈克和玫瑰曾在這張床上共枕，如今只剩派屈克獨眠，玫瑰則睡在書房。

安娜會睡在這張床上，之後派屈克把她抱回她的床上；派屈克和玫瑰都記不起從何時起，安娜不再是偶一為之，而是非得如此。家中一切都不對勁了。趁著派屈克和安娜白天不在，玫瑰持續收拾行李。到了晚上，她跟派屈克則在這個家裡各據一方。有一次她走進飯廳，看見他拿新膠帶貼相簿裡的快照，她為此火冒三丈；其中一張是她在公園為安娜推鞦韆的照片，她身穿比基尼面露出假笑；多麼真實的謊言。

「以前沒有比較好。真的沒有。」她指的是，在她心中，對她此刻的一言一行，她始終有所計畫。就連結婚當天，她也知道這一天終將到來，否則她倒不如一死。背叛的人是她。

「我知道。」派屈克滿是怒氣地回道。

但以前當然比較好，因為她還沒開始試著毀掉婚姻。有很長一段時間，她都忘了這一天必將到來。若說她意圖毀掉婚姻，說她早已出手，甚至也不大正確，因為她並非有意為之，並非智取；這一切來得太突然、深具毀滅性，伴隨著各種優柔寡斷、釋懷以及非難，如今她覺得自己彷彿走在搖晃不已的橋上，只能盯著前方木板橋面，絕不能往下看或左右張望。

她輕聲對安娜說：「妳希望怎麼樣？」安娜沒回答，反而高喊派屈克。等他來了，她坐起身，拉他們坐到床上，一左一右，牽著他們啜泣、顫抖了起來。這孩子，有時表現委實太過戲劇化，像把亮晃晃的利刃。

「不要這樣，你們以後不要再吵架了。」她說。

派屈克望向玫瑰，眼神未帶有一絲責備。多年來，他始終是責備眼神，即使做愛時亦然，但此刻安娜的話令他痛心，以致所有的責備煙消雲散。玫瑰必須起身離開，留下他安慰安娜，因為她擔心對他再次湧起一股自欺欺人的強烈好感。

他們確實不再爭吵。她的手腕和身體有剃刀劃出的傷痕（倒不是割在最危險的部位）。有一次，派屈克企圖在廚房裡勒死她，另一次，她奪門而出，穿著睡衣跪倒在地，拔了滿手的草。不過對安娜而言，這是她的父母造成的血淋淋局面，由許許多多的誤會以及錯誤的結合所促成，任誰都看得出來應該撕成碎片，而後丟棄，只是這依舊是錯綜複雜的真實人生、父母關係、一切的開端和庇護所。玫瑰直覺這是場騙局，對每個人都是。我們來自一文不值的結合。

她寫信告訴湯姆她的下一步。湯姆在卡加利大學任教，玫瑰有點愛上他了（她跟知情的朋友是這麼說的：有點愛上他了）。她是在一年前認識他的——在廣播劇裡偶爾和她對戲的某個女孩是他的妹妹——從那時起，只要待在維多利亞，兩人便會共度一夜。他們寫長長的信給對方。他溫文儒雅，是歷史學家，信裡流露著機智、幽微的含情脈脈。當她把即將離開派屈克的事告訴湯姆，她有點擔心湯姆從此就不常來信，或下筆謹慎，以免她可能向他索求太多、會錯意。但他並未如此，他絕非如此庸俗、懦弱；他信任她。

她跟朋友說，她離開派屈克的事與湯姆無關，大概也不會像先前那麼常和湯姆碰面。她抱著這種想法，卻仍在山區小鎮的工作與溫哥華島的工作之間猶豫，因為她想離卡加利近一點。

安娜一早興高采烈，還說一切都很好。她說，她想留下來，想和朋友留在這間學校。只見她在半路轉身向父母揮手並大喊：

「離婚快樂！」

玫瑰原本以為一旦搬出派屈克的房子，她會住在某個家徒四壁的骯髒破房裡。她不在乎，也不想費神為自己布置，這些她全不喜歡。她找到半山腰一間棕色磚造屋子的上層公寓，那裡確實骯髒、破舊，但她立刻著手打點。屋裡紅、金相間的壁紙可見當初貼得匆促（她後來發現，這附近許多地方大多認為這類壁紙很是雅緻），早已自下方踢腳板裂開、翹起，她買了漿糊重新貼好。她買來吊盆植物，悉心照料以免枯死，還在浴室貼上逗趣的海報。她造訪鎮上唯一會販售這類商品的店家，以羞辱人的價格買下印第安風格的床單、籃子、陶器和彩繪馬克杯。她試著依柳樹圖案的青花瓷色調，把廚房漆成藍白兩色，房東承諾要出油漆錢，後來卻也沒依約支付。她買了藍色蠟燭、薰香、一大堆乾燥的金黃葉片和青草。大功告成後，一眼便能看出這間屋子的主人是名女性，獨居、可能不再年輕，跟大學或藝術有些關聯，或希望營造出這種感覺。從前，她所住的房子，那派屈克的房子，則一眼便能看出屬於成功富商或專業人士，帶著繼承而來的財富和行事規範。

這座山中小鎮恍若遺世獨立，玫瑰卻很喜歡，或許正是因為如此。當你從城裡搬回小鎮，霎時會覺得一切都很好理解，也很輕鬆，猶如只是幾個人聚在一起，異口同聲說：「我們來享受小鎮生活吧。」妳會以為，鎮上從不死人。

湯姆寫信說他一定要來看她。十月就有可能（她沒預期會這麼快），他要去溫哥華參加研討會。他預計提早一天離開會場，再假裝得在溫哥華多待一天，這麼下來，就有兩天空檔。未想他從溫哥華致電說，他無法前來。他牙齒發炎，疼痛難當，原本預計陪玫瑰的那一天要動緊急手術。他說，他終究得多耗一天，還問她覺得這是不是對他的報應？他自稱以喀爾文教派[1]的觀點看待事情，此際正承受著疼痛以及藥物帶給他的虛弱無力。

玫瑰的朋友桃樂絲問她是否相信他？玫瑰原本沒想過要懷疑。

「我想他不會這樣。」玫瑰說道。只見桃樂絲一副樂在其中、甚至可說是不假思索的樣子，說：「噢，男人什麼事都做得出來。」

除了玫瑰，桃樂絲是電臺裡的唯一女性，她每週錄製兩集家政節目，並在各個婦女團體之間四處演講，也常受邀主持青年機構舉辦的頒獎晚宴，諸如此類。她和玫瑰開始交往的主要原因是兩人多少都算單身，且生性大膽。桃樂絲有個西雅圖戀人，但她不信任他。

1　喀爾文教派以《聖經》作為一切教義的基礎，認為天主造世的終極目的並非滿足世人的需求，而是彰顯上主的榮耀。

「男人什麼事都做得出來。」桃樂絲說道。當時兩人在一桿進洞咖啡館喝咖啡，店就在電臺旁，賣甜甜圈和咖啡。桃樂絲緊接著告訴玫瑰，她以前和電臺老闆之間的一段婚外情，如今他老了，多半時間待在美國加州。他曾送她項鍊當作聖誕禮物，他說那可是翡翠，購於溫哥華；她去修理項鍊的鉤環，一臉自豪地問起項鍊值多少錢，豈知珠寶店老闆說那根本不是翡翠，還拿到燈光下向她解釋如何分辨。幾天後，電臺老闆的老婆戴著同樣的項鍊到電臺炫耀，她老公也是告訴她，那是翡翠。桃樂絲述說這段過往時，玫瑰看著她的灰金色假髮，光亮濃密，怎麼看都不像真的，與青綠色眼影襯得整張臉憔悴不堪；這副模樣在城裡會被當成妓女；而這裡的人認為她雖奇特，卻極富魅力，代表傳說中的時尚世界。

「我從此不再相信男人。」桃樂絲說道。「當時他不只跟我在一起，還睡了在這間咖啡館工作的一個已婚年輕女孩，又勾搭上他孫子的保母；搞什麼啊！」

玫瑰在聖誕節返回派屈克住處。她還沒見到湯姆，但他送她深藍色繡花流蘇披肩，那是十二月初他參加墨西哥研討會時買的，那次假期還帶著老婆同行（玫瑰告訴桃樂絲，畢竟他承諾過妻子。）短短三個月內，安娜長高不少。她老愛縮起肚腹、挺出肋骨，活像個饑民；她充滿活力，活蹦亂跳地，言行間淨是滑稽的動作和令人摸不著頭緒的話語。玫瑰一如過去，負責採買、煮食，打理一些家務，期間，她有時會禁不住感到絕望，深恐她現在的工作、公寓以及湯姆都只是幻影。和玫瑰一起走進店家時，安娜說：「在學校時，我老是忘了。」

「忘了什麼？」

「我老是忘了妳已經不住在家裡，之後才會想起來。現在家裡只有克萊柏太太。」克萊柏太太是派屈克僱用的管家。

玫瑰於是決定帶安娜離開，派屈克沒反對，還說這樣或許最好。想不到，玫瑰替安娜打包時，他竟也沒留在家。

後來安娜說，她本來不知道要搬來和玫瑰同住，還以為只是來拜訪一段時間。玫瑰心想，安娜也只能這麼說，或只能這麼想，才不會因為任何決定而感到內疚。

一場大雪迫使開進山裡的火車慢下來。水面都已結凍。火車在一座座小站停留良久，蒸汽管上的結冰一融化，火車便籠罩在一片白煙氤氳裡。她們穿上戶外大衣，沿著月臺奔跑。玫瑰說：「我得幫妳買冬天的大衣，還有保暖的靴子。」其實橡膠雨鞋及連帽雨衣就足以應付沿海地帶的陰暗冬天。而這一刻，安娜必然明白她得待下來，然她卻不發一語。

夜裡安娜睡去，玫瑰望著外頭深不可測的黑夜與閃爍光芒的積雪。火車徐徐前進，唯恐會發生雪崩；玫瑰並不擔心，她喜歡兩人一起待在黑暗的小車廂裡，裹著粗糙的毛毯，穿過無情的景色。無論行經多麼危險的路段，她總認為火車是安全的、舒適的。另一方面，她倒認為飛機上的任何動靜無不令人心驚膽戰，甚至在你來不及低聲抗議之前，便自空中墜落。

玫瑰讓安娜穿上冬天的新衣，再送她上學。一切順利，安娜並未退縮，也沒遭受排擠。不到一個星期，就有同學跟她一起回家，她也會到同學家。冬季夜幕降臨得早，玫瑰出門接她，街道旁是高高的雪牆。秋季某一日，有隻熊下山闖進鎮裡，電臺於是發布消息：有位稀客、一隻黑熊正沿著福爾頓街閒晃，家長請勿讓孩童外出。到了冬天，玫瑰知道熊不太可能再闖進小鎮，只是她依然會擔心；她也怕車子會撞到安娜，因為這附近街道太窄，轉角也不容易看清路。有時，安娜走別條路回家，玫瑰會一路找到同學家卻找不到女兒。接著，她沿著陡峭的街道跑回家、奔上長長的樓梯，狂奔和恐懼讓她的心臟劇烈狂跳；等她發現安娜在家，便試著裝作若無其事。

搬運衣物和雜貨也會讓她心跳加速。自助洗衣店、超市、酒舖，都在山腳下。她總是很忙，下一刻，永遠有緊急事項，例如去拿換了新鞋底的鞋子、洗頭染髮、安娜明天上學前幫她補好外套。工作已經夠辛苦了，她還得忙著以前一直在做的事，而今環境更是艱困。但這些家務竟意外地令人備感心安。

她買了兩樣東西給安娜：金魚及電視。這間公寓不准養貓狗，只能養鳥或魚。一月的某一天，安娜搬來的第二個星期，放學後，玫瑰走路下山接她，並打算帶她到沃爾沃斯超市買魚。她看著安娜的臉，以為臉髒了，下一刻才發現那是淚水。

「今天我聽到有人在叫傑瑞米，還以為傑瑞米在這裡。」安娜說道。傑瑞米是她還在以前的家時，經常一起玩的小男生。

玫瑰提起買魚的事。

「我肚子痛。」

「也許妳餓了？我不介意去喝杯咖啡，妳覺得呢？」

那天很糟。她們穿過公園，這條路是前往鎮上的捷徑。先前雪融了，接著又結凍，處處是冰，冰上是積水或雪泥。陽光閃耀，卻是刺眼的冬陽，你因而感到這身衣物著實太笨重，凸顯了一切的混亂和艱辛，例如眼下要走過結冰的地面便是一件難事。四周淨是剛放學的青少年，他們的喧鬧聲、邊大叫邊在冰上溜來滑去，一對少男少女坐在冰上的長椅上，肆無忌憚地接吻，玫瑰不覺更加沮喪了起來。

安娜想喝巧克力牛奶。幾個青少年跟她們一起走進店裡。那是一間老派餐廳，設有四〇年代的高背卡座，老闆兼廚師留著橘髮，人人都喊他德理。餐廳很破舊，像懷舊老電影的場景，但最棒的是，這裡的人不覺得需要懷舊感傷，德理或許只是在存錢準備整修。然而，今天這家餐廳勾起玫瑰的回憶，她想起當年下課後去的那些餐廳，想起她當時在那些餐廳裡的不愉快。

「妳不愛爸爸，」安娜開口道，「我知道妳不愛他。」

「我喜歡他，我們只是沒辦法住在一起，就是這樣而已。」

這句話跟大多數建議的說詞一樣，聽起來很是虛假。安娜說：「妳不喜歡他，妳只是在騙人。」她聽起來，思慮愈來愈見周延，而且一副希望凌駕自己的母親的樣子。

她又說：「難道不是嗎？」

其實玫瑰幾乎到了要承認自己不喜歡派屈克的地步了。她很想說，如果妳想聽，我就說給妳聽。安娜確實想聽，但她承受得住嗎？大人如何判斷小孩能承受什麼？而事實上，她和派屈克之間，舉凡愛、不愛、喜歡、不喜歡，甚至是恨等字眼，對玫瑰來說，皆毫無意義。

「我肚子還在痛。」安娜面露些許自滿地說道。她推開巧克力牛奶，卻也察覺到危險信號，不想再追問，反而改口問道：「我們什麼時候去買魚？」一副像是玫瑰在拖延似的。

她們買了一隻橘色的魚、一隻藍點魚、一隻身體柔軟光滑、有著駭人凸眼的黑魚，她們用塑膠袋把全部的魚提回家。她們也買了魚缸、彩色石子、綠色塑膠水草。沃爾沃斯超市購物袋裡的東西讓她們恢復精神：閃亮的魚、啁啾的鳥、亮粉紅和鮮綠色的貼身衣物、鍍金框的鏡子、塑膠廚具、酷紅的橡膠大龍蝦。

安娜喜歡看電視節目《家庭法院》，節目上有必須墮胎的青少年、在商家行竊被逮的女子，還有幾個父親在離開多年後，突然現身想要回孩子，但孩子比較喜歡繼父。她愛看的另一個節目是《脫線家族》，這齣電視劇以一個六子之家為主軸，這些小孩各個長相好看，每天忙個不停，遭到可笑的誤解或彼此誤會。老媽是金髮美女，老爸是黝黑帥哥，還有一個精力充沛的女管家。《脫線家族》的播出時間是六點，安娜想邊吃晚餐邊看。由於玫瑰通常想趁安娜晚餐時間工作，也就答應了。她把食物放在碗裡，方便安娜享用。她不再煮肉、馬鈴薯、蔬菜，因為她總是得扔掉太多廚餘；她改做紅番椒料理、炒蛋、番茄培根三明治、維也納香腸卷。安娜有時想吃玉米片，玫瑰就讓她吃。不久，她看安娜坐在電視機前面吃著玉米片，便覺錯得離譜，畢竟晚餐時刻每個家庭都是聚在廚房或飯廳，準備用餐、吵架、互相取樂、彼此折磨。於是，她煮了雞肉，還用蔬菜和大麥熬煮金黃色的濃湯，安娜卻一心只想吃玉米片。她抱怨湯的味道很怪。玫瑰忍不住大聲說，這湯明明很好喝，妳根本沒喝，拜託試試看嘛。

她沒說出「看在我的分上」還真是奇蹟。總之，當安娜一臉鎮定地說：「不要。」玫瑰反而鬆了口氣。

八點過後，她便催促安娜洗澡睡覺。她還有一堆事要忙——收拾裝巧克力牛奶的玻璃杯，擦洗浴室，收拾散落的紙張、蠟筆、絨布拼貼、剪刀、髒襪子、跳棋以及安娜看電視時裹在身上的毛毯，畢竟屋裡實在太冷，她還得準備安娜明天的午餐，並在安娜的抗議下關燈——這些事全部做完的那一刻，玫瑰才能坐下來喝杯酒或蘭姆酒咖啡，沉浸在滿足、感恩的情緒裡。她會關上燈，坐在高高的前窗旁，遠望她一年前壓根兒都不知道的這個山中小鎮，心想一切宛若奇蹟，她竟能一路來到這裡，並找到工作，有安娜相伴，自食其力養活母女倆。她能感到安娜在屋裡的重量，自然得像是感覺到她壓在身上，不必去房裡看她，也能懷著一股驚人的喜悅看見她的金髮白膚以及發亮的眉毛，如果再湊近點，還能瞧見側面幾不可見的纖纖寒毛泛著微光。她有生以來，第一次了解家庭生活，明白守護的意義，而且願意盡力守護這一切。

「妳為何想逃出婚姻？」桃樂絲問道。她許久前也曾結婚。

玫瑰不知從何講起。手腕上的疤？廚房裡被掐住脖子的事？挖著草地的情景？這些都無關緊要。

「我只是厭倦了。」桃樂絲倒是自己先說了，「老實告訴妳，我只是厭倦得要命。」

桃樂絲已喝得半醉。玫瑰忍不住笑了起來，桃樂絲問道：「妳笑什麼笑啊？」

「只是覺得安慰而已，因為總算有人這麼老實，而不是淨扯些妳怎麼不好好跟對方溝通之類的。」

「嗯，我們也真的無法溝通。不對，事實是我心裡有別人了，我的外遇對象在報社上班，是個記者。他後來跑去英國，然後從大西洋對岸寫信說真的很愛我。他寫那封信是因為他在大西洋的另一邊，而我在這一邊，但當時我傻得沒想到這一點。妳知道我做了什麼嗎？我離開我先生——唔，這倒沒什麼損失——只是我還借了錢，跟銀行借了一千五百元。接著，我飛去英國找他。我打電話給報社，他們說他去了土耳其。我索性待在旅館裡等他回來。唉，那段時間啊。我待在旅館，足不出戶。只要我去按摩或修剪頭髮，都會交待旅館人員可以在哪裡找到我。我每天煩他們五十次：沒有信嗎？沒有電話嗎？天啊，天啊，天啊。」

「他回來過嗎？」

「我再打電話去報社，他們說他去了肯亞。我禁不住全身發顫。我知道我得自制，而我也及時冷靜了下來。我搭機回家，開始還錢給該死的銀行。」

桃樂絲喝起水杯裡的伏特加，而且是純伏特加。

「噢，兩、三年後我偶然遇到他。那是在哪裡？機場，不對，是百貨公司。他說，抱歉，妳到英國時我不在。我說，喔，沒關係，反正我玩得滿開心的。當時我還在還錢。我真該當面罵他是混蛋。」

玫瑰在電臺的工作是念廣告詞、報氣象、回覆來信、接聽電話、打新聞稿，週日念當地牧師寫的幽默小品，並規畫訪談節目。她想寫一則鎮上早期居民的故事，於是拜訪住在飼料專賣店樓上的盲眼老人，並與他談天。他說從前大家把蘋果跟櫻桃綁在松樹和西洋杉的枝幹上，拍下照片後寄到英國，吸引一群以為這裡果園早已開滿花的英國移民。她帶著這個故事回到電臺，每個人聽完都笑了起來，因為他們以前就常聽到這個故事。

她沒忘記湯姆。他寫信，她回信。如果她沒跟任何男人有所聯繫，也許會認為自己既靠不住又可悲，這段關係至少讓她的新生活有所依恃。有段時間他們似乎交上好運，有場研討會在卡加利舉辦，主題是鄉間生活的電臺節目之類的；電臺派玫瑰參加。她沒有任何顧忌；她跟湯姆兩人在電話中難掩雀躍、像傻瓜一樣。她詢問對門其中一名年輕女老師，是否願意來家裡住個幾天照顧安娜，對方欣然同意；而由於另一名老師的男友暫住於此，她們的住處有段日子很是擁擠。玫瑰回去先前買床單和陶器的商店，添購了小鳥圖案的亮面長袖睡袍，這睡袍使她想起皇帝的夜鶯。她還為頭髮潤絲。她打算搭六十哩的公車，再轉搭飛機，願以一小時的驚恐換取多待在卡加利一會兒。車站的人樂見她驚恐的反應，便跟她說，小飛機幾乎是垂直飛離山區機場，而後沿著洛磯山山脈顛簸搖晃地飛行。她真的覺得不該為了見湯姆而墜機命喪山區。儘管她滿心興奮，直想見他，她仍抱持這個想法。似乎不值得為了這種任性妄為的事而趕赴黃泉。冒這個險像是背叛，不是背叛安娜，當然也不是背叛派屈克，大概是背叛她自己吧。然而，正因為這趟旅程太過輕率、不太真實，所以她堅信自己不會死。

她太過亢奮，所以不斷地跟安娜玩跳棋、玩桌遊「抱歉碰倒你」，玩任何安娜想玩的遊戲。她出發的前一晚——她已預約計程車清晨五點半來接她——兩人玩著跳棋，安娜忽然說：「我看不見藍色的棋子。」她的頭垂在棋盤上方，一副泫然欲泣的模樣，這是她頭一次玩遊戲時想哭。玫瑰摸摸她的額頭，把滿嘴抱怨的她帶上床。她的體溫將近三十九度。現在太晚了，不能打電話到湯姆的辦公室，當然更不能打電話到他家。她致電計程車行和機場取消行程。即使翌晨安娜看似好轉，她仍無法說走就走；她過去向原本要陪安娜的女老師說明，接著打電話聯絡卡加利研討會的籌辦人，對方說：「噢，天啊，我了解！孩子要緊！」那天早上，安娜裹著毛毯看卡通節目時，她打電話到湯姆的辦公室。只聽見他說：「妳到啦，妳到啦！妳在哪裡？」

她不得不告訴他實情。

安娜咳嗽，時而發燒，時而退燒。玫瑰試著讓家裡再暖和一點，她胡亂撥弄恆溫器，耗盡了暖氣，打電話到房東的辦公室留言，但他沒回電。隔天早上七點，她打電話到他家，跟他說小孩得了支氣管炎（她當時這麼以為，但事實並非如此），她說給他一小時修好暖氣，否則就打電話給報社，並在廣播節目裡譴責他，還會告他、找各種適當的管道控訴他。他立刻就到了，卻滿臉委屈（勉強餬口的可憐男人遭到歇斯底里的女人煩擾），他修了一下走廊的恆溫器，暖氣便運作了起來。對門的老師告訴玫瑰，他總是把走廊的恆溫器設定在固定溫度以控制暖氣，先前曾有人抗議，但他從不肯讓步。玫瑰感到非常自豪，自己像是貧民窟裡的悍婦，為了孩子不斷尖叫、咒罵，卻忘了貧民窟的母親鮮少如此凶悍，因為她們往往筋疲力竭、不知所措。她身為中產階級的自信及對於正義的期望給了她力量，讓她得以盛氣凌人地咒罵，而他驚恐不已。

兩天後，她不得不回到工作崗位，安娜的病況好轉，但玫瑰不免時時掛心。哽在喉中的焦慮致使她連一杯咖啡都喝不下。安娜沒事了，她服用了止咳藥，坐在床上用蠟筆畫畫。母親回家時，安娜還跟她說了個故事，和幾個公主有關。

白公主總是穿新娘禮服、戴珍珠項鍊，天鵝、小羊、北極熊都是她的寵物，花園裡種著百合和水仙。她平常吃馬鈴薯泥、香草冰淇淋、椰肉絲、甜派上的蛋白霜。粉紅公主種玫瑰，吃草莓，養紅鶴（安娜描述這種動物的樣子，卻想不起名稱），並用繩子拴住牠們。藍公主靠葡萄與墨水維生。棕公主雖然穿著單調的棕色衣服，卻吃得比任何人都豐盛：她有醬汁烤牛肉、巧克力糖霜蛋糕、淋上巧克力醬的巧克力冰淇淋；她的花園裡種了什麼呢？

「很醜的植物，滿地都是。」安娜說道。

此時此刻，湯姆與玫瑰並未明說自己心裡的失望；兩人逐漸對彼此稍有所保留，又或許覺得彼此不合適。信裡的他們，溫柔謹慎、幽默風趣，彷彿先前的不愉快從未發生。

三月時，他打電話給她，提起妻兒將前往英國，他會去英國與他們會合，但那是十天後的事。「所以有十天的時間嘍」玫瑰按捺不住高聲說道，卻絕口不提兩人將有很長一段時間都無法聯絡的事（他會在英國待到暑假結束）。結果，根本不到十天，因為他前往英國的路上，還得去一趟美國威斯康辛州的麥迪遜。玫瑰嚥下失望之情說，無論如何，你得先來這裡，你可以待多久？可以待一個星期嗎？她幻想兩人共享陽光普照的悠閒早餐，想像自己穿著皇帝夜鶯的睡袍，享用濾泡式咖啡（她得買個濾泡壺），吃些石罐裡微苦的上好橘子果醬。她完全沒想到，早上得處理電臺的一些瑣事。

他說不確定，他母親會過來幫潘蜜拉和孩子打點出發的事，因此他不能逕自打包離開、丟下她不管。他說如果她能來卡加利就太好了。

接著他滿心期待地說，他們可以去班夫，一起度個三、四天的假，她排得出假嗎？共度長一點的週末如何？她問他，去班夫不是很麻煩嗎？他可能會在那邊遇到認識的人。他說不會，不會，沒問題的。她不若他那麼高興，因為先前與他同住維多利亞飯店的經驗不太愉快，當時他去大廳拿報紙，卻又打電話到他們的房間，看看她是否知道不要接；她當然知道該怎麼做，但這一招著實讓她心灰意冷。儘管如此，她仍說好，太棒了，電話兩頭的他們各算拿起月曆，安排出遊的日期。週末兩人都沒問題，她可以週末休假，或許星期五也行，至少還能空出星期一的一些時間。桃樂絲可以幫她完成一些非處理不可的事務，桃樂絲還欠她一些工時呢。玫瑰先前曾幫她代班，那時她因為濃霧被困在西雅圖；她在空中花了一小時看了一些家事小祕訣和食譜，都是些她認為根本一無是處的內容。

玫瑰有近兩星期的時間安排。她再度詢問對門的女老師，那老師說可以過來住個幾天照顧安娜。玫瑰買了件毛衣，希望到時不會被要求學滑雪。但他們一定會去散步；她想，多數時候他們應該就是吃吃喝喝、聊天、做愛。一思及做愛，她便感到些許困擾。先前，他們在電話中總是表現得相當有分寸，甚至感覺迴避；而如今，他們一確定要見面，信件內容滿是煽情的承諾。玫瑰喜歡閱讀也喜歡書寫這些內容，然她對湯姆的印象卻模糊了起來。她還記得他的樣子。他個子不高、身材瘦削，一頭灰色鬈髮，有張精明的長臉，但她想不起任何讓她心動的細節、他的語調或氣味。她印象深刻的，是他們在維多利亞共度的時光不太愉快，依稀記得咒罵和道歉，也記得那次差點搞砸。這讓她格外地想再試一次，希望這次能愉快共處。

她預計星期五一大早出發，搭乘她先前打算搭乘的公車和班機。

星期二一早便下起雪來，玫瑰不太在意。那是美麗的溼雪，大片大片地落下。她想知道班夫是否也下了雪。她但願如此，她喜歡躺在床上，望著大雪紛飛。雪連續下了兩天，星期四近傍晚時分，她前去旅行社取票，他們說機場關閉了；她未露一絲擔憂的神色，甚至完全不覺得擔心，反而稍微鬆了一口氣，這樣她就不必搭飛機了。她問改搭火車的話呢？只是火車當然沒到卡加利，而是開往美國的斯波坎，她原本就知道這件事。那就改搭公車吧，她說。旅行社的人打電話去確認公路是否開放、公車有沒有行駛。雙方對話時，一旁的她只覺心跳不已，不過幸好沒事，一切都沒問題，公車照常行駛。他們說，搭公車可不是樁趣事，因為公車凌晨十二點半啟程，隔天下午兩點左右方抵達卡加利。

「沒問題。」

「妳一定真的很想去卡加利。」那個邋遢的年輕男子忍不住說道。這間行事鬆散的旅行社就開在酒吧門外、某間旅館的大廳裡。

「其實是要去班夫，我真的很想去。」她毫不遮掩地回道。

「去滑雪嗎？」

「或許會吧。」她相信他猜到了一切。當時她還不知道這種短程的偷情之旅很常見，只覺得罪惡的氣氛圍繞著她舞動，就像瓦斯爐上的半透明火燄。

回家時，她滿腦子想著坐在公車上、離湯姆愈來愈近的感覺，而非一逕地躺在床上徹夜難眠。她得請老師今晚就過來住。

想不到，老師邊等著她，邊和安娜玩跳棋。她說：「噢，我不知道該怎麼告訴妳，我真的很抱歉，但出了一些事。」

她說她妹妹流產了，需要她幫忙。她妹妹住在溫哥華。

「順利的話，明天我男友就會開車來載我。」

這是玫瑰第一次聽到她男友的事，她當下懷疑整個故事的真假。這個女孩出發，只為了一個稍縱即逝的機會。她自己也嗅聞到愛與希望。或許那是別人的丈夫，或是和她同年的男孩。玫瑰看著她以前滿是痘疤的臉，眼下因為羞怯和興奮而脹紅，玫瑰知道她是不會改變心意的。老師繼續編織著故事，說起她妹妹的兩個小孩都是男孩，一直希望能有個女孩。

玫瑰著手打電話找人幫忙。她找學生，問同事的妻子，她們或許能提供人選；她甚至打電話給痛恨小孩的桃樂絲。徒勞無功。她不斷撥電話給大家推薦的人選，雖然她也很清楚，可能只是白白浪費力氣，畢竟人們之所以推薦這些人，不過想打發她而已。她對自己的一意孤行感到羞愧。最後，安娜開口：「我可以自己待在家裡。」

「別傻了。」

「我以前也曾這樣啊，那時我生病了，但妳得去工作。」

「妳覺得，」這個解決辦法看似輕易又草率，玫瑰卻是喜不自勝。她說，「妳會想去班夫嗎？」

她們匆促打包，幸好玫瑰前一晚去過自助洗衣店。她不願多想安娜在班夫要做什麼、誰要付另一間房間的住宿費、安娜肯不肯自己住一間等。她將著色本、故事書、凌亂的手作飾品組、任何可以自娛的東西一逕地丟進行李中。事情的轉折讓安娜興奮不已，即便猛然想起要搭長途公車也有恃無恐。玫瑰意識到要打電話預約計程車，請計程車在午夜來接她們。

前往公車站的路上，她們差點動彈不得。玫瑰心想幸好要計程車提早半小時過來，因為通常開車五分鐘就會到公車站。公車站很老舊，沉悶無聊。她讓安娜坐在長椅上看顧行李，她去買車票；回來時，安娜已經睡倒在行李箱上。母親一轉身，她就不敵睡意了。

「妳可以在車上睡。」

安娜挺起身子，直說自己不累。玫瑰希望車上不會太冷。或許她應該帶毯子，好裹住安娜。她想過這件事，只是行李已經太多，購物袋裝滿了安娜的書和消遣用品。她無法想像一到卡加利，披頭散髮、暴躁不安又便祕，袋子裡的蠟筆掉了出來，還拖著一條毯子，那景象委實狼狽。所以她決定不要帶毯子。

公車站裡只有幾個乘客在等候：一對穿著牛仔褲的年輕夫婦看起來冷漠又營養不良，一個虛弱卻又體面的老婦人戴著冬天的帽子，一個印第安祖母帶著襁褓中的孩子，有個男人躺在其中一張長椅上，看起來不是病了，就是醉了。玫瑰希望他只是在公車站取暖，而不是在等同一班車，因為他看起來似乎會吐；或者他要搭這班公車的話，她希望他現在就吐，不是等一下才吐。她想最好先帶安娜在這裡上廁所，無論這裡的廁所多讓人反感，應該都比車上的好。安娜四處走動，看著香菸販賣機、糖果販賣機、飲料和三明治販賣機，玫瑰想著該不該買些三明治或巧克力熱飲；如果她沒買，等公車開進山裡，她可能會悔不當初。

她忽然想到忘了打電話給湯姆，告訴他去公車站接她，而不是去機場。她們中途停車吃早餐時，再打給他好了。

各位旅客請注意，前往克蘭布魯克、雷迪恩溫泉、戈爾登、卡加利的車次已經取消。十二點半發車的班次已經取消。

玫瑰走到售票窗口詢問這是怎麼了，又是怎麼一回事？告訴我，公路封閉了嗎？男人打了個呵欠，便對她說：「克蘭布魯克之後的路段都封閉了。這裡到克蘭布魯克的路還能通行，但後面的路段都封閉了。這裡往西到格蘭福克斯也不通，所以今晚公車根本過不來。」

玫瑰冷靜問道，有沒有其他公車可以搭？

「妳的意思是？其他公車？」

「嗯，有沒有到斯波坎的公車？我可以從那裡轉車到卡加利。」

那個男人不情不願地拿出時刻表。兩人隨即想到，一旦這裡往格蘭福克斯的公路封閉，那就不妙了，所有公車都過不來。玫瑰盤算著搭火車到斯波坎，再換公車到卡加利。她無法趕到，她帶著安娜就不可能。即便如此，她還是問了火車的事，問他是否聽說火車班次的消息？

「聽說會晚十二個小時。」

她一直站在售票窗口旁，猶如某種解決方法只屬於她，也一定要想出來。

「小姐，我幫不上妳的忙。」

她一轉身，便看見安娜在公共電話旁翻找退幣口。有時她會因此找到一角硬幣。

安娜走到她身邊，不是奔跑，而是迅速走過來，看起來異常沉穩且激動。「快過來，快過來。」她拉著腦子一片空白的玫瑰，走向其中一臺公共電話旁。手伸進退幣口，裡面滿是硬幣，滿滿都是。安娜把硬幣掃進手裡：二十五分、五分、一角。硬幣愈來愈多。她的口袋裝得滿滿，感覺好像每當她關上退幣口，裡面就會自動填滿，猶如身處在夢裡或童話故事中。最後，她清空所有硬幣，拿出最後一枚一角，抬起蒼白疲憊卻綻放光芒的臉看著玫瑰。

「什麼都別說。」她語帶命令道。

玫瑰說，她們不搭公車了。她打電話給同一部計程車的司機，請他載她們回家。計畫生變，安娜完全無動於衷。而玫瑰也留意到，她小心翼翼地坐進計程車，以免口袋裡的銅板叮噹作響。

回到家後，玫瑰倒了酒喝。安娜沒脫靴子，也沒脫外套，一股腦地將硬幣攤在廚房餐桌上，相同幣值的銅板也疊成堆，好方便計算。

「我不敢相信！我不敢相——信。」安娜以怪異的大人口吻說著，一種乍聽之下只是表面上的驚訝，卻隱藏著內心真正的難以置信，彷彿唯有以這種誇張的口氣才能掌控並面對眼前的事態。

「那一定是打長途電話的錢，」玫瑰說道，「錢又吐了出來，我想，那些錢是電信公司的。」

安娜感到內疚又得意，說道：「我們沒辦法把錢拿回去還，對吧？」沒辦法，玫瑰回道。

「真是有夠蠢。」她指的是錢是電信公司的這件事。她疲憊不堪、思緒混亂，但至少暫時感到一陣莫名的放鬆。她似乎看見銅板雨紛紛落在她們身上，或那其實是暴風雪。若是丟去謹慎的目光，就能發現處處存在著優雅。

她們試著算出金額，卻不斷搞混，結果竟玩了起來，招搖地讓硬幣從指間落下。那是令人目眩的深夜時分，在她們賃居的山間小屋廚房裡。你在從未刻意尋求之處獲得慷慨贈與；一連串的失去以及好運。在那些時光裡，在那幾個小時裡，有那麼一次，玫瑰足以發自內心地說，自己不受過去、未來、愛情、任何人擺布。她希望安娜也一樣。

湯姆寫了封長信給她，信裡充滿愛意，幽默風趣，也提到命運。這封信寫在他前往英國之前，既哀傷又感到釋懷地宣告放棄這段感情。玫瑰沒有他在英國的地址，否則可能會捎信給他，請他再給兩人一次機會。這不過是出於她的天性。

冬季最後一場雪很快就停了，引發谷地淹水。派屈克寫信提到六月將開車過來，那時學期結束，他會帶安娜回去共度暑假。他提到想開始辦理離婚手續，因為他遇到了想共度一生的女孩。她叫伊莉莎白，派屈克說她是好女孩，個性沉穩。

派屈克進一步問起，如果明年讓安娜住在原本的家、她熟悉的地方，回去原本的學校，與原本的朋友待在一起（傑瑞米一直問起安娜），而不是和獨立不久的玫瑰居無定所地四處遊蕩，不覺得這樣比較好嗎？希望這不是真的（玫瑰覺得耳邊響起沉穩的女性朋友的聲音），希望她不是利用安娜來獲得某種穩定感，而不願面對自己選擇這條路的後果？他說，當然啦，一定要讓安娜自己選擇。

玫瑰很想回信告訴他，她要在這裡為安娜建立一個家。但老實說，她辦不到。她不想繼續待下去了。這個小鎮的魅力和透明感已經消失。她的薪水也不高，只住得起這種廉價公寓，可能永遠找不到更好的工作或情人。她想去東岸，去多倫多，去那裡的廣播電臺或電視臺找份工作，甚至找些演戲的差事。她想帶安娜一起去，在暫時的住處再組一個家。一如派屈克所言，她希望回到有安娜的家，用安娜填滿生命。只是她也認為，安娜不會選擇這種生活。貧窮、如畫、吉普賽般的漂泊童年，不是孩子所嚮往的，即便日後他們都說出各種理由，聲稱非常珍惜那段歲月。

最先死掉的是藍點魚，接著是橘色的魚。安娜和玫瑰都未提要去沃爾沃斯超市買魚，好讓黑色的魚有伴；那條魚看起來不像想要同伴。牠身軀臃腫、眼睛暴凸，長相邪惡，卻也自由自在，整個魚缸都聽命於牠。

安娜要玫瑰保證，她離開之後，不會把黑魚倒進馬桶沖掉，玫瑰答應了。她出發前往多倫多之前，抱著魚缸走到桃樂絲住處，送她這個不討喜的禮物；桃樂絲毫不失禮地接下，還說要用那個西雅圖男人的名字替魚命名，並恭喜玫瑰即將離開這裡。

安娜搬回去和派屈克及伊莉莎白同住，她開始上戲劇課、芭蕾舞課；伊莉莎白認為，小孩應該要學習才藝，也該忙一點。他們為她準備四柱大床，伊莉莎白特地做了床帳和床罩，還為安娜訂製搭配的睡衣、睡帽。

他們送了一隻小貓給安娜，並寄了一張安娜與小貓坐在床上的照片給玫瑰，照片裡的安娜置身印花布料之間，看起來既端莊又幸福。

西蒙的好運

每到一處新地方，玫瑰總感到寂寞。她盼望獲邀。她出門在街頭散步，望進透著光的窗內正舉辦週六晚上的派對，或是週日晚上的家庭聚餐。她告訴自己，就算進去也待不久，只是聊天閒扯、喝點小酒、嚐些肉汁，然後就想回街上散步，但這麼自欺也絕非好事。她自認能接夠受各種殷勤款待，願意參加各種派對，諸如房裡掛著海報、亮著可口可樂色澤的燈光，周遭的一切顯得易碎且歪斜；或置身專業人士堆滿書籍的溫暖房間，房裡掛著黃銅拓印畫，也許還擺著一、兩個頭蓋骨；甚至置身在地下室的娛樂間，透過外頭窗戶，只看得見地下室上方成排的啤酒杯、獸角、牛角杯、槍枝等；她走去坐在金蔥紗沙發上，上頭懸掛著黑色天鵝絨壁毯，氈化的羊毛線交織出山嶽、帆船、北極熊等圖案。她樂於坐在富麗堂皇的飯廳裡，盛起水晶玻璃碗裡奢華的外交布丁[1]，後方是閃耀的大型餐具櫃，還有一幅朦朧的畫

1 外交布丁（cabinet de diplomate）是英國傳統甜點，食材多為海綿蛋糕、卡士達醬、水果乾。

作，畫裡可見馬、牛、羊都在吃草，下方則是構圖失敗的幽紫芳草。她也不介意走進公車站牌旁的灰泥小屋，在廚房角落的用餐區享用約克郡布丁，以及貼有西洋梨和桃子的壁紙裝飾牆面，常春藤蔓攀爬出小銅壺。玫瑰是演員，無處不能融入。

先前確實有人邀請她參加派對，那約莫是兩年前的事，在京士頓某棟高聳的公寓，窗戶面向安大略湖和沃夫島。當時玫瑰不住在京士頓，而是更北邊的地方；她在社區大學教了兩年戲劇課；有些人對她必須教書這件事感到驚訝。外人有所不知的是，女演員收入有多微薄，以為一旦成名就財源滾滾。

她特地開車南下京士頓參加派對，只是實情令她略感慚愧。她從沒見過女主人，而是在去年認識了男主人，那時他在同一間社區大學教書，而且和另一名女子同居。

女主人名叫雪萊，領著玫瑰進臥房放外套。她身材纖瘦，一臉莊重，不折不扣的金髮碧眼，眉毛近乎白色，一頭豐厚的長直髮彷彿自淺色木頭上削下來的。她看來極其重視自己楚楚可憐的形象，聲音低沉而哀怨，在玫瑰聽來，襯得她自己剛才的問候聲太過張揚。

床腳旁的籃子裡有隻花斑貓，正在哺乳四隻未張眼的小貓。

「她叫塔莎。」女主人說道，「我們可以看她的小貓，但不能摸，否則她就不餵牠們奶了。」

她蹲在籃子前，流露著滿滿的愛意對母貓輕聲說話，玫瑰覺得太過矯情。她肩上裹著黑色披巾，邊緣綴有黑玉珠子，有些珠子變形了，有些不見了；這條披巾確實是舊品，而非刻意仿舊。她身上鬆垮泛黃的鏤花刺繡洋裝也是，雖然當初可能是件襯裙。這類衣物如今可不好找。

這張老式床鋪的另一邊是面大鏡子，掛得異常地高，而且歪了。女主人蹲著看貓之際，玫瑰試著看向鏡中的自己；有另一個女人在場時，照鏡子可不是一件輕鬆自在的事，尤其對方比自己年輕。玫瑰身穿棉質碎花長洋裝，上半身打褶、公主袖，腰身太低，以致臀部太緊，穿起來不太舒適，有種太過年輕或浮誇的感覺；也許她沒瘦到可以駕馭這種風格。一頭紅棕色頭髮是自己在家染的，眼睛下方有細紋，暗沉肌膚上的黑斑，猶如受困在這些細紋之間的黑色鑽石。

事到如今，玫瑰已心知肚明，每當她有感於別人做作矯情（例如這個女主人），房間裝飾得忸怩作態，生活風格惹人不快（例如鏡子、拼布棉被、床頭掛的日式春宮畫、客廳傳來的非洲音樂等），往往是因為自己，玫瑰自己，未得到、也害怕未得到想要的關注，因為她無法融入派對當中，她感覺到自己注定只能周旋在一些不著邊際的事物中並提出見解。

一到客廳，她頓時覺得好一點，那裡有幾個她認識的人，也有幾張和她一樣蒼老的臉孔。一開始，她喝酒喝得急，沒多久她便以那些幼貓做為跳板，說起自己的故事。她的貓今天發生很可怕的事。

「最糟的是，」她說道，「我始終不大喜歡我的貓。我原本不想養貓，是貓逼我的。牠某天跟著我回家，堅持要我收留牠。牠就像一臉冷笑、找不到工作的大塊頭，逼我相信這是我欠牠的。嗯，牠一直很喜歡我家的烘衣機，我一拿出衣物，牠就急忙跳進去，因為裡面還很暖和；我通常只烘一次衣物，但今天烘了兩次。當我伸手要拿出第二次烘的衣物時，我覺得好像摸到什麼，心想我哪有這種毛皮大衣？」

在場的人有的呻吟，有的大笑，既是同情又驚恐。玫瑰以無助的眼神環視他們。她感覺好多了。這間坐擁湖景、精心布置的客廳（包括自動點唱機、髮廊鏡、過時的絲質燈罩、農家風格的碗和罐、原始人的面具與雕刻，還有本世紀初的廣告——抽菸，為了你的喉嚨），似乎不再充滿敵意。她又喝了一口琴酒，明白自己很快就會像隻蜂鳥，感到飄飄然、樂於接受一切，而且深信客廳裡的多數人都是機智風趣、多數人都是和藹可親，有些人甚至兩者兼備。

「我心想，噢，不會吧。但真的就是這樣，就是這樣。牠死在烘衣機裡。」

「這是給所有追求享樂的傢伙的一記警告。」她手肘旁一個矮個尖臉男如此說道。她認識他多年，但一直不熟。他在大學英文系任教，是男主人現在的同事，而女主人則是英文系研究生。

只見女主人依舊是一臉楚楚可憐，卻又語氣淡漠地說：「真可怕。」先前笑出來的人顯得有些難為情，彷彿認為自己剛才的反應太過冷血。「妳家貓咪，這件事實在太可怕了，妳今晚怎麼有辦法過來？」

其實這件事不是發生在今天，而是上星期。玫瑰納悶女主人是否有意害她陷於不利處境。她以誠摯又懊悔的語氣說，她不是很喜歡那隻貓，不知何故，這似乎讓整件事顯得更難以收拾。她說，這就是她想好好說明的。

「這也許是我的錯，如果我喜歡那隻貓多一點，也許就不會出事了。」

「當然不會。」她身旁的男子說，「噢，玫瑰啊！牠在尋求烘衣機裡的溫暖，還有尋求妳的愛。」

「事到如今，妳再也不能亂搞那隻貓了。」一個高個兒男生說道。玫瑰先前沒注意到他，他像是突然站到她面前，並繼續說：「亂搞狗呀，亂搞貓呀。玫瑰，我真不知道妳在幹麼。」

她腦中不斷回想他的名字。她記得他是學生，或是以前的學生。

「大衛！」玫瑰叫道，「你好，大衛。」她滿腦子都是想出他的名字的喜悅，一時半刻還未意識到他話裡的意思。

「亂搞狗呀，亂搞貓呀。」他邊在她面前晃著身子，邊重複道。

「你說什麼？」玫瑰一臉疑惑，一副毫不介意又善解人意的樣子，周圍的人也跟她一樣會意不過來。眾人仍沉浸在交際的氣氛裡，心懷同情，預期大家都帶著善意，這種氣氛很難說停就停；儘管事態不對勁，超乎眾人的理解，但這種氣氛依舊。幾乎每個人都還是面露笑容，猶如眼前的大男孩不過說著趣聞或配合演出，等會兒就見分曉。女主人垂下雙眼，默默離去。

只見他惡狠狠地說：「去妳媽的，玫瑰。」他是白人，一臉暴躁，喝得爛醉。他大概出身高貴，家人都稱「上廁所」為「解手」，有人打噴嚏的話，會請對方保重。

一名有著黑色鬈髮的矮壯男子勾住他的手臂，就在肩膀下方一點的位置。「走吧。」語氣中近乎流露出母親般的慈愛。他的口音混著歐洲腔，玫瑰覺得多半是法國腔，雖然她不太會分辨。儘管她很清楚，事情不盡然如此，但她傾向於認定這種腔調比起北美、比起她成長的漢拉第，則是源於更為豐富且複雜的男子氣概。一種許諾似的男子氣概，帶有些微的痛苦、柔情以及狡詐的色彩。

男主人身穿天鵝絨連身褲出現，略帶象徵意味地拉住那個男孩的另一隻手臂，同時親吻玫瑰的臉頰，因為她進門時沒見到他。他低聲說：「等會兒一定要聊聊。」他的意思其實是希望不必跟她聊，因為有太多複雜棘手的問題：首先，他去年跟別的女人同居；其次，他和玫瑰在期末共度春宵，當時他們喝得爛醉，大放厥詞，同時也為不忠懊惱不已，儘管那晚的性愛歡愉，卻又帶著一種難以言喻的恥辱。頭髮柔順、一身深綠天鵝絨的他，看起來分外光鮮且備受關愛，瘦了一點，但顯得更是溫和。他只比玫瑰小三歲，但看看他。即便有妻子、家庭、房子、令人沮喪的未來，他依舊毫無顧忌，一身嶄新的衣物、全新的家具，還有女學生一個接一個投懷送抱，便足以重新開始。男人就是這麼隨心所欲。

「天啊，天啊，」玫瑰倚著牆禁不住說道，「這是怎麼回事？」

她身邊那個男人始終笑容可掬，他望著玻璃杯說：「唉，現在的年輕人真是多愁善感！他們用詞典雅，用情之深！我們真該向他們鞠躬。」

黑色鬈髮男回來了，不發一語，卻遞給玫瑰一杯新酒，拿走她的空杯。

男主人也回來了。

「玫瑰小寶貝，我不知道他是怎麼混進來的。我說過該死的學生不准來，他們不該出現在某些場合的。」

「他是我去年班上的學生。」玫瑰回道。她真的只記得這件事。她暗想，他們一定不認為事情僅只於此。

「他是想當演員嗎？」她身旁的男子繼續說，「我敢說他想。記不記得大家都立志當律師、工程師或企業主管的美好年代？據說那時代又回來了，我希望是這樣，由衷希望是如此。玫瑰，我敢說妳以前曾聽他訴苦。妳不該如此。我敢說妳曾聽他訴苦。」

「噢，應該吧。」

「他們想找父母的替身。真老套。他們跟在妳身邊，崇拜妳、打擾妳，然後，砰！頂撞父母替身的時刻來了！」

玫瑰倚著牆喝酒，聽他們聊現今學生有什麼未來，講起學生闖進門說墮胎的事、自殺念頭、創意不足的危機、體重問題等。他們老是用一模一樣的字眼：個人特質、價值或否定。

矮個尖臉男回想起先前一次是如何成功回擊某個學生：「你這蠢傢伙，我不是否定你，我是當掉你！」眾人聞言都笑了起來。另一名年輕女性的發言同樣引來笑聲：「天啊，現在跟我讀大學的時候完全不一樣！那時學生不會在教授辦公室裡提起墮胎，就像你不會在地上拉屎一樣。在地上拉屎！」

玫瑰也笑了，卻暗自覺得備受打擊。在某種意義上，倘使這件事的背後真有什麼原因，如他們所懷疑的那樣，那還比較好。諸如她曾和那個男孩睡過、給過他承諾、背叛過他、羞辱過他。然而，她毫無印象。他就這麼憑空冒出來責怪她。她一定做過什麼，卻怎麼也想不起來；事實上，她記不得任何關於學生的事。她關心別人、極具魅力、溫暖包容、願意傾聽、給人建議；可是，她沒辦法當下便想起學生的名字，或跟他們說過的話。

一個女性碰了碰她的手臂，說：「振作啊。」語氣中帶著心照不宣的親暱，玫瑰不禁以為她們一定認識。另一個學生嗎？然而不是，她緊接著自我介紹。

「我在寫女性自殺的論文，」她說道，「我指的是，藝文界的女性自殺。」她說，在電視上看過玫瑰，也很想跟她聊一聊。她提起黛安·阿芭絲[2]、維吉尼亞·吳爾芙[3]、希薇亞·普拉絲[4]、安妮·莎珂絲頓[5]、克莉絲汀·普芙露格[6]。她知識淵博。然而玫瑰覺得對方正是可能自殺的一人：纖弱、面無血色、偏執。玫瑰說自己餓了，對方便跟著她一起去廚房。

「還有數不清的女演員——」那女人又說道，「例如瑪格麗特·蘇利文……」

「我現在只是個老師。」

「喔，別胡說了，我敢說妳骨子裡是個演員。」

女主人做了麵包：表面油亮、盤成辮狀、飾有花樣。玫瑰暗忖，打點這些事要費多少心力，舉凡麵包、肉醬、吊盆植物、小貓，無一不是短暫且不安定的家庭生活。她希望自己也能費點心力、虛應故事、勉強一下自己或做個麵包。她經常這麼希望。

她留意到一群較年輕的教職員——若非男主人提到學生禁入，她會以為他們是學生。他們或坐在流理檯上，或站在水槽前，正低聲且嚴肅地交談。其中一人看著她，她報以微笑，

2 黛安·阿芭絲（Diane Arbus, 1923-1971），美國傳奇攝影師。
3 維吉尼亞·吳爾芙（Virginia Woolf, 1882-1941），英國作家，著有《自己的房間》、《燈塔行》等。
4 希薇亞·普拉絲（Sylvia Plath, 1932-1963），美國詩人，著有《巨神像》。
5 安妮·莎珂絲頓（Anne Sexton, 1928-1974），美國詩人，一九六七年以詩集《生或死》獲得普利茲詩歌獎。
6 克莉絲汀·普芙露格（Christane Pflug, 1936-1972），加拿大畫家。

卻未獲得相應的笑容；一些人望著玫瑰，又繼續低語。她確信他們在聊她的事，在聊剛才客廳裡發生的事。她力勸那女人吃點麵包配肉醬，這樣或許能讓她保持安靜，玫瑰也才能偷聽到那群人交談的內容。

「我從來不在派對中吃東西。」

未想這女人對她的態度瞬間變得好陰鬱，隱隱帶著譴責。玫瑰已經知道她是系上某人的妻子，或許邀請這名女性參加派對是基於一種算計，還向她保證玫瑰會來；那也是算計的一部分嗎？

「妳一直這麼餓嗎？」女人問道，「妳從沒生過病嗎？」

「美食當前，我當然餓。」玫瑰一心只想偷聽那些人怎麼講她，幾乎未咀嚼或吞嚥，只希望那女人學著點。「我不常生病。」她一說出口，便驚覺這還真是所言不虛。她以前很常生病，患上一般感冒或流行性感冒、抽搐、頭痛等，而如今，這些明顯的病痛都消失了，逐漸沉澱悶燒，成為時時隱約糾纏的不安、疲勞以及憂慮。

這種這麼沒肚量的老師真該死。

玫瑰聽見這句話，或自以為聽見。他們輕蔑地瞥了她一眼，或說她這樣認為；她未敢直視他們。老師。那是在講她，是吧？是講玫瑰嗎？她因為沒有足夠的表演機會可以餬口，因此找了份教職，憑著舞臺和電視的經驗得到這份工作，但由於沒有學位，不得不接受較低的待遇，他們講的是這個玫瑰嗎？她很想走過去告訴他們這些事，她想好好陳述自己的故事。多年來辛苦工作，筋疲力盡、四處奔波，不斷在中學禮堂表演，處於緊繃狀態、無聊厭倦，永遠不知道下一筆收入從哪裡來。她想懇求他們，他們因此而原諒她、喜愛她並接納她。她想加入他們的陣營，而不是客廳裡那些接納她的說詞的人，只可惜這個選擇是源於恐懼而非出於信念。她怕他們。她怕他們無情的美德、冷漠蔑視的表情、暗藏的祕密、他們的笑聲、可憎的言行。

她想到女兒安娜。安娜十七歲，一頭金髮，戴著一條細緻的金項鍊。細緻到，你得湊近看才能確定那是項鍊，而不是她光滑白皙的頸項發亮。她不像這群年輕人，卻是同樣地冷淡疏遠；她日日練習芭蕾與騎馬，只是不打算參加賽馬，也不想成為芭蕾舞者。為什麼不要？

「因為那很蠢。」

安娜的作風、細緻的項鍊、沉默寡言，總讓玫瑰想到安娜的奶奶，也就是派屈克的母親。然而，她又認為，安娜或許不會對其他人這麼沉默、挑剔，不坦率，唯有對她的母親如此。

黑色鬈髮男站在廚房門口，以無禮又嘲諷目光瞥了她一眼。

「妳知道他是誰嗎？那個把醉漢帶走的男人？」玫瑰問那個研究自殺的女人。

「那是西蒙。我不覺得那小子醉了。我覺得他根本嗑藥。」

「他是做什麼的？」

「勉強算是學生吧。」

「不，我是問西蒙。」

「噢，西蒙啊，他在古典文學系，我猜他不是專職教書。」

「跟我一樣。」她說著，朝西蒙微笑，正如她先前也朝那群年輕人微笑一般。今晚她疲憊茫然，腦子一片空白，這會兒，卻漸漸感到一種熟悉的刺痛、潮湧般的希望。

如果他回以微笑，事態將有所好轉。

而他確實面露笑容，豈料，研究自殺的女人竟尖刻說道：

「看吧，妳來，不過是為了認識男人吧？」

西蒙十四歲那一年，他、姊姊和另一個男孩（他們的朋友），三人被安排藏匿在運貨列車裡，及時離開法國淪陷區。他們要前往里昂，某個營救猶太兒童的組織成員會提供照護、送他們前往安全的區域。大戰初期，西蒙和姊姊就被送出波蘭，到法國與親戚同住，如今他們不得不再度被送走。

列車停了下來，靜靜地停在夜裡的某處鄉間。他們聽見說話聲，有法語和德語；列車前頭有些騷動，傳來車門打開的尖銳聲響，他們聽到、也感覺到軍靴用力踩在未鋪墊的車廂地板。有臨檢。他們躺在幾個麻布袋下方，甚至沒試著蓋住臉，心想完蛋了。聲音逐漸逼近，他們聽見軍靴踩過鐵軌旁的碎石，接著列車又動了起來，速度極慢，以致有好一會兒他們都渾然不覺，還以為只是列車調度，料想火車會再度停下，好讓臨檢繼續。豈知列車持續前進，速度加快了些，又快了一些，回到不算多快的正常速度。他們正在前進，逃過臨檢，列車載著他們離開。西蒙永遠不知道當時發生什麼事，總之，危機解除。

西蒙說，當他意識到他們安全了，突然覺得他們能度過這一關，不會再遇上麻煩，他們是備受眷顧的幸運兒。他把剛才那件事當成幸運的徵兆。

玫瑰問他，後來還有沒有見過那個朋友跟姊姊？

「沒有，再也沒有，到里昂之後就沒再見過。」

「所以只有你很幸運。」

西蒙大笑了起來。他們窩在床上，窩在玫瑰那棟老房子的床上，老房子位在交叉路口旁的村莊郊區。派對一結束，他們便驅車直接返回她家。現在是四月，夜風料峭，屋內寒冷，暖氣爐不夠熱。西蒙拉著她的手，放在床後的壁紙上，讓她感覺外頭的冷冽。

「這房子得做些隔熱抗寒的設備」

「我知道。這房子很糟，你該看看我的燃料費帳單。」

西蒙說，她應該建個木材暖爐。接著，他說起各種木柴，例如楓木燒起來很好，隨後又侃侃而談，提到各種隔熱建材，像是發泡塑料、麥克菲爾公司的隔熱材料、玻璃纖維。他下床在屋裡四處走動，一絲不掛地看著一面面牆。玫瑰不期然在他後頭高聲說了起來。

「我想起來了，是獎學金的事。」

西蒙說：「什麼？我聽不到。」

她下了床，用毯子裹住身體，站在樓梯最上方，說：「那個男孩拿獎學金申請書來找我，他想當編劇。我剛剛才想起來。」

「哪個男孩？」西蒙回道，「噢，他啊。」

「但我推薦他了啊。我知道我推薦了。」事實上，她誰都推薦，即使認為對方一無可取，也覺得或許只是自己無法看見對方的優點。

「他一定是沒申請到，所以認為是我暗中搞鬼。」

「嗯，假設妳真的這樣做，那也是妳的權利。」西蒙往下盯著地窖入口說道。

「我知道，但我在這方面很沒用。我不希望他們討厭我，他們都是好孩子。」

「他們根本不是好孩子。我要穿上鞋去檢查一下妳的暖氣爐，裡面的濾網可能要清。話說回來，他們就是那副德行，根本沒什麼好怕的；他們都很蠢，就是想逞威風。真的沒什麼。」

「但他有必要這麼惡毒……」她不得不停下來，又再說一遍：「這麼惡毒，只因有志未伸？」

「不然呢？」西蒙邊爬下樓梯邊說。他抓住玫瑰的毯子，跟她一起裹住身子，輕吻了一下她的鼻子，說：「玫瑰，夠了，妳不覺得慚愧嗎？我是來幫妳看看暖氣爐的可憐蟲耶，妳那位在地下室的暖氣爐。這位女士，真抱歉不小心撞到妳。」她已見識過他的幾種個性，這會兒是卑微工人。有時又是年長的哲學家，像日本人那樣朝她彎腰鞠躬；從浴室出來之際，以拉丁語喃喃講著人終將一死，人終將一死；在適當時機，他則化身瘋狂色胚，用鼻子磨蹭她，跳到她身上，對著她的肚臍來個一記彷彿大獲全勝的響吻。

她到交叉路口的店家，買了真正的咖啡，而非即溶的，真正的奶油、培根、冷凍花椰菜、一大塊當地產的起司、蟹肉罐頭、最漂亮的番茄、蘑菇、長米，還買了香菸。她一副幸福美滿的樣子，態度極其自然、毫不遮掩。要是有人問起，她會說是天氣的緣故——雖然那天寒風凜冽，卻是清朗——她也會說，是因為西蒙來訪。

「妳一定帶了男人回家。」老闆娘說道，語氣未顯驚訝，也不見惡意或譴責，只是有種同為女人的羨慕。

「我也沒料到會這樣。」玫瑰說著，放了更多食品雜貨在結帳櫃檯上：「男人好麻煩，更別提還要花錢。妳看看那些培根，還有奶油。」

「這點麻煩，我能忍受。」

西蒙以這些食材烹煮出豐盛的晚餐，玫瑰要麼就只是站在旁邊看，要麼就更換床單。

「鄉下生活啊，」她開口道，「也許情況有所不同了，或是我忘了。我剛搬來時，盤算著住在這裡可以做的幾件事，例如花一段長長的時間在杳無人跡的鄉間小路上散步。我第一次散步時，後方傳來汽車沿著碎石子路疾馳的聲音。我避到一旁，隨後聽見槍響，我嚇得躲進樹叢；一輛車子蛇行呼嘯而過，還朝車窗外開槍。我好不容易穿過田地回來，趕緊告訴雜貨店的老闆娘說，我們該報警。她竟只是說，噢，對啊，每到週末，男孩會搬一箱啤酒上車，出門獵土撥鼠。接著，她問我走那條路要去哪裡嗎？我看得出來她認為獨自散步的我，比獵土撥鼠的男孩還要可疑。這種事不勝枚舉。我以為我不會一直待在這裡，只是我的工作在這裡，房租又便宜；倒不是說老闆娘不好啦。她可是會用紙牌和茶杯算命的。」

西蒙說，他從里昂被送到普羅旺斯山區的農場工作，當地居民的生活及耕種方式與中世紀相差無幾。他們完全不懂法語。生病時完全聽天由命，不是死，就是病情好轉。他們從不看醫生，至多有個獸醫一年來一趟檢查牛隻。西蒙被乾草叉刺到腳，傷口感染，開始發燒，他想說服村民把正在鄰村的獸醫請回來，那簡直難如登天；最後他們還是去請獸醫過來，拿了馬匹用的大針筒替他打針，他的病情才逐漸好轉，收留他的那戶人家看到竟然有人接受治療，既感到不解，又覺得實在好笑。

他提到，當時他趁著身體漸漸復原之際，教那家人玩牌，他教媽媽和小孩，爸爸和爺爺反應遲鈍，又不肯學，奶奶則被關在穀倉的籠子裡，家人一天餵她兩次殘羹剩餚。

「真的嗎？怎麼可能？」

他們正處於互相傾吐一切的階段：樂事、故事、笑話、心底話。

「鄉下生活嘛！」西蒙說道，「但這地方沒那麼糟。這棟房子可以弄得很舒適，妳該闢個菜園。」

「我當初也想過，也動手試過，卻不太順利。我滿心期待那些甘藍菜。我覺得那些菜長得很好；沒想到，一隻蟲子鑽了進去後，葉片被啃得千瘡百孔，和蕾絲沒什麼兩樣，最後全都枯掉，散落一地。」

「甘藍菜很難種，妳該從比較簡單的開始。」西蒙從桌旁走向窗戶：「把妳當初的花園位置指給我看。」

「籬笆旁邊，當初是種在那邊。」

「那個位置不好，離胡桃樹太近，胡桃樹對土質很傷。」

「我不曉得這件事。」

「嗯，這是真的。妳應該種得離房子近一點，明天我來挖土整地，闢個菜園給妳。妳會需要很多肥料，羊糞是最棒的，妳知道附近有誰養羊嗎？我們弄幾袋羊糞來，計畫一下要種什麼，雖然現在還太早，可能還會結霜。妳可以先在屋裡種點什麼，先播種，例如番茄。」

「我以為你得搭早上的公車回去。」他們先前是開玫瑰的車回來。

「星期一沒什麼事，我會打電話到辦公室取消原訂計畫。我會告訴女職員，說我喉嚨痛。」

「喉嚨痛？」

「那類的理由。」

「多虧有你在，」玫瑰語氣真誠，「否則我會一直想著那個男孩的事。我努力不去多想，但記憶老是在猝不及防的時刻湧上來，我一定會有種自慚形穢的感覺。」

「這真的是微不足道的理由啊。」

「我懂了，那其實跟我沒什麼關係。」

「妳得學著臉皮不要太薄。」西蒙說道，彷彿她從此歸他管，連同這棟房子與菜園在內，而且一副理所當然的樣子。「蘿蔔、散葉萵苣、洋蔥、馬鈴薯。妳吃馬鈴薯嗎？」

他離開前，兩人構思好菜園的規畫。他為她翻土、整地，雖然只要到牛糞，但他也還算滿意。星期一玫瑰得上班，卻整天想他，猶如看著他在菜園掘土，看著赤裸的他往下盯著地窖入口。他身材矮壯，毛髮茂密，個性溫吞，一張歷經風霜的笑臉。她知道她一回家，他會說：「媽，希望我的成果能讓妳滿意。」接著，他會撥一下前額的頭髮。

而他真的這麼做了，她當下興奮不已，無法自拔地高喊：「噢，西蒙，你這個笨蛋，你是我命中注定的男人！」這是莫大的恩典，陽光照耀這一刻，以至於她全然未料想到這麼說也許不智。

那個星期過了一半，她到雜貨店去，不是為了買東西，而是想算命。老闆娘望進她的杯子，說：「噢，妳啊！妳遇到了即將改變一切的男人！」

「嗯，我也這麼想。」

「他會改變妳的人生。噢，天啊，妳不會留在這裡。我看見名氣，也看見水光。」

「這我不清楚。我以為他想為我家做隔熱裝潢。」

「改變已然開始。」

「對，我知道，沒錯。」

她不記得自己和西蒙怎麼說好他下一次的造訪。她覺得他週末會來，且滿心期待。於是，她外出買好食材，這次不是到村裡的商店，而是去好幾哩外的超市，希望雜貨店的老闆娘不致瞧見她拎著購物袋進家門。她買了新鮮蔬菜、牛排、進口黑櫻桃、卡門貝爾乳酪、西洋梨，也買了酒，還有兩條布滿漂亮藍黃花環圖案的床罩；玫瑰覺得那床罩能襯托她白皙的臀部。

週五晚上，她鋪好床單，把櫻桃放進一只藍色的碗裡，美酒冰得沁涼，乳酪也退冰變軟。約莫九點，傳來一陣有力的敲門聲，那是期待中的戲謔敲門聲；她很驚訝沒聽到他的車子的聲音。

「我覺得寂寞，」未想訪客竟是老闆娘。「於是，就想來串門子……哎呀，妳在等妳的男人呀。」

「其實也不算啦。」剛才她聽到敲門聲，心臟幾乎是小鹿亂撞，此際依舊砰砰地跳。她說：「我不知道他什麼時候會來，或許明天吧。」

「該死的雨天。」

老闆娘的語氣真誠且實際，猶如玫瑰可能需要分散注意力，或一陣安慰。

「我只希望他沒冒雨開車。」玫瑰說道。

「對，妳不會希望他冒雨開車。」

老闆娘用手梳理了一下灰白短髮，甩掉髮上的雨滴，而玫瑰很清楚，應該請對方吃點東西。一杯酒？這樣她或許會變得微醺、打開話匣子，想留下來喝完一整瓶酒。她跟玫瑰聊過多次，稱得上是朋友，玫瑰會自稱喜歡她，卻又不想多費心思和她寒暄。此時此刻也是一樣，她不想搭理西蒙以外的任何人，其他人或許都算是討厭的不速之客。

玫瑰能預料接下來的事，生命裡所有的尋常喜悅、慰藉、娛樂統統都被擱置；美食、丁香花、音樂、夜雷帶來的歡愉盡皆消失。除了躺在西蒙身下、除了屈服於痛楚和痙攣，一切都無濟於事。

她決定請老闆娘喝茶，心想不妨乘機再算一次命。

「很不清楚。」老闆娘說道。

「什麼很不清楚？」

「今晚我看到的景象一片模糊，有時會發生這種情況。不對，老實說，我找不到他。」

「找不到他？」

「在妳的未來啊。我累了。」

玫瑰覺得她這麼說根本不懷好意，是出於嫉妒。

「嗯，我其實不太在意他的事。」

「如果妳有他的東西，也許我能看得清楚些，讓我抓著就好，他摸過的任何東西都行，妳有嗎？」

「我自己啊。」這無疑是低俗的自誇，老闆娘不得不陪笑幾聲。

「不是啦，認真點。」

「那就沒有了，我連他的菸蒂都扔了。」

老闆娘離開後，玫瑰熬夜等他。沒多久就午夜了，大雨滂沱，她再看一次時間已是一點四十分，時間怎能空轉得如此迅速？她關掉燈，因為不想讓別人發現她熬夜。她脫下衣物，卻無法躺上新鋪的床單上，索性就繼續坐在漆黑的廚房，不時重沏新茶。街角的路燈照進廚房，村裡新裝了明亮的水銀燈。她看得見街燈、店鋪一隅、對街教堂的臺階。這間教堂當年由謹慎可敬的新教徒興建，如今卻不再是新教教堂，且更名為「拿撒勒神殿」，又稱「神聖中心」，反正，也無關緊要。事態愈來愈偏離玫瑰原先所以為的，這裡沒有退休的農夫，事實上這裡沒有農田，何來退休？有的只是長滿杜松的荒地。居民在三、四十哩外的工廠或省立精神病院工作，或者根本沒工作，不是過著犯罪邊緣的神祕生活，就是在「神聖中心」的陰影下過著井然有序卻瘋狂的日子。大家絕對過得比先前更為絕望，但最絕望的，莫過於像玫瑰這種年紀的女人——徹夜未眠、熬夜待在黑漆漆的廚房裡苦等愛人？而這無疑是她自找的，全是自找的，她似乎從未學到教訓。她強行把希望寄託在西蒙身上，眼下再也無法只將他視為原來的他。

她暗想，錯就錯在買了酒、床單、乳酪、櫻桃。萬全的準備總引來毀滅，她直到開門那一刻才明白過來，她騷動的心情霎時從滿心期待轉為幻滅，彷彿塔裡迴盪的鐘響可笑地（但不是因為玫瑰的緣故）轉為鏽蝕的霧號所吹出的破敗聲響。

她在漆黑雨夜中枯坐了好幾個小時，預見了接下來會發生的事：她會花一整個週末等他，不斷找藉口鼓舞自己，也會心生疑慮而備受打擊，她絕對不會出門以免錯失來電。星期一，她回到工作崗位，現實世界使她恍惚，也隱約安慰了她；她也許會鼓起勇氣寫張字條給他，並請古典文學系的人代為轉交。

「下個週末我們或許可以在菜園種些蔬菜。我買了一大堆種子（這不是真的，但要是他有回訊的話，她會去買）。如果你要來，請跟我說，但另有計畫也沒關係。」

隨後，她擔心了起來，「另有計畫」這句話的語氣會不會太唐突？不加這句，應該比較沒那麼強硬吧？她所有的自信、明快都消失無蹤，但她會試著佯裝一切如常。

「萬一地面太溼，不好耕種，我們隨時可以開車兜風去，也許可以獵些土撥鼠。祝好，玫瑰筆。」

接下來是更漫長的等待，那個週末如同只是一次隨堂測驗，不過是沒有章法的序曲，預示嚴苛、常見又悲慘的日常儀式即將展開。她伸手探進信箱，拿出信卻不看。五點後才肯離開學校。拿椅墊蓋住電話以免看見。裝作漫不經心。她暗自心急，坐起身熬夜枯等，喝酒，對這些愚行始終未感厭倦或失望，因為青春綺麗的幻想以及對他所構思的計畫的合理說詞，點綴了等待的時光。到了某個時間點，便足以判定他一定是病了，否則不會拋棄她。她會致電京士頓鎮立醫院，詢問他的病況，卻得知他並不是他們的病患。之後某天她會上大學圖書館，翻閱鎮上的過期報紙的訃告，查看有無他的死訊。最後，她會渾身發顫、徹底投降，打電話到大學找他。辦公室裡的女職員會說他已經離開，去了歐洲，去了加州，他只來任教一學期，或說他去露營，他結婚去了。

或者她會說：「稍等一下。」接著把電話遞給他之類的。

「喂？」

「西蒙？」

「嗯。」

「我是玫瑰。」

「玫瑰？」

也許不會這麼慘烈，也許會更糟。

他會說：「我一直想打給妳。」或說：「玫瑰，妳好嗎？」或甚至說：「菜園如何？」最好現在就失去他。然而，她走到電話旁，一隻手擱了上去，或許她在感覺話筒是否溫暖，或是鼓勵它響起。

週一清晨，天光未亮，她把要用的東西打包放進後車廂、鎖上家門，卡門貝爾乳酪仍在廚房流理檯上哭泣；她朝西行駛，打算離開幾天，直到自己清醒，能夠再度面對那些床單、那片翻鬆的土、她的手擺在床後感覺冷風的位置（若真如此，為何她要帶靴子以及冬天的大衣？）她寫信給任教的大學——她在信上總能說漂亮的謊，在電話中卻辦不到——說她的摯友絕症末期，希望她前往多倫多一趟（也許這個謊言終究不夠漂亮，或許稍嫌過頭。）她幾乎整個週末都沒睡，喝了酒，雖不算多，但也沒停過。搬行李上車之際，她嚴肅又用力地大喊出口：我受夠了。隨後，她鑽進駕駛座，寫起信來。她原本可以在家寫，那還比較舒適。她想著自己到底曾寫過多少蠢信，寫過數不清的誇張理由，為了某個男人而不得不離開或害怕離開某個地方。沒人知道她多蠢，二十年的老友也只是略知一二，從不知她搭過多少趟飛機、花過多少錢，冒過多少風險。

她開著車，片刻後逐漸回神。週一早上十點，雨勢終於減弱，她關掉雨刷，先停車加油，再停車轉帳，銀行總算開始營業。她能幹又開心，記得自己該做什麼，但誰猜得到她此刻覺得多羞恥、記憶中的自己有多羞恥，更遑論還預料到自己會有多羞恥？最羞恥的，莫過於那一份單純的希望，起初隱伏未現、狡詐地隱藏起來，但這只是短暫的。不出一週，即在天國之門宛轉鳴唱、啁啾啼囀、吟唱著讚美詩。而此刻，那份希望依舊忙碌，並對她說，西蒙也許此刻正轉進她家的車道，雙手交握地站在她家門口，又是祈求、又是嘲弄、又是道歉的。人終將一死。

即使如此，即使確實如此，未來的某一天或某個清晨，會發生什麼事？她會在某個清晨醒來，從他的呼吸聲明白身旁的他也醒了，他沒碰觸她，她也不該碰觸他。女性的碰觸往往是種索求（這是她從他身上學習到或再度學習到的），女性的溫柔是種貪婪，女性的情欲是種謊言。她躺在床上，冀望自己有顯而易見的缺陷，供她的羞恥心攀附並提供保護。其實她得對自己的肉體感到羞恥與困擾，這一副衰亡腐朽的裸體赤身。全身慘不忍睹、粗糙又暗沉、蒼白又遍布斑點。他的身體不會受人議論，永遠都不會；譴責的人是他，原諒的人也是他，而她又如何知道他是否願意再度原諒她？他可能會說「過來」，或說「走開」。自從她離開派屈克，她再也不自由了，再也無法主宰；而如今，這些朝她迎面而來的貪婪、謊言、羞恥等，也許當年她早已都揮霍光了。

或者她可能會聽見他在派對上說：「然後，我知道我沒事了，我知道那是幸運的徵兆。」他把自身故事告訴某個身穿豹紋絲綢衣物的放蕩粗鄙女子，或者更糟的情況是，他告訴某個身穿繡花罩衫的溫婉長髮女子，而她遲早會牽著他走進一間房裡，或走進一處風景，玫瑰無法跟隨。

沒錯，但難道這一切，真沒有可能嗎？難道不可能就只是善意、羊糞，沉浸於蛙鳴的春日深夜？第一個週末他沒有現身、沒有來電，也許只代表行程有所變化，根本不是惡兆。她每開二十哩便萌生此意，她放慢車速，甚至想找地方掉頭，卻沒有這麼做，而是再一次的加速，一心想著再開遠一點，確保腦袋真的清醒。她再度想起自己坐在廚房的身影，想著失落的畫面。思緒來來回回，彷彿車子的後方有塊磁鐵，磁力時弱時強，時弱時強，卻從未強到讓她掉頭；又過了一會兒，她幾乎感受到一種置身事外的好奇，認為這是一股真正的力量，好奇這股力量是否隨著她逐漸駛遠而減弱，是否駛到某個遙遠的地點後，她與車子便能忽然離開這片磁場，而她得以辨認出離開那塊磁場的時刻。

因此她不斷往前開。馬斯科卡自治市，湖首大學，曼尼托巴省的省界。她有時就停在路邊，並在車上睡一小時左右；曼尼托巴省太冷了，無法這麼做，她就入住汽車旅館。她在路邊餐廳用餐，進去之前先梳好頭髮、化好妝，擺出女人覺得某個男正盯著自己時面露的冷淡、恍惚以及空洞神情。若說她其實期待西蒙在此現身委實太過，但她似乎未把他完全拋諸腦後。

那股力量確實隨著距離減弱，這個道理簡單明白。之後她心想，這般遠走必須靠開車、搭公車，或騎腳踏車，單是靠搭機是無法達到這般結果的。她在望得見希普勒斯山的某個草原小鎮察覺到改變。當時她徹夜開車，直到旭日從後方升起。她感覺冷靜，思緒清晰，就如一般人在這種時刻會有的反應。她走進咖啡館，點了咖啡和煎蛋，坐在吧檯前，看著吧檯後的尋常事物：咖啡壺、大概不新鮮的鮮亮檸檬派以及覆盆子派、用來放置冰淇淋或果凍的厚玻璃盤。這些盤子使她明白自己不再一樣，她不能說那些盤子很美，也無法口若懸河、萬無一失地陳述事情。她只能說，她看著盤子的目光不像任何陷入愛河的人；她以逐漸康復的感激心情感受盤子的堅定，這種心情的重量自在地融入她的腦中及腳下。這時她意識到，自己走進咖啡館時，完全沒想到西蒙，世界不再是一座他們可能相遇的舞臺，而是回到原來的樣子。她在吃完早餐的半小時後昏昏欲睡，在那思緒極度澄明的半小時內，她不得不找間汽車旅館，接著和衣睡去，窗簾敞開迎向陽光。她覺得愛情為她帶走了世界，順境如此，逆境時亦然。她不該為此驚訝，也不會為此驚訝。她驚訝的是她竟如何渴望並需要一切都屬於她，厚實、坦率，一如那冰淇淋盤；以致她覺得自己急欲逃離的，或許不是失望、失落以及逝去，而是愛的禮讚與震撼、一種讓人目眩的改變。即使安全無傷，她也無法接受。無論如何，你總會有一失——少了內心的平靜泉源或些許誠實之心。她是這麼想的。

她寫信告訴任教的大學，當她在多倫多探望臨終的摯友之際，遇見一名舊識，對方給她一份在西岸任職的工作，她決定立刻過去。她覺得他們會跟她過不去，又覺得他們不會多費此心（她猜得沒錯），因為她的聘期和待遇都是特例。她寫信給租屋給她的房仲，也捎信給老闆娘，祝她一切順利並向她道別。她在霍普—普林斯頓高速公路下車，站在濱海山區的冷雨中。她感到相當安全，筋疲力盡，卻也神智清明，雖然她知道自己拋下的一些人並不這麼認為。

好運與她同在。她在溫哥華碰到一名男子，她知道他正為新電視劇揀選角色，拍攝地點正好在西岸，劇情圍繞著一個家庭，或說是偽家庭，家中成員要不性情古怪，要不喜歡遊蕩，並以鹽泉島一棟老屋為家或聚居地。玫瑰獲得女屋主這個角色，飾演偽母親。正如她先前在信中所言，這份工作在西岸，大概是她做過最棒的工作。男化妝師用特殊技術在她臉上化老妝，他開玩笑說要是戲紅了，連演幾年，她也不必再扮老了。

西岸的每個人都把脆弱這個字眼掛在嘴邊。他們會說今天感覺脆弱、處於脆弱狀態。玫瑰總說：我可不脆弱，而且清楚覺得自己像舊馬皮革做的。草原上風強日烈，她的肌膚變得黝黑粗糙；她拍拍滿是皺紋的褐色脖子，強調馬皮革這個字眼。她已開始沾染這個角色的用詞以及獨特的習性。

約莫一年後，玫瑰有次站在一艘卑詩省渡輪的甲板上，她穿著骯髒的運動衫，披著頭巾。她得放慢腳步才能穿梭在救生艇之間，她留意到一名穿牛仔短褲和露背背心而且幾乎快要凍僵的年輕女子。根據劇本，玫瑰飾演的角色很怕這名妙齡女子因為懷孕而打算跳船。

為了拍攝這幕場景，劇組找來一大群人當臨演。中場時，他們各自在甲板上尋找遮蔽處，穿上外套，喝起咖啡。這時，人群裡一名女子伸出手，碰了碰玫瑰的手臂。

「我想妳不記得我。」她開口說道。事實上，玫瑰確實不記得她。接下來，這女子聊起京士頓，聊起那場派對的男女主人，甚至提到玫瑰養的貓死了。玫瑰認出她就是研究自殺的女人，但如今她的外貌截然不同；眼前的她，身穿昂貴的米色長褲套裝、圍著米色與白色交織的頭巾，看起來不再偏激、草莽、不假辭色、桀驁不馴。她介紹丈夫給玫瑰認識，他只是對玫瑰咕噥了一聲，彷彿在說如果她以為他見到她會大驚小怪，那可就大錯特錯。他一離開，那女人就說：「可憐的西蒙。妳知道他死了吧。」

隨後，她想知道他們是否要多拍幾場。玫瑰很清楚她這麼問的原因：她想混進背景，甚至走到前景，再打電話叫朋友觀賞她的演出。如果她打給當年參加那場派對的人，一定會說自己知道這系列影集根本無聊至極，但為了好玩，她還是點頭參與一幕。

「死了？」

那女子脫下頭巾，風把她的頭髮吹飛到臉上。

「胰臟癌。」她說著，轉頭迎著風，好重新戴上頭巾，這才比較滿意。玫瑰覺得她的語氣裡帶有一種心知肚明以及狡猾。她說：「我不知道妳對他的事知道多少。」這句話是想讓玫瑰猜想她有多了解他嗎？那股狡猾可能是求助，也可能在衡量勝算。妳或許可以同情她，但不能相信她。玫瑰滿腦子這麼想，而非她剛才提的那件事。她斂起下巴，綁好頭巾，以公事公辦的語氣說：「真難過。他病了好久。」

有人在喊玫瑰，她得回去上戲了。那個年輕女子沒有跳海，這齣戲不會出現這類劇情。這類劇情總是看起來即將發生，卻從未成真，偶爾才發生在次要或不吸引人的角色身上。觀眾知道他們不會看到可預見的災難，不會看到劇情重點有所轉移，導致故事情節有討論的餘地，也不會看到需要全新的看法和解決方式的混亂劇情，也不會見到猝然冒出失當且難忘的場面。

西蒙的死訊衝擊著玫瑰，就如同這類混亂。荒謬可笑、不甚公平，這個消息不該讓她知道。即使事過境遷許久，玫瑰仍覺得她是唯一真正缺乏操控力量的人。

拼字

從前在店裡，芙蘿總說，她看得出哪個女人差不多要精神失常了，特別的頭飾或鞋子往往最先流露出端倪。例如夏天開口笑的橡膠鞋、走過泥濘的膠靴，或是男人的工作靴。她們可能會說是因為要採收玉米，但芙蘿可是一清二楚。那一切都是精心布局，意在使人一眼拆穿。接著，她們很可能戴頂舊呢帽，無論天氣如何都穿著破爛的雨衣，腰間繫著固定褲子的線繩，圍著褪色的破爛圍巾，身上一件件脫線的毛衣。

媽媽和女兒往往同一個樣子，同樣的行為模式會出現在她們身上。她們咯咯直笑時，那種無法遏抑的狂勁從她們的內心深處升起，漸漸地左右了她們。

她們以前常來找芙蘿，向她訴說自己的事蹟。芙蘿總是依著她們。「真的嗎？」她會說，「那不是太可恥了嗎？」

我的刨絲器不見了，我知道是誰拿走的。

晚上我脫衣服時，有個男人會來偷看。我拉下百葉窗，他還是從窗縫中偷看。

兩堆幼馬鈴薯被偷了，還有一罐醃桃子和一些上好的鴨蛋。

最後，其中一個女人被送進郡立養老院。芙蘿說，他們做的第一件事就是幫她洗澡，接著幫她剪掉宛如乾草堆的長髮；他們以為會在裡面找到各種東西，例如鳥屍，或是一窩幼鼠的骨骸；而他們真的在裡面發現刺果、樹葉、蜜蜂（想必是受困其中，不停地嗡嗡叫直到斷氣）。剪去一大把頭髮之後，他們發現一頂布帽，帽子已在她頭上腐爛，髮絲穿透叢生，一如穿越鐵絲網生長的草。

芙蘿習慣先擺好下一餐的餐具，減少麻煩。塑膠桌布有點黏，盤子、醬料碟的形狀印在上面，猶如油膩的牆面印著一幅畫的輪廓。冰箱放滿嗆鼻的殘羹剩肴、深色硬渣、發霉長毛的碎屑。玫瑰得用力清潔刷洗、用熱水消毒。芙蘿有時兩手各拄著枴杖蹣跚走來，可能對玫瑰完全視而不見，可能將整罐的楓糖漿往嘴裡倒，跟喝酒沒什麼兩樣。現在的她嗜甜，時時渴望吃甜的：整匙的紅糖、楓糖漿、罐頭布丁、果凍、一團團的甜食等，一一滑進她的喉嚨。她已經戒菸，或許是怕失火吧。

另一次芙蘿說：「妳在櫃檯後面做什麼？妳要什麼就跟我說，我會拿給妳。」她誤把廚房當作雜貨店。

「我是玫瑰，」玫瑰緩緩地、朗聲說道，「我們在廚房，我在打掃廚房。」

廚房的擺設維持原樣：散發出神祕的氣息，充滿個人色彩又有點古怪。烤箱上有個大平底鍋，角落的櫃子有個煮馬鈴薯的鍋子，下方是中型平底鍋，小平底鍋則掛在水槽旁的釘子上。濾盤放在水槽下，抹布、剪報、剪刀、馬芬鬆餅模等，各自掛在不同的釘子上。電話櫃和縫紉機上堆著厚厚幾疊帳單和信件，你以為這是某人一、兩天前放的，但其實已經放在這裡好幾年了。玫瑰發現幾封自己寫的信，內容不自然卻又調皮。錯誤的信差、錯誤的連結，帶來她生命裡一段失落的時光。

「玫瑰離開了。」芙蘿說。現在只要她不開心或不知所措，她就習慣噘起下唇，「玫瑰嫁人了。」

翌晨，玫瑰起床後發現廚房一團亂，彷彿有人揮舞著搖搖晃晃的大湯匙亂掃一通：大平底鍋卡在冰箱後方，煎蛋鏟躺在毛巾堆裡，麵包刀掉進麵粉盒中，煎鍋夾在水槽下方的管子之間。玫瑰煮了粥給芙蘿當早餐，芙蘿說：「妳就是他們派來照顧我的女人。」

「對。」

「妳不是這附近的人？」

「不是。」

「我沒錢付給妳。他們派妳來，就會付錢給妳。」

芙蘿把紅糖灑在粥上，直到粥面覆滿了糖，再用湯匙把糖抹平。

早餐過後，芙蘿發現了砧板，玫瑰曾用來切麵包，再烤來吃。芙蘿用命令的口吻說：「這東西放在這裡擋路幹麼？」說完，她拿起砧板，邁步離開——拄著枴杖的人能力所及的那種邁步——然後把砧板藏到某處，像是鋼琴椅下，或者後門臺階下方。

幾年前，芙蘿在屋子側邊搭了一座玻璃門廊，她從這裡望出去，就能看見外面的馬路，一如她以前從店裡的櫃檯向外看那樣（雜貨店的窗戶已釘上木板，老舊的招牌用油漆蓋掉了）。這條路不再是漢拉第經西漢拉第、再通往湖區的主要道路，已另有一條公路繞道而行。如今路旁可見寬大的排水溝和新的水銀路燈。舊橋不見了，原處由一座寬敞的新橋取而代之，不用說當然更是穩固了。自漢拉第到西漢拉第這一帶的變化不甚明顯。而西漢拉第的屋子多刷上油漆、裝上鋁製牆板，唯獨芙蘿的住處看來格外刺眼。

芙蘿搭建這處門廊，究竟是在看什麼？多年來，她一直坐在那裡，如今關節和動脈已日漸硬化。

日曆上是一張小貓與小狗的照片，牠們轉頭面對面，輕觸彼此的鼻尖，身體之間的空隙正好構成一個心形。

一張安妮公主小時候的彩色照片。

一只藍山公司[1]生產的陶瓷花瓶，那是布萊恩及菲比送的禮物，裡頭插著三支黃色塑膠玫瑰，瓶身和花朵上布滿了季節遞嬗的塵埃。

來自太平洋沿岸的六個貝殼，是玫瑰寄回來的，但芙蘿認為拾貝者另有其人，或者說她以前是這麼想的。那其實是玫瑰到美國華盛頓州度假時衝動買下的，當時貝殼就擺在遊客餐廳收銀臺旁的塑膠袋裡。

黑色剪紙卷軸上，寫著耶和華是我的牧者，字句閃著微光。是某間乳品店的贈品。

剪報上有七具棺材排成一列的照片，兩具大的，五具小的。父母與子女在半夜橫遭父親集體槍殺，原因不明，而這起事件正發生在鄉間的一處農舍裡，地點不好找，芙蘿卻去過；某個週日，鄰居載她出門兜風，當時她只需要一根枴杖；他們還得在公路旁的加油站問路，接著又問了十字路口的商店；那些人說，許多人都問過相同的問題，也打定主意要去看看。只是芙蘿不得不承認，那裡沒什麼好看的：那間農舍和其他農舍沒什麼不同。煙囪、窗戶、木瓦屋頂以及一扇門。曬衣繩上晾著看似擦碗布或尿布的布料，沒人想拿進屋裡，索性任其

1 藍山公司（Blue Mountain Pottery）位於加拿大安大略省，創立於一九五三年。

腐爛。

玫瑰有將近兩年沒回去看芙蘿了。她一直很忙，跟著一些接受贊助的小型劇團到全國各地的中學禮堂以及社區會堂表演戲劇、搭設場景或朗讀故事。她的工作包括參加地方電視節目，並在節目中聊聊這些表演，設法激起觀眾的興趣，述說巡迴表演途中發生的趣聞。這些工作並不可恥，有時玫瑰卻莫名其妙地深感羞愧。她不會表現出這種混亂情緒，公開談論時，她總是既坦白又極富魅力；她會以一種好像思考了很久、略顯羞怯的方式帶領聽眾進入這些趣聞軼事，彷彿她才剛想起來，彷彿先前從未講過。回到住宿旅館的房間後，她經常忍不住全身發顫、痛苦呻吟，一副發高燒的樣子。她總歸咎於疲倦，或者即將到來的更年期。她記不得任何見過面的人，那些深具魅力、有趣的人邀請她共進晚餐，在不同城市一起貪杯，並向他們訴說生命裡的私密情事。

自從玫瑰上次回來過後，芙蘿疏於打理的家最終變得如此：房間堆滿破布、紙張、灰塵；拉起百葉窗讓陽光灑入，窗片就在手中四分五裂；抖抖窗簾，簾子當下化為碎布，揚起令人窒息的厚厚灰塵。手伸進抽屜，便陷在柔軟、深黑、破爛的東西裡。

我們極不願寫信告知壞消息，但她似乎已無法自理。我們想去探望她，只可惜我們的年紀也不小了。看起來，時間到了。

和玫瑰同父異母的布萊恩也收過同樣的信吧。目前的他是工程師，住在多倫多。收到信時，玫瑰剛結束巡演、回到家中。她以為布萊恩和他太太菲比（玫瑰沒見過她幾次）一直和芙蘿保持聯絡。畢竟，芙蘿是布萊恩的親生母親，玫瑰則是她的繼女。事實上，他們確實一直保持聯絡，或是他們自認為如此。最近布萊恩去了南美洲，而每週日晚上，菲比都會打電話給芙蘿，芙蘿沒什麼話要說，但反正她也不會跟菲比聊；她總說自己很好，一切都很好，還會聊聊天氣。玫瑰回家以後，親眼目睹芙蘿講電話的樣子，也見證了菲比為何會被蒙在鼓裡。芙蘿以尋常的語調說話，她會說哈囉，很好啊，昨晚這裡一陣暴風雨，是啊，停電停了好幾個小時。如果不住附近，不可能知道昨晚根本沒有暴風雨。

這兩年間，玫瑰並未完全忘了芙蘿；玫瑰不時掛心著她，只不過目前處在不擔心的階段。有一次，在一月的暴風雪中，她突如其來地一陣憂心，於是冒著暴風雪、開了兩百哩的路、途經被拋棄在雪中的車輛；當她好不容易把車停在芙蘿家的街道上、終於踏上芙蘿無力鏟雪的門徑上時，她內心總算鬆了一口氣，卻仍掛念著芙蘿，一種大抵是憂慮和喜悅交織的混亂情緒。未想芙蘿一開門，竟厲聲警告她。

「妳不能在那裡停車！」

「什麼？」

「不能在那裡停車！」

芙蘿說，有條新法規，明訂冬天禁止在道路兩旁停車。

「妳得鏟出一個地方停車。」

毫無意外，玫瑰當下情緒失控。

「妳再多說一個字，我就立刻開車回去。」

「嗯，妳不能停……」

「再說一個字！」

「為什麼妳非得站在這裡和我吵架，任冷風灌進屋裡？」

玫瑰走進屋子。到家了。

這是其中一個她講過有關芙蘿的事蹟。她描述得極其到位；她自身的疲憊與道德感；芙蘿的嚴厲譴責、揮舞的枴杖、百般不情願的兇悍態度，都是人們想援救的目標。

讀了那封信之後，玫瑰打電話給菲比，菲比邀她共進晚餐，好當面聊聊。玫瑰決定好好表現一下。她一直以來有個想法，認為布萊恩和菲比向來對她不以為然。儘管這種想法可能很偏狹，根據也不足，但她覺得布萊恩夫妻並不認同她的成功，而她不順遂時，他們更是對她無法認同。玫瑰也知道他們不可能把她放在心上，或者對她抱持肯定的態度。

她穿上素色裙和舊襯衫，卻在最後一刻換上長洋裝。這件洋裝的材質是紅金兩色的印度薄棉，正好證明了他們對玫瑰總是太過浮誇的看法。

儘管如此，她跟往常一樣，下定決心要輕聲說話，只說事實，別跟布萊恩吵些老掉牙的蠢事。同樣一如往常，她一踏進他們的屋內，她平常的理智幾乎瞬間消失，反而受制於他們平淡的日常，感受到那種滿足、自滿——有正當理由的自滿——從碗盤和窗簾上流瀉而出。當菲比問起巡演的事，玫瑰相當緊張，菲比也是略顯不安，因為布萊恩雖未蹙起眉頭，但一逕沉默地坐著便暗示了這類輕浮的話題惹得他不悅。布萊恩不只一次當著玫瑰的面說，他討厭她那行的人，只是他討厭的人可多了。演員、藝術家、記者、有錢人（他絕不會承認自己是其中之一）、大學藝術學院的所有教職員；全部的課程及科系根本一無是處；他指責這些人腦袋糊塗、行為招搖、說話模稜兩可、太過放肆。玫瑰不知道他真心這麼認為，或是非得在她面前說這些。他丟出這些低聲的蔑視為餌，而她上鉤，兩人便吵了起來，最後，她則哭著離開他家。玫瑰覺得，隱藏在這些爭吵之下的，是他們愛著彼此的真心。只是兩人彼此較勁的陋習，那長久以來的陋習仍在：誰比較優秀？誰選擇的工作較好？他們到底所求為何？或許他們有意毫無保留地稱讚對方，卻還不是時機。菲比冷靜、負責，擅長讓氣氛緩和下來（正好有別於他們一家搞雜事情的天賦）；她會送上食物、倒咖啡，以禮貌卻不解的眼神看著他們，他們的競爭、脆弱、傷害或許在她看來很是怪異，就和連環漫畫中的角色將手指放進電燈插座一樣令人費解。

「我一直希望芙蘿能再來拜訪我們。」菲比說道。芙蘿來過一次，卻在三天後要求他們送她回家。在那之後，坐定後逐一說起布萊恩和菲比家中的物品、房子的特色等，似乎成了她的一大樂事。布萊恩與菲比位在唐米爾斯的住處相當樸實，而芙蘿念念不忘的那些——門鈴、車庫電動鐵卷門、游泳池等——無一不是郊區尋常可見的事物。玫瑰這麼告訴芙蘿後，她反而認為玫瑰只是眼紅。

「如果妳能過那種生活，妳也不會拒絕吧。」

「不，我會拒絕。」

這是真的，玫瑰真這麼認為，但她要怎麼向芙蘿或漢拉第的其他人解釋？如果你待在漢拉第，沒賺到大筆銀子也無妨，因為你過著預料中的生活。反之，一旦你離鄉背井，卻沒發大財，或像玫瑰一樣，不若先前富有，那又有什麼意義呢？

晚餐後，玫瑰、布萊恩、菲比坐在後院，一旁就是游泳池；布萊恩與菲比的四個女兒中最小的那個，正在泳池裡騎充氣小龍。目前為止，氣氛都很友善，大家已決定由玫瑰去漢拉第，安排芙蘿入住瓦瓦納許郡立養老院。布萊恩問過相關事宜，或至少他的祕書問過了，他說比起私人養老院，那裡不僅相對便宜，經營也較完善，還有更多公共設施。

「說不定她會在那邊遇到老朋友。」菲比說道。

玫瑰溫順良好的表現某程度而言，是整晚刻意營造的假象，她不會在布萊恩和菲比面前輕易洩了底。她想像自己去漢拉第照顧芙蘿，並與她同住，需要照顧她多久就照顧她多久；

她想著打掃芙蘿的廚房並加以粉刷，屋頂的破洞補上木瓦（這是信中提到的其中一件事），在花盆裡種花，煮些極富營養的湯品。她還不致太過誇張，想像著芙蘿自在地融入這番景象裡，安頓下來並過著充滿感激的生活。只要芙蘿愈是暴躁，玫瑰一定會變得愈是溫和、有耐心，到時，又有誰能批評她太過以自我為中心、太過輕率呢？

沒想到，她回家之後，這番景象只維持了兩天。

「妳想吃布丁嗎？」玫瑰問道。

「噢，我不要。」

別人送上飲料時，有些人刻意表現的不在乎態度，其實正流露著期盼。

玫瑰做了聖代蛋糕[2]。莓果、桃子、卡士達醬、海綿蛋糕、鮮奶油和雪利甜酒，應有盡有。

芙蘿吃了將近半碗，狼吞虎嚥地，連挖到小碗品嚐的工夫都省了。

「真好吃。」她說。玫瑰從沒聽她表露過這種發自內心、滿是愉悅的感激之情。「相當

2 聖代蛋糕（trifle），或稱乳脂鬆糕。源自英國，原本是指加入玫瑰花水和糖調味的厚奶油。如今所指，為加入卡士達醬、新鮮奶油、水果、海綿蛋糕、果汁或果凍等，分層堆疊而成的甜點，通常以玻璃杯或玻璃碗盛裝。

可口。」芙蘿坐著回味，還打了個小嗝。夢幻滑順的卡士達醬、鮮摘的莓果、結實的桃子、吸滿雪利酒的美味蛋糕、大量的鮮奶油。

玫瑰認為這輩子以來，她做過算得上取悅芙蘿的，正是這件事。

「過幾天我再做一個。」

芙蘿回過神，說：「噢，好啊。妳愛做什麼就做什麼。」

玫瑰驅車前往郡立養老院，院方人員領著她四處參觀。回家後，她試著跟芙蘿說這件事。

「誰家？」

「不是啦，是郡立養老院。」

玫瑰提到她在那邊見到的一些人。芙蘿不承認認識其中任何一個。玫瑰描述起那裡的景色及舒適的房間。芙蘿看起來很憤怒，臉色一沉，不禁噘起嘴。玫瑰連忙拿出在養老院手工藝中心花五十分錢買的吊掛飾物給她，藍色與黃色剪紙的鳥，在難以察覺的空氣流動中來回晃盪、飛舞。

「掛在妳的屁眼上啦。」芙蘿說道。

玫瑰把吊掛飾物掛在門廊上，說她在養老院看到他們用托盤送晚餐。

「如果可以的話，住在那裡的人會去餐廳吃飯；不然，也會有人用托盤送餐到他們房裡。我看到他們的菜色。

「有全熟的烤牛肉和馬鈴薯泥配青豆，青豆是冷凍的，不是罐頭的那種，或者歐姆蛋，蘑菇歐姆蛋、雞肉歐姆蛋，或是單純歐姆蛋，你想要什麼都可以。」

「甜點呢？」

「冰淇淋，可以淋醬。」

「有什麼醬？」

「巧克力醬、奶油糖醬、核桃醬。」

「我不能吃核桃。」

「那邊也有棉花糖。」

院外，老人家分別住在不同樓層。住在一樓的老人光鮮亮麗、穿戴整齊，他們四處走動，通常拄著柺杖，還會互相拜訪，一起玩牌。他們要不唱唱歌，要不做點自己有興趣的事。他們也會在手工藝中心畫圖，鉤織毯子、縫製棉被。如果做不來，也可以用碎布做娃娃，做玫瑰買的那種吊掛飾物，用保麗龍球做貴賓狗或雪人，再黏上亮片充當眼睛。他們也可以把大頭針釘在描好的線條上，釘出各種剪影圖，如馬背上的武士、戰艦、飛機或城堡。

他們也會辦音樂會、舉行舞會，還有西洋棋聯賽。

「其中一些人說，待在養老院的日子是一生中最快樂的時光。」

再往上一樓，更多的老人在看電視，坐輪椅的人也較多。有些人低垂著頭，有些人舌頭不自覺地伸出口外，或是手腳不由自主抖動。即便如此，他們仍經常彼此互動，思緒也很清楚，只是不時發呆或出神。

到了三樓，你可能會有些驚訝。

有些人根本不願開口說話。

有些人動都不動，除了突然地抽搐一下，或是頭部晃來晃去、手臂不斷揮舞著，看起來是不自覺的或不受控制的動作。

幾乎所有老人家都不再在意自己身上是乾的或溼的。

有人餵他們、為他們擦身體，將他們抱起來、把他們綁在椅子上，鬆綁後移到床上去。他們吸入氧氣、排出二氧化碳，繼續參與這個世界的生活。

有個老婦人蜷縮在病床上，她包著尿布，膚色暗沉如堅果，三撮頭髮像毛茸茸的蒲公英般從她頭上冒出來。她發出響亮顫抖的聲音。

「哈囉，阿姨，」護士說道，「今天妳要來拼字。外面天氣很好喔。」她彎腰湊近老婦人的耳邊說：「妳會拼『不管』嗎？」

那個護士笑的時候露出牙齦，而她維持著笑容，散發近乎瘋狂的歡樂氣息。

「『不管』啊？」老婦人使盡力氣往前靠，發出呼嚕呼嚕的聲響，玫瑰心想搞不好這個老太太等一下就要上大號了。「ㄅㄨˋ — ㄍㄨㄢˇ。」

這竟讓老婦人回了神。

「不敢，ㄅㄨˋ — ㄍㄢˇ。」

目前為止還不錯。

「現在換妳跟她說了。」護士指示玫瑰道。

玫瑰當下想的淨是下流或絕望的字眼。

但護士並未催促她，而是說出下一個字。

「森林。ㄙㄣ — ㄌㄧㄣˊ。」

「慶祝。」玫瑰忽然說出口。

「ㄑㄧㄥˋ — ㄓㄨˋ。」

你得仔細聽才聽得出老婦人說的話，因為她沒什麼力氣咬字發音，她的聲音似乎不是來自口腔或喉嚨，而是來自更深處的肺部及腹部。

「她是不是奇蹟？她看不見，這是我們確認她聽得見的唯一方式。如果妳說『晚餐來了』，那無法引起她的注意，但她可能會開始拼『晚餐』這個字。」護士進一步說道。

為了示範，護士說：「晚餐。」老婦人聽到了，說著：「ㄨㄢˇ — ㄘㄢ — 」有時她會隔許久，會隔上許久才說出下一個音，彷彿只能循著蛛絲馬跡，漫步走過虛無或困惑，旁人僅能臆測。但她沒有迷失，無論那些字多麼困難或複雜，她仍跟著微弱的線索走到終點。接著她坐著等待；在看不見又平靜無波的日子裡等待，直到某處又冒出了一個字，而她會擁抱那個字、用盡力氣學會那個字。玫瑰很想知道她在思索這些字時，有什麼感覺？她覺得這些字具有原本的意義，或具有任何意義嗎？這些字像是夢中的字，或像小孩子腦中的字嗎？每個字都引發驚歎又如此清晰，又像是新生的動物般活蹦亂跳嗎？這個字像水母一樣柔軟、清透；那個字堅硬、卑鄙、鬼祟，就像有觸角的蝸牛。它們可能像大禮帽一樣樸素又滑稽，或像緞帶一樣滑順、鮮豔又討喜。它們就像川流不息的私人訪客。

翌日一大早，玫瑰被吵醒。她睡在玻璃門廊裡，這是芙蘿家唯一一處氣味還可以忍受的地方。天色白濛濛，逐漸轉亮。對岸的樹木在清晨的天空下佝僂著，宛如毛髮蓬亂的深色動物，像水牛；而這些樹木不久後便會橫遭砍去，騰出空間興建露營車的停車場。玫瑰做了個夢，夢境顯然和前一天參訪養老院有關。

有人領著玫瑰走過一棟大型建築物，裡面的人住在一個個籠子裡。起初，一切昏暗、布滿蜘蛛網，玫瑰抗議說這種安排似乎太差勁。但當她繼續走下去，就發現籠子愈來愈大、愈來愈精緻，猶如柳條編的大型鳥籠、維多利亞風的鳥籠，外型別緻、裝飾精巧。有人送餐給籠裡的人，玫瑰確認後發現，那些甜點可是精心挑選過的，包括巧克力慕絲、聖代蛋糕、黑森林蛋糕。接著，玫瑰看見芙蘿在其中一個籠子裡，她氣派地端坐在王位般的椅子上，用帶著威嚴的清晰嗓音拼出單字（玫瑰醒來後，便忘了是哪些單字），她一臉得意的樣子，因為她終於在此刻展現過去不為人知的本領。

玫瑰仔細聆聽，她想聽芙蘿那間粗石搭成的房裡傳來呼吸聲，以及起床活動的聲響。她什麼也沒聽見。萬一芙蘿死了怎麼辦？萬一她正好在玫瑰夢見她容光煥發又自鳴得意的那一刻走了怎麼辦？玫瑰衝下床，光腳跑進芙蘿的房間裡。床上空無一人；她走進廚房，發現芙蘿坐在桌前，換好衣服準備出門。她一身海軍藍的夏天外套，搭配她在布萊恩和菲比婚禮戴的頭巾帽。外套滿是皺摺，需要清洗，帽子也歪歪扭扭。

「我準備好要去了。」芙蘿開口道。

「去哪裡？」

「去那裡啊，」芙蘿猛地轉頭說道，「妳說的那什麼鬼地方，救濟院。」

「是養老院。妳不必今天就去。」

「他們花錢請妳帶我去，現在就走吧，帶我去。」

「我不是他們花錢請來的，我是玫瑰啊。我泡茶給妳喝。」

「妳泡吧，我不喝。」

玫瑰不由得想起開始分娩的女人，如此專注、堅定不移，萬分急迫。玫瑰心想，芙蘿一定覺得死神像孩子一樣逼近她，準備將她撕成碎片；所以玫瑰不再爭辯，她換好衣物，倉促替芙蘿打包，送她上車，開車載她到養老院，而至於芙蘿覺得行將就木並對死亡感到釋懷這件事，則是玫瑰誤解了。

不久前，玫瑰參與了一部戲的演出，並在全國性的電視節目中播出。那齣戲叫《特洛伊女人》。她沒有臺詞，其實這次參與演出不過是幫朋友的忙，因為對方獲得其他更好的角色。導演希望哭泣、哀悼的場景更生動，因此要求所有飾演特洛伊婦女的演員都要裸著上半身。每人都露出一邊乳房，戲中的皇室重要角色如赫庫芭和海倫裸露右乳，平民的處女或人妻（像是玫瑰）則露出左乳。玫瑰認為，露胸並未讓她顯得更美——畢竟，她的胸部愈來愈下垂了——但她還是接受了這個想法。她不指望他們能引起多大的轟動，也認為沒多少人會看這齣戲；她忘了國內某些地方的居民，根本無法選擇收看喜愛的益智節目、警匪追逐戲、美國情境喜劇，而是被迫忍受政論節目、美術館導覽，或一些氣勢恢宏的戲劇。她認為那些人也不至於太過震驚，因為每座城鎮的每個雜誌架上無不展示著春光盡洩或若隱若現的照片。這些特洛伊婦女帶著憂傷眼神，因為太冷而瑟縮著，隨後在燈光下流汗奔跑，蒼白又難看的妝容，失去另一半以致看起來很是愚蠢、可憐、不自然，像一大群腫塊一般；這類人身攻擊，怎麼可能會聚焦在她們身上？

未想芙蘿拿起紙筆，費勁使著因為關節炎而幾乎動不了的腫脹手指，寫下羞恥這個字眼。她寫著，如果玫瑰的父親沒那麼早死，此時此刻，也會希望自己不如就此一了百了。這是真的。玫瑰讀著信，或者說讀著其中一部分給共進晚餐的幾個朋友聽。她讀這封信是為了娛樂和戲劇效果，展現她背後的鴻溝，雖然她確實明白，若仔細思考，那道鴻溝也沒什麼特別。她大多數的朋友、她眼中看來工作勤奮、焦慮卻又滿懷希望的朋友可能有著令人失望的家庭，有的可能聲稱要和家人斷絕關係，有的則說家人對他們有所求。

信讀到一半，她不得不停下，不是因為她認為就這麼說出芙蘿的事並大聲嘲笑很是可恥，畢竟她早已有諸多先例，也知道這很可恥。事實上，真正讓她停下來的是那道鴻溝；她突然有種強烈的全新領悟：這沒什麼好笑的，芙蘿的指責就跟反對撐傘一樣，就像警告吃葡萄乾一樣。只是這些指責具有痛苦、真實的意義，這些都是艱困生活所帶來的一切。袒胸露乳真是羞恥。

另一次，玫瑰和幾個人得了獎，頒獎儀式在多倫多的飯店舉行。芙蘿收到邀請函，只是玫瑰從未想過她會出席；主辦單位要玫瑰提供受邀親友名單時，她想都沒想到邀請布萊恩和菲比，只覺得應該隨便給個名字就好。當然，可能她內心希望芙蘿出席，她想讓芙蘿見識一下，並震懾她一下，最終讓自己從芙蘿的陰影中走出來。她渴望這麼做可說是合乎常情。

沒想到，芙蘿未事先通知就搭了火車前來，並自行抵達飯店。那時的她便患有關節炎，但行走時還不需要枴杖。她向來穿著合宜、穩重卻又便宜的服裝，但這次她似乎花了大錢，還徵詢過別人的建議；她穿著淺紫、深紫相間的格子長褲套裝，以及黃白兩色如爆米花般的珠鍊，還戴著灰藍色的厚重假髮，假髮拉低到前額上，像頂毛帽。衣服V領以及過短的袖口，盡顯露出脖子和手腕的暗沉且長了疣，彷彿覆著樹皮。她一看見玫瑰，便立定不動，似乎在等待——不僅等著玫瑰走向她，也等著她對眼前景象的感受化為具體的那一刻。

未久，果然不出所料。

「看看那個黑鬼！」就在玫瑰靠近她之前，芙蘿便高聲說出口。她的語氣帶著純粹又滿足的驚訝，彷彿正俯瞰大峽谷，或看見樹上長的柳橙。

芙蘿指的是喬治，也是其中一名受獎人。他轉過身，看看是否真有人對他說出這喜劇裡的臺詞。芙蘿看起來確實像個喜劇演員，只不過她的困惑、她的真實，如此地令人望而生畏。她注意到自己引起的騷動了嗎？或許吧。就在她脫口而出那句話之後，她便緊閉雙唇，不再開口，僅勉強地簡短回應；除此之外，她也不吃東西，不喝別人端來的飲料，不肯坐下，而是滿臉驚恐卻又不願退縮地站在留著鬍子且大汗淋漓的那群人當中，在她周圍淨是男性、毫無羞恥心的非盎格魯撒克遜人。芙蘿直到該搭火車回家才離開會場。

芙蘿搬到養老院之後，玫瑰著手進行可怕的大掃除，她在床下發現那頂假髮。她把那頂假髮、一些洗過和乾洗過的衣服、她買的幾雙長襪、爽身粉、古龍水等，一併送到養老院。有時芙蘿似乎以為玫瑰是醫生，就會說：「我不想要女醫師，妳可以走了。」但她一看見玫瑰拿著假髮，便說：「玫瑰！妳手裡拿了什麼東西？是死掉的灰松鼠嗎？」

「不是，這是頂假髮。」

「什麼？」

「一頂假髮。」芙蘿忍不住笑了起來。玫瑰也笑了。儘管她清洗過並且梳開來，但那頂假髮確實看起來像死貓或死松鼠。那外表真的很噁心。

「我的天啊，玫瑰，我還以為她帶死松鼠給我做什麼！如果我戴上這頂假髮，別人肯定會一槍斃了我。」

玫瑰把假髮戴在自己頭上，讓這場喜劇繼續演下去，芙蘿在病床上笑得前俯後仰。

當芙蘿喘過氣來，說道：「我到底和這些有的沒的東西待在這床上做什麼？妳和布萊恩有沒有守規矩？別打架，你們的爸爸會生氣。妳知道他們從我的身體裡取出多少膽結石嗎？十五顆！其中一顆就跟小母雞的蛋一樣大，我都收到其他地方了。我要帶回家。」她拉著床單想要找出來。「我放在瓶子裡。」

「我拿走了，帶回家了。」玫瑰說道。

「真的嗎？給妳爸爸看了嗎？」

「有啊。」

「噢，好吧，在家裡就好。」芙蘿說完，便躺回床上，閉上雙眼。

妳以為妳是誰？

玫瑰與布萊恩能相安無事地聊某些事，而不致因原則或是立場問題而僵持不下，其中一個話題便是米爾頓．荷馬。兩人都記得自己小時候得麻疹時，門上會貼著隔離通知單——這件事發生在很久以前，在父親尚未過世之前，也在布萊恩就學之前——米爾頓沿著大街走來，朗誦出通知單的內容。他們聽見他過了橋，他一如往常高聲發著牢騷。除非他滿嘴糖果，否則不會安安靜靜走過鎮上的街道，他會對著狗咆哮、破壞樹木或電線桿，一再重複老掉牙的抱怨。

「我沒有！我沒有！我沒有！」他一邊叫嚷，一邊撞上橋的欄杆。

玫瑰和布萊恩趕緊拉起掛在窗上的薄被，好擋住外頭的強光，這樣才不致看不見外頭。

「米爾頓．荷馬啊。」布萊恩口氣流露著讚賞。

接著，米爾頓．荷馬看見門上的通知單，他轉身爬上臺階，念出通知單的內容。他識字，可以沿著大街朗聲念出所有的招牌。

玫瑰和布萊恩記得這件事，也都記得通知單貼在側門，後來芙蘿把這裡改建成玻璃門廊，在那之前，那邊只是一處斜向一側的木製平臺，兩人也都記得米爾頓．荷馬就站在上頭。如果隔離通知單貼在那邊而不是通往芙蘿雜貨店的正門，那麼雜貨店必定還在營業中。這算是不太尋常，唯一的可能解釋是芙蘿威脅了衛生當局的官員。玫瑰不記得了；她只記得米爾頓．荷馬站在平臺上，偏著大頭，舉起拳頭一副要敲門的樣子。

「麻疹啊？」米爾頓．荷馬說道，但他終究沒敲門，只把頭湊到門邊大喊：「我才不會嚇到！」隨後他轉身，卻沒離開庭院。他走向鞦韆，坐下來握住繩子盪了起來，起初還顯得悶悶不樂，隨著高度愈高，他愈來愈是盡興。

「米爾頓．荷馬在盪鞦韆！米爾頓．荷馬在盪鞦韆！」玫瑰禁不住大喊。她連忙從窗邊跑到樓梯間。

芙蘿走了過來，從側窗望出去。

未想，芙蘿竟說：「他不會弄壞的。」玫瑰原本以為她會用掃帚把他攆走，她後來心想，芙蘿是嚇到了嗎？不太可能。那可是米爾頓．荷馬的特權。

「米爾頓．荷馬坐過之後，我就不能再坐了！」

「妳！妳回床上去。」

玫瑰回到陰暗難聞的麻疹隔離房，跟布萊恩說起她猜想他不會喜歡的事。

「你還小的時候，米爾頓．荷馬抱過你。」

「他才沒有。」

「他來家裡，抱著你，還問你叫什麼名字。我記得這件事。」

布萊恩立刻走到樓梯間。

「我還是小嬰兒的時候，荷馬．米爾頓曾來家裡把我抱起來，問我叫什麼名字，這是真的嗎？」

「你告訴玫瑰，他在她小時候做過一樣的事。」

玫瑰知道很可能有這麼一回事，只不過她不會提起罷了。其實她不確定是否記得荷馬．米爾頓抱過布萊恩，或是有人跟她說過這件事。那個年代的孕婦多在家中生產，只要屋裡有新生兒，米爾頓．荷馬便會立刻趕到，要求看看寶寶、詢問寶寶的名字，然後發表事先擬稿的演說，大意是如果嬰兒存活下來，希望這個孩子能過著基督徒的生活，萬一死了，希望能直接上天堂。這種想法和洗禮的內容一樣，只是米爾頓未求天父或聖子，也不會有聖水。他遵循自身的原則性。這時的他似乎患了其他時候不會有的口吃，要不然，就是故意說話結結巴巴地，好讓演說更具分量。他張大了嘴、身體不住前後晃動，說出每個詞之前都會發出深沉的喉音。

「那如果嬰兒——如果嬰兒——如果嬰兒——活了下來——」

多年後，玫瑰模仿他，就在她弟弟的客廳裡，她前後搖晃身體、反覆說著，說出口的每個如果都像爆炸一般，逐漸引出活下來這個大爆炸。

「他會過著——美滿的生活——然後他會——然後他會——然後他——不會違反教義。他會過著美滿的生活——美滿的生活——然後他——不會違反教義。他不會違反教義！

「而如果那個嬰兒——如果那個嬰兒——如果那個嬰兒——死了——」

「夠了。夠了，玫瑰。」布萊恩雖這麼說，卻禁不住大笑了起來。只要兩人談到漢拉第，他就能忍受玫瑰的誇張演出。

「妳怎麼還記得？」布萊恩的太太菲比問道，她希望能夠阻止玫瑰繼續說下去，以免布萊恩不耐煩了起來。「妳看過他這麼做嗎？經常看到？」

「噢，沒有啦，」玫瑰面露些許驚訝，「我沒親眼見過。我是看拉爾夫．及列斯比模仿米爾頓．荷馬。他是學校的一個男同學，我是說拉爾夫。」

玫瑰與布萊恩記得，米爾頓．荷馬的另一項公共職責，便是參加遊行。以前漢拉第的遊行活動很多：七月十二日舉行的奧蘭治遊行、五月舉行的中學遊行、學童的大英帝國日遊行、聖母軍遊行、聖誕老人遊行、獅子會資深會員遊行。若你想羞辱漢拉第人，其中一種最侮辱人的說法，就是說對方老喜歡到處遊行，但鎮上幾乎人人有機會參與有組織且公開的盛會遊行，這裡的鎮上指的是漢拉第鎮本身，而非西漢拉第。只不過你在遊行時，千萬不要露出享受其中的表情；你必須讓別人覺得你寧可低調些，參加遊行是盡義務，並嚴肅思考遊行的訴求。

在所有的遊行中，奧蘭治遊行是最華麗的一場。比利國王[1]在隊伍前方騎著近乎全白的馬，押隊的人則是黑騎士，也就是奧蘭治遊行中最高貴的階級，——而他們大多是瘦弱、窮困、自負且狂熱的老農夫——他們騎乘深色的馬，穿戴世代相傳的古老大禮帽及燕尾服。那些旗幟都是精緻刺繡的絲製品，有藍有金，有橙有白，繡著清教徒勝利的景象、百合花以及攤開的《聖經》、神聖的箴言及榮耀、對宗教義無反顧的堅貞。女人撐著陽傘前來，奧蘭治黨員的妻女無不身穿白色衣物代表純潔，接著樂團的橫笛手、鼓手及才華洋溢的踢踏舞者在鋪著乾淨草堆的貨運馬車上表演，貨車猶如他們的行動舞臺。

米爾頓・荷馬也來了。他可能在遊行的任何一處現身，且不時出現在不同地方，例如從比利國王、黑騎士、踢踏舞者背後出現，或是從繫著橙色腰帶、拿著旗幟的羞怯孩童背後出

---

1 比利國王（King Billy），對異邦國王的通稱。

現；他可能一臉陰沉地躲在黑騎士後面，雙手抱著頭，好像頭上戴著禮帽；或躲在女士後方，他會擺腰扭臀、快速撥弄假想的陽傘。他有驚人的模仿天分、過人的精力。他會模仿踢踏舞者整齊劃一的表演，依樣畫葫蘆成傻蛋般的雀躍舞步，而且仍跟得上拍子。

奧蘭治遊行是他表現的最好機會，但他在任何遊行中，都相當引人注目。他昂首，揮舞著雙臂，踩著自信滿滿的腳步，跟在隊伍指揮官後方。在大英帝國日的遊行中，他帶著紅船旗和英國米字旗，高舉在頭上不斷揮舞，猶如旋轉玩具一般。在聖誕老人遊行當中，他會偷拿給小孩的糖果；他是玩真的，而不只是開玩笑、做做樣子而已。

你或許以為漢拉第的主管單位總有人制止他。米爾頓．荷馬在任何一場遊行中的表現完全是刻意且有損形象，若他真有能力構思這一切的話，無疑就只是要讓遊行看起來很蠢；為什麼主辦單位和遊行隊伍未想辦法趕走他？他們一定覺得，說得比做得容易。米爾頓和他的兩個老處女阿姨同住，他父母雙亡，也沒人想要求那兩個老女人把他關在家裡。她們一定覺得手上要忙的事夠多了，而且他只要聽到樂隊的聲音，誰會有本事逕自把他關住？除非是把他鎖在房裡、五花大綁。遊行一旦開始，就沒人想把他拖出來、拉往別處，他的抗議反而會毀了一切，而且，他絕對會力爭到底。他的聲音渾厚又低沉，本身又很強壯，雖然個頭只和拿破崙差不多高。曾有人試著把他逐出庭院，結果大門和籬笆都被他踢壞了；有一次他在人行道上打碎某個小孩的玩具推車，只因推車擋住他的路。在這種情況下，讓他加入遊行隊伍，似乎是最好的選擇。

並不是說這是情非得已的選擇。遊行當中，並不會有人對米爾頓投以輕蔑的目光。每個人都對他見怪不怪了，即使是指揮官也是任憑他嘲弄，心懷往昔不滿的黑騎士也不會注意他。人們只會在人行道上說：「噢，米爾頓在那裡。」沒什麼人會笑他，僅有些外地來的陌生人，或是受邀觀賞遊行的鎮民親友可能會指著他，自顧自地蠢笑起來，以為他是正式演出的一分子，目的就是製造搞笑放鬆的氣氛，一如那些年輕生意人裝扮成小丑，笨拙地轉動輪椅。

「那是誰啊？」觀光客紛紛問道。而他們得到的回答，流露著一種若無其事、隱約又微妙的驕傲感。

「那是米爾頓．荷馬。如果沒有米爾頓．荷馬，就算不上是遊行。」

「根本是村裡的白痴，」菲比如此說道。她努力以她用之不竭卻又令人反感的禮貌態度試著理解這些事情。玫瑰與布萊恩不約而同地說，他們沒聽過有人這麼形容他，也從來沒把漢拉第視為村莊，村莊應該是一些風景如畫的房子圍繞著一座尖頂教堂，就像聖誕卡上的風景。而村民則像中學生表演輕歌劇時穿著戲服的合唱團團員。如果必須向外地人形容米爾頓．荷馬，人們會說他「不太像在地人」。玫瑰很想知道，即使在那個時代，他哪一點不像在地人？至今她仍苦思著這個問題。腦袋或許是最簡單的答案，米爾頓．荷馬的智商一定很低；的確沒錯，只是漢拉第和其他地方也有許多智商低的人，差別在於那些人不會和他一樣受到矚目。米爾頓．荷馬識字，例如他能念出隔離通知單上的內容；他也會數零錢，因為有許多事例證明，別人想騙他卻都失算。而此刻，玫瑰想出來了，他缺乏的是謹慎，也就是社會抑制，雖然那個年代尚未出現這個詞彙。不管那叫什麼，反正就是一般人喝醉時會喪失的，而米爾頓．荷馬從未具備這項特質，或是選擇不要擁有，而這勾起了玫瑰——早年某個階段的她——的興趣。即使是他的表情、平常的模樣，都像是極度誇張的醉漢——瞪目直視、斜睨著眼或雙眼低垂，似乎無不經過大膽的精心謀畫，同時又展現出無可奈何以及身不由己。這種事真的可能嗎？

與米爾頓．荷馬同住的兩個老太太是他的阿姨。她們是雙胞胎，分別叫作海蒂與麥蒂，大家通常稱她們為海蒂女士與麥蒂女士，或許是為了避免任何可笑的諧音。米爾頓的名字來自母系家族，相當習以為常。也沒人會將他的名字和約翰．米爾頓以及荷馬這兩位偉大詩人聯想在一起；從未有人提起這個巧合，或許根本沒人注意到。玫瑰原本也沒發現，直到中學時期的某一天，坐在她後面的男孩拍拍她的肩膀，讓她看他在英文課本上寫的內容。他把一首詩題中的「查普曼」劃掉，另外寫上米爾頓，新的詩題於是變成〈初識米爾頓．荷馬〉[2]。

每每聊起米爾頓．荷馬，大家無不就當成是笑話，而這個修改後的詩題也是個笑話，因為這以相當隱晦的方式暗指米爾頓・荷馬更丟臉的行為。據說他在郵局或電影院排隊時，只要排在某個人的後面，便會打開大衣，赤身裸體，接著往前撲，開始磨蹭了起來。當然他無法做到這麼過分，因為他洩欲的目標早就逃之夭夭。據說一群男孩子會互激彼此，讓他就定位後，便緊靠在他面前，直到那最後一刻到來才跳到一旁，讓強行索要的他暴露在眾人眼前。

這件事無論真假，無論是受到挑釁而真的發生過，或時時上演，其所導致的結果是，許多女士看到米爾頓迎面走來，便會立刻過馬路、大人警告孩子離他遠一點，芙蘿則明白地說「別讓他搗蛋」。在傳統的新生兒場合，人們會讓他進屋，只是由於在醫院生產愈來愈常見，這種機會也愈來愈少。但在其他時候，大家無不鎖上門，以免他闖進屋裡；他會上前敲門、踢門板，然後就離開。不過所有人都會任他逕自待在庭院，因為他不會拿走任何東西，而且萬一真激怒他的話，他反而會大肆破壞。

當然，他和其中一個阿姨同時出現時，就完全是另外一回事，這時的他一臉卑微、循規蹈矩，他的力量與熱情，隨便你怎麼說，全都封存藏了起來。他會從紙袋裡拿出阿姨買給他

2 原為英國詩人濟慈的十四行詩〈初識查普曼譯荷馬〉（On First Looking into Chapman's Homer），男同學則改成〈初識米爾頓・荷馬〉（On First Looking into Milton Homer）。

的糖果吃，要他分享糖果時，他也會拿出來，雖然只有世上最貪心的人，才會碰米爾頓摸過或是口水沾過的東西。他的兩個阿姨會陪他去理髮，努力讓他看起來人模人樣，也會幫他洗衣、燙衣、縫補衣物，視天氣狀況，在他出門時，為他添上雨衣、雨鞋，或天冷時穿戴針織帽和手套。她們知道他離開視線範圍後的行為舉止嗎？想必時有所聞。兩人恪遵衛理派教義，自尊心又高，聽到後心中一定很不好受。她們的祖父在漢拉第開了亞麻布工廠，強迫所有員工參加週六晚上的讀經班，由他負責帶領大家讀經。荷馬一家都是體面人。其中有些希望送走米爾頓，但米爾頓的阿姨絕不會答應；沒人認為她們是為人溫厚才不肯這麼做。

「她們不會把他送去精神病院，因為她們太驕傲了。」

海蒂．米爾頓女士在中學教書，且在那所學校教書的歲月超過其他所有老師加起來的時間，因此比校長還有分量。她教英文——改詩題這種事因而更是大膽又過癮，因為等於是公然在她眼皮子底下做這件事——她最為人所知的，便是管理秩序的功夫。她根本不費吹灰之力，只要利用她的大胸脯、爽身粉、眼鏡、無辜卻有力的姿態，加上全然漠視青少年（她不用這個字）和小四學生之間的差異。她要求學生背誦很多作品。有一天，她在黑板寫下一首長詩，要每一個人抄下並牢記在心，而且隔天就必須能夠背誦整首詩。此時的玫瑰正好是中學三年級或四年級，不認為真的非得依這些指示照做不可。讀詩於她，向來不是什麼難事；她覺得省略第一個步驟看似非常合理。她邊讀邊背，一行詩句接著一行，在腦中默念好幾遍。這時，海蒂女士問她為什麼沒有抄寫？

玫瑰回答說，她早就知道這首詩，雖然她其實不是非常確定。

「真的嗎？」海蒂女士說道，「起立，面向教室後方。」

玫瑰只能聽令行事，且因為自己的誇下海口不住發顫。

「現在，把這首詩背給全班聽。」

玫瑰的信心是無庸置疑的。她流暢地背完整首詩。她期待接下來會發生什麼事？驚訝、讚美，少見的推崇？

只見海蒂女士說道：「嗯，也許妳知道這首詩，但這絕不是妳可以不聽話照做的理由。坐下，把詩抄寫在書裡。每行抄寫三次。如果抄不完，四點後可以留下來繼續。」

毫無疑問，玫瑰不得不在四點後留下來，邊氣惱邊抄寫，海蒂女士則拿出工具，開始鉤起毛線。當玫瑰拿著抄寫好的詩給海蒂女士過目，海蒂女士溫和卻又堅定地說：「妳不能因為會背詩，就覺得自己比別人優秀。妳以為妳是誰？」

這不是玫瑰生平第一次被問「妳以為妳是誰」；事實上，這個問題就像單調的鑼聲，經常在她耳邊響起，而她從未多加注意。但後來她明白，海蒂女士不是什麼虐待狂老師，她相當謹言慎行，眼下她在玫瑰面前說的這些話，她並未在全班面前說出口。她沒有懷恨在心，也沒挾怨報復，因為她不認為玫瑰的表現有什麼不好。但她想教給玫瑰的，比任何一首詩都來得重要，而她真心覺得玫瑰必須學到教訓。其他許多人似乎也抱有同樣的想法。

中學最後一年的期末，全班受邀到米爾頓的住處觀賞幻燈片。幻燈片的主題是中國；雙胞胎中那個待在家裡的麥蒂女士，年輕時曾以傳教士的身分前往中國。麥蒂女士很害羞，待在後方操作幻燈片，海蒂女士則負責解說。不出所料，幻燈片的內容展示了一個黃色的國家：黃色的山丘與天空、黃種人、黃包車、紙傘，看起來一逕地乾癟脆弱，而無論是寺廟、馬路、人的臉上都有黑色的之字裂痕，像裂開的油漆，看起來不像真的。那是玫瑰唯一一次坐在米爾頓家的客廳，當時的中國由毛澤東掌權，韓戰正打得如火如荼，然海蒂女士不願向歷史讓步，就像不肯遷就聽眾都是十八、十九歲年輕人的事實。

「中國人是異教徒，這就是他們有乞丐的原因。」海蒂女士說道。

有個乞丐跪在街上，朝著黃包車裡的富家小姐伸出雙手，而她完全不屑一顧。

「他們真的會吃我們碰都不碰的東西。」海蒂女士補充道。在幻燈片中，有些中國人將筷子插入碗裡，「但他們成為基督教徒後，就吃得比較好，第一代的中國基督教徒身高比其他人高了一吋半。」

第一代的基督教徒站成一排，張著嘴，可能在唱歌。他們穿著黑白色的服裝。

看完投影片後，有幾盤三明治、餅乾、派餅供大家取用，全是她們自製的，相當美味。

葡萄汁和薑汁汽水調成的潘趣飲料盛裝在紙杯裡。米爾頓坐在角落，穿著粗花呢厚外套以及白襯衫，還打著領帶，衣服早就沾上灑出來的潘趣飲料以及糕餅碎屑。

「總有一天，會在他們面前爆開。」芙蘿曾一臉陰沉地如此說道，她指的是米爾頓。這會不會就是大家年復一年來看幻燈片、喝潘趣飲料這整齣鬧劇的原因？為了親眼目睹米爾頓鼓脹的臉頰和肚子，猶如一肚子鬼胎，準備脹破？他自始至終，就只是以驚人的速度猛塞食物到嘴裡，大口嚥下方塊糕、脆餅、納奈莫條[3]、水果糖、奶油塔和布朗尼，宛如蛇吞掉青蛙一樣整口吞下。米爾頓鼓脹的樣子也相去不遠。

衛理教派在漢拉第的勢力逐漸式微，只是速度緩慢。那些強迫參加讀經班的日子已經過去。或許米爾頓家族的人不知道這一回事；或許他們知情，卻執意以英雄般的姿態面對衰落，表現得像那些虔敬的祈求從未改變，彷彿繁盛的榮景一如往昔。他們的紅磚屋過於舒適，猶如昭示著這裡屬於衛理教，而他們的外套領口是溫暖的深色皮草，是衛理教派的服飾特徵，刻意顯得粗製、沉悶且帶著贖罪意味。他們的一切似乎都在宣誓自己在世間的一切作

3　納奈莫條（Nanaimo）起源於加拿大卑詩省的納奈莫，在北美各地廣受歡迎。納奈莫條的最下層是碎餅乾，中間是一層淡香草糖霜或卡士達醬，最上層澆上融化的巧克力。

為，都是為了上帝，上帝也從未讓他們失望。為了上帝，長形地毯以外的客廳地板因打了蠟而閃閃發亮，帳簿上以直桿筆畫下完美的線條，封面上茂盛的秋海棠，錢財源源不絕地進入銀行戶頭。

沒想到，他們竟鑄下大錯。米爾頓家的女士錯就錯在她們打算寄請願書給加拿大廣播公司，要求他們停播週日晚間的部分節目，包括艾德格．貝根與查理．麥卡錫的節目，以及傑克．本尼和弗萊德．艾倫的，因為那些節目和上教堂做禮拜的時間相衝突。她們請牧師在教堂裡宣布請願事宜——此處所屬的聯合教會，長老會和公理會的教徒人數多於衛理會教徒。玫瑰也未親眼目睹這件事，而是芙蘿敘述給她聽的——隨後，海蒂女士和麥蒂女士分別站在走出教堂的群眾兩側，想要引導他們到教堂前庭的小桌連署請願。米爾頓．荷馬正端坐在桌子後方，他非得坐在那裡，她倆總是要他在星期天上教堂。她們指派任務給他，好讓他有事做；他負責看管鋼筆，確保鋼筆墨水充足，並把筆遞給簽名的人。

而這無疑是她們最大的敗筆。米爾頓想在臉上畫鬍鬚，在沒有鏡子的情況下索性就畫了起來。鬍鬚向外翹起，畫過他暗淡的雙頰，往上延伸到布滿血絲、給人不祥預感的雙眼旁；他把鋼筆放進嘴裡，雙唇因而沾上不少墨漬。簡而言之，他讓自己看起來很滑稽，以致大家其實不想參與的連署也就被當成一場鬧劇。米爾頓姊妹、這對亞麻布工廠的衛理會教徒，就此被視為殘存的勢力。人們露出微笑，默默離去，她們束手無策。當然，這對姊妹沒怪罪米爾頓．荷馬，也沒讓大家有好戲看，最後僅默默捲起請願書，連同米爾頓一起帶回家。

「這件事讓她們認清，自己不再能呼風喚雨。」芙蘿說道。一如以往，玫瑰很難判斷芙蘿所樂見的，是她們面臨什麼樣的挫敗？宗教的挫敗或自命不凡的挫敗？

漢拉第中學裡，在海蒂女士的英文課竄改詩題給玫瑰看的男孩是拉爾夫．及列斯比，他還很擅長模仿米爾頓．荷馬。就玫瑰所記得的，他改詩題給她看時，還沒開始模仿米爾頓，而是到了後來、他在學校的最後幾個月。大多數的課堂裡，他不是坐在玫瑰前面，就是坐在她後面，因為兩人名字的字母順序很接近[4]。此外，他們確實有些相似之處，簡直就像來自同一個家庭，不是外表相似，而是習慣或偏好相仿，彷彿他們是真正的兄妹。兩人不覺尷尬，反而因此拉近距離，合作無間。鉛筆、尺、橡皮擦、鋼筆筆尖、橫條筆記紙、方格紙、圓規、間距規、量角器，都是要在學校安然度過的必備用品，而他們總是弄丟這些東西，或者想不起來放在哪裡，甚至根本不齊全。兩人使用墨水時都很不小心，常會濺出或沾到墨漬。寫作業也很粗心大意，卻又很怕沒寫完，所以都會盡力互相幫忙，各自去求那些早早做

4 玫瑰的名字為Rose，拉爾夫是Ralph，若按照英文字母順序排列時，兩人的名字往往會排在前後。

完作業的隔壁同學、找別人的作業來抄，然後彼此分享。他們之間的情誼，就像一群俘虜或無心征戰的士兵，只求苟活，其他活動則希望能免則免。

這麼說還不夠全面。連他們的鞋子和靴子也熟知彼此，拖著腳步走路的聲響，私下偶遇時，不帶惡意的互相推擠，有時則停下腳步，稍作停留，彼此互相打氣。兩人間的善意互動幫助彼此度過艱困時刻，例如被老師點名上臺解數學題的時候。

有一次，拉爾夫在午後走進教室，頭上覆滿白雪。他傾身把雪甩到玫瑰的桌上，說道：

「妳有頭皮屑的煩惱[5]嗎？」

「沒有，我的是白色的。」

玫瑰覺得這是親密的時刻，肢體動作如此坦白，一如兒時的笑鬧。有一天中午，在鐘聲響起之前，她走進教室，發現一群人圍著他，看他模仿米爾頓．荷馬。她驚訝又擔心，驚訝是因為他在班上向來和她一樣，都是相當內向的，而這也是兩人能夠團結一致的原因之一；擔心則是因為他可能表演得不夠到位，無法逗大家笑。沒想到，他的表演極其精采。他大而蒼白的臉，看起來很是敦厚，正好表現出米爾頓那種笨拙而拚命的特質；他不停轉動雙眼，甩著雙下巴，用讓人恍惚又嘶啞死板的聲音說話。他表演得相當傳神，玫瑰非常意外，其他人也同感驚訝。拉爾夫從那時起，逐漸展現他的模仿天分；他模仿過好幾個人，但米爾頓．荷馬是他的招牌。因為他，玫瑰始終無法克服這同志般的憂慮；而她也有了另一種感覺，不是出於嫉妒，而是某種不切實的渴望：她想有同樣的作為，不是模仿米爾頓．荷馬，她才不想模仿米爾頓。她想以那種釋放情緒的神奇方式充實自己、改造自己；她想擁有那種勇氣與力量。

拉爾夫．及列斯比在公開展現這種才華後不久便輟學了，玫瑰懷念他的腳、他的呼吸、他手指輕叩她肩膀的情景。有時，兩人會在街上不期而遇，但他彷彿換了一個人。他們從未停下來聊天，只是打個招呼就匆匆離去。過去幾年來，他們是如此親近，一直站在同一陣線上，如同一家人，只是從未在校外交談，從未做過打招呼以外的事，如今，似乎再也不可能了。玫瑰沒問他輟學的原因，甚至不知道他是否找到工作。他們了解彼此的肩頸、頭腳，卻無法面對完整的對方。

過了一陣子，玫瑰再也沒在街上遇到他。她聽說他加入海軍，他當時一定是在等待，等到足齡才去當兵。他加入海軍後，去了哈利法克斯。戰爭已經結束，海軍就只是太平時期的海軍。同樣地，想到穿著制服的拉爾夫．及列斯比站在驅逐艦的甲板上，可能負責發射砲火，實在有些奇怪。玫瑰剛剛開始明白，自己認識的那些男孩，不管他們看起來多麼軟弱無

---

5 原文中用 blue 代表煩惱，這個字同時也有「藍色」的意思，表示「藍色的頭皮屑」，一語雙關。

能，終將變成男人，獲准做那些妳以為需要更多才華及權力才做得到的事。

在芙蘿不再開店以後、關節炎還不太嚴重之前，有段時間她會和鄰居一起去軍團交誼廳玩賓果，偶爾也打打牌。玫瑰回家探望她，卻跟她沒什麼話題可聊，這時她就會問芙蘿在軍團看到哪些人。她會打聽同輩的消息，例如豪斯．尼克森和藍特．切斯特頓，她一直無法想像他們變成男人的樣子。芙蘿見過他們嗎？

「我看到一個人，他一直待在那裡，就是拉爾夫．及列斯比。」

玫瑰說，她以為拉爾夫．及列斯比加入了海軍。

「他之前是啊，但現在回來了。他出了意外。」

「什麼樣的意外？」

「我不知道。是在軍隊出事的，他整整在海軍醫院待了三年，他們得讓他的傷口復原。他現在沒事了，只是跛腳，可說是拖著一條腿走路。」

「太慘了。」

「嗯，是啊，我也這麼說。我不嫉妒他，但軍團裡的一些人會。」

「嫉妒他？」

「因為撫卹金啊。」芙蘿對玫瑰的反應感到驚訝又不屑，因為她竟然沒想到如此基本的生活常識，這可是漢拉第人的直覺反應。「他們覺得，嗯，他的生活有著落了。我說他一定受了不少苦，有些人說他賺到了，但我不信。他要的不多，全都靠自己。還有一件事，就是他受苦也不會說出來，跟我一樣，我也不會說。要哭就自己哭吧。他很會射飛鏢。只要會動的東西，他都很拿手。他也能生動地模仿別人。」

「他還會模仿米爾頓．荷馬嗎？他以前在學校都會模仿米爾頓．荷馬。」

「會啊，他會模仿米爾頓．荷馬，而且模仿得很好笑。他也會模仿其他人。」

「米爾頓．荷馬還活著嗎？他還會去參加遊行嗎？」

「當然還活著，但最近安靜多了。他住在郡立養老院裡，天氣好的時候，你會看見他在公路旁一邊看車子，一邊舔著冰淇淋。兩個老太太都過世了。」

「所以他不再參加遊行了？」

「也沒什麼遊行可以參加了，現在的遊行少了很多。那些奧蘭治黨員漸漸凋零，也找不到替補的人。反正現在大家寧可待在家看電視。」

後來玫瑰再去探望芙蘿時，發現她討厭起軍團來。

「我才不想變成他們那種的老怪咖。」她說。

「什麼老怪咖？」

「只會圍成一圈坐著，邊喝啤酒邊重複說些愚蠢的故事。他們讓我反胃。」

芙蘿常常這樣，她會突然喜歡某個人、地點，或娛樂活動，又忽然討厭起來。隨著年歲增長，喜好轉變的情形益發強烈，也更加頻繁。

「妳不再喜歡裡面的人了？拉爾夫・及列斯比還會去那裡嗎？」

「他還是會去，他太喜歡那裡了，甚至想在那邊找個工作，在酒吧打工之類。有些人說，他沒被錄用，是他已經有撫卹金了，但我覺得是因為他的態度。」

「怎麼，他常喝醉嗎？」

「妳看不出來他是不是醉了。他不管醉不醉都一樣，不斷模仿，大半時間都在模仿，而搬剛來鎮上的人根本不知道他模仿的那些人是誰，只覺得拉爾夫很蠢。」

「例如米爾頓・荷馬？」

「沒錯。他們怎麼知道米爾頓・荷馬應該是什麼樣子？他們根本不知道。拉爾夫不懂何時該收手。他把自己變成了米爾頓・荷馬，弄丟了那個工作機會。」

玫瑰帶芙蘿去郡立養老院後，就待在家裡打掃，準備賣掉房子。她在養老院裡沒看到米爾頓・荷馬，卻看到她以為早就過世的人。芙蘿的鄰居帶玫瑰去了軍團，因為這個鄰居認為玫瑰在週六晚上一定覺得寂寞；玫瑰不知道如何拒絕，所以此刻她發現自己正坐在地下室交誼廳的長桌前，也就是酒吧的所在。此時夕陽餘暉越過豆子園及玉米田，越過鋪了碎石的停車場，越過高處的窗口，灑在夾板搭建的牆面上。牆上貼滿了照片，有手寫的名字和膠帶貼成的框。玫瑰起身端詳。一〇六軍團，上船之前，一九一五年。那場戰爭中的許多英雄她之前都不認識，只認識繼承同樣名字的子姪輩。她走回桌前，牌局已然開打。她不知道起身去看照片算不算擾人，或許從來沒有人去看，照片也不是讓大家看的，就只是放在牆上而已，和夾板牆面一樣。訪客與外人總會四處打量，總是興致勃勃，詢問這個人是誰？發生在什麼時候？試著打開話匣子。他們太過認真，索求太多。此外，這看起來就像她在酒吧裡四處展示自己，要求大家注意她。

有個女士坐下來自我介紹，她是其中一個男牌客的妻子，她說：「我在電視上看過妳。」每當有人這麼說，玫瑰總感到些許的慚愧；也就是說，她必須努力克制那種深感羞愧的莫名衝動。在漢拉第，這種衝動更甚以往。她意識到自己做的事必然看起來很霸道。她想起在電視節目裡訪問別人的日子，想起那種虛偽的自信及魅力。這裡就和其他地方一樣，他們一定很清楚那是一種偽裝。演戲則是另一回事，她覺得丟臉的並非別人以為她會感到丟臉的那些；她覺得丟臉的不是赤裸在胸前的乳房，而是一種無法捉摸或解釋的失敗。

跟她說話的這個女人並非出身漢拉第。她說自己來自薩尼亞，婚後才搬到這裡，那是十五年前的事了。

「我還是覺得很不習慣。說實在的，真的是這樣，住過大城市後，很難習慣這裡的生活。妳本人看起來比在影集裡漂亮。」

「我也希望這是真的。」玫瑰接著說起劇組怎麼替她化妝，幾乎人人都對這些事感興趣；當話題圍繞在這些技術細節，玫瑰會覺得比較自在。

「嗯，這是老拉爾夫。」女士突然說道。她挪了一下，騰出空間給一個瘦削的灰髮男人，他手上端著馬克杯盛裝的啤酒。這就是拉爾夫．及列斯比，如果玫瑰在街上遇見他，一定認不出來，只當他是陌生人。但她仔細端詳一會兒後，覺得他沒什麼變，就跟十五、十七歲時相去不遠。當年的淺棕髮色如今已是灰白，但依舊垂落在前額；他的臉龐一樣地蒼白冷靜，與身體的比例相較之下，那張臉依舊顯得過大，眼神也同樣羞怯、警戒、自制。只是眼前的他，比過去來得瘦，肩膀彷彿蜷縮在一起；他穿著短袖毛衣，低領、上有三個飾釦，底色是淺藍，搭配米色及黃色條紋。玫瑰覺得這樣的衣著訴說著一種逐漸老去的瀟灑、一種逐漸石化的初始階段。她注意到他的手臂蒼老清瘦，手也不住地嚴重抖動，以致他得用雙手將馬克杯捧到嘴邊。

「妳不會在這裡待太久吧？」來自薩尼亞的女人問道。

玫瑰說，她明天就要去多倫多了，也就是星期天晚上。

女人嘆了一大口氣說：「妳的生活一定很忙碌。」語氣中明顯流露著羨慕，也足以表明她不是土生土長的漢拉第人。

玫瑰想著星期一中午，她要和某個男人碰面，兩人會共進午餐，然後上床。這人是湯姆·薛佛，兩人相識多年，他曾愛上她，還寫情書給她。她上一次和他見面是在多倫多，兩人喝了琴湯尼後，一起坐在床上。他們每次見面都喝很多酒。玫瑰突然想到，或說豁然開朗：此時此刻，有個女人、他深愛的一個女人，一個他遠距追求的女人，他很可能正在寫情書給她；而他寫信給她的同時，必定有另一個女人與他在床上激戰。此外，他一直是有家室的。玫瑰想問他，關於需求、難題以及滿足。她的本意出自善意，也不帶批評意味，但她心知肚明這些問題不能問。

軍團交誼廳裡的對話內容轉向了彩券、賓果遊戲、賭贏等。那些在玩牌的男人（包括芙蘿的鄰居）正討論起一個男人，他贏得一萬加元，但並未四處炫耀，因為幾年前他破產了，還欠許多人錢。

其中一人說，如果他當年曾宣布破產，他就不欠任何人錢了。

另一人說：「或許當時他沒欠錢，但現在他欠了，因為他現在有錢了。」

這是大家一致贊同的答案。

玫瑰與拉爾夫看著對方，一樣是不需言明的笑鬧、相同的默契以及自在。一如既往，毫無二致。

「我聽說你很會模仿。」玫瑰開口道。

真是失策。她不該開口的。只見他笑了出來，搖搖頭。

「噢，拜託，我聽說你模仿米爾頓．荷馬模仿得很像。」

「我不知道這件事。」

「他還在這裡嗎？」

「據我所知，他住在養老院裡。」

「還記得海蒂女士和麥蒂女士嗎？她們在家裡播幻燈片。」

「當然記得。」

「我對中國的印象主要來自那些幻燈片。」

玫瑰繼續說著這類的事，雖然她也希望自己能停下來。在其他場合，她的說話風格或許可視為有趣又充滿自信，流露著明顯又莫名所以地賣弄風情。儘管拉爾夫．及列斯比看起來相當專注，甚至樂見她這麼做，玫瑰卻未獲得沒什麼回應。始終都是她在說話，她一直在想他到底希望她說什麼。他一定想聽到什麼，卻未有任何表示。她對他的第一印象是害羞討喜的男孩子，如今這個印象必須有所轉變；他表面上看來如此，內心卻相當自大，屈從於困惑；或者那其實是驕傲。她希望他能發自內心和她說話，她認為他也想，可惜情況並未允許。

只是每當玫瑰想起這次不盡滿意的對話時，內心似乎也回湧起一陣和善、同情以及寬恕：當然沒有確切的字眼能夠形容那種感受。那種讓她揮之不去的羞愧感似乎已被撫平。她在表演時，最感到難堪的事便是注意力有時會放錯地方、表錯情，因為總是有更深刻的什麼、更多她不懂或不願懂的事情，比方一種語調、一種情緒、一種眼神。她不只是在表演的時候會萌生這樣的懷疑。有時她做的每一件事都可能被當成錯誤。她與拉爾夫・及列斯比說話時，這種感覺異常強烈，然而事後想起他時，她犯下的錯反而顯得不再重要。她已有足夠的時間思考對他的感受，那究竟是不是對異性的溫暖與好奇而已？她認為不是。那種感受或許只能透過轉化來說明。或許只能透過轉化表現。然而不說、不表現，才是正確的方式，因為轉化是曖昧不清的，而且，還很危險。

因此，當玫瑰回想起米爾頓・荷馬對嬰兒所進行的儀式，或是他在鞦韆上那種惡魔般的愉悅神情，她並未進一步向布萊恩及菲比說明拉爾夫的情形，甚至連他過世的事都沒提。她知道他死了，因為她仍訂閱漢拉第的報紙；去年聖誕節時，芙蘿覺得自己該送聖誕禮物，因此為玫瑰訂了七年的報紙。芙蘿依舊維持一貫的作風，說那份報紙就是把大家的名字填進去而已，不值得一看。玫瑰通常會迅速翻一下，然後就把報紙丟到放置柴火的地方。而她確實在頭版看到有關拉爾夫的報導。

前海軍士官過世

退役海軍士官拉爾夫・及列斯比，上週六晚間在軍團交誼廳裡受到致命的頭部重創，並無跡象顯示此事與任何人有關。遺憾的是，及列斯比先生過世數小時之後，遺體才被人發現。據悉他錯把通往地下室的門當作出口，加上他在海軍生涯期間所受的舊傷，肢體行動有些不便，以致一失足而摔倒。

報紙接著提到拉爾夫父母的名字，兩老顯然還在世，也提到他已婚的姊姊。軍團負責替他處理喪葬事宜。

玫瑰未向任何人提起這件事，也很慶幸至少有件事是她未到處說嘴的，雖然她知道這件事意義不大，也不是什麼讓她閉口不談的偉大理由。關於她和拉爾夫・及列斯比的事，除了說她感覺到，他的一生於她而言，比那些她愛過的男人更是親密，在她的生命裡占有一席之地之外，還有什麼可說的呢？

木馬文學93

妳以為妳是誰？
Who Do You Think You Are?

作者	艾莉絲・孟若（Alice Munro）
譯者	廖綉玉
社長	陳蕙慧
副社長	陳瀅如
總編輯	戴偉傑
特約編輯	劉懷興
責任編輯	鄭琬融
行銷企劃	陳雅雯、尹子麟、汪佳穎
封面設計	鄭婷之
排版	宸遠彩藝有限公司
出版	木馬文化事業股份有限公司
發行	遠足文化事業股份有限公司（讀書共和國出版集團）
地址	231 新北市新店區民權路 108-4 號 8 樓
電話	(02) 2218-1417
傳真	(02) 2218-0727
E-mail	service@bookrep.com.tw
郵撥帳號	19588272　木馬文化事業股份有限公司
客服專線	0800-221-029
法律顧問	華陽國際法律事務所　蘇文生　律師
印刷	前進彩藝有限公司
二版一刷	2021 年 11 月
二版二刷	2024 年 05 月
定價	新台幣 340 元
ISBN	978-626-314-062-2

國家圖書館出版品預行編目

妳以為妳是誰 / 艾莉絲 . 孟若 (Alice Munro) 著 ; 廖綉玉譯 . -- 二版 . -- 新北市 : 木馬文化事業股份有限公司出版 : 遠足文化事業股份有限公司發行 , 2021.11
304 面 ; 14.8X21 公分 . -- (木馬文學 ; 93)
譯自 : Who do you think you are?
ISBN 978-626-314-062-2(平裝)

885.357　　110016898